ダブルエージェント　明智光秀

波多野　聖

幻冬舎文庫

ダブルエージェント　明智光秀

ダブルエージェント　明智光秀・目次

第一章　光秀、顧客を満足させる　007
第二章　光秀、銭を調達する　037
第三章　光秀、政務を行う　075
第四章　光秀、万一に備える　109
第五章　光秀、情報を操る　151
第六章　光秀、理想から現実を考える　195

第七章　光秀、信用を作る　235
第八章　光秀、選択する　269
第九章　光秀、好かれる　313
第十章　光秀、報告・連絡・相談する　357
第十一章　光秀、主君を裏切る　397
第十二章　光秀、幕を下ろす　441
エピローグ　481

第一章　光秀、顧客を満足させる

「死にたいのか？　竹次郎」

後ろに立つ兄、十兵衛が声を掛けた。

竹次郎は新しく製造された鉄炮（てっぽう）の試射のために、的に向かって構えたところだった。

「お前の調合した玉薬（たまぐすり）でその引金を引けば爆発する。頭が、落ちた熟柿（うれがき）のようになるぞ」

十兵衛は微笑（ほほえ）んでいる。

竹次郎はすっと身体の力を抜き鉄炮を下ろした。

「申し訳ございません」

そう言って兄に頭を下げた。

「いや何事も無から学んだ方が良い。そして失敗から学ぶと忘れん。だが、お前に死んで貰っては困るからな」

十兵衛は竹次郎から銃を取り上げると火縄を切って火蓋を開け、口薬（導火薬）を地面へと散り落とした。

風が薄墨のようになって舞っていく。

春霞の穏やかな日和だ。

そこは和泉国、堺の萬問屋『ととや』の内撃場だ。

鉄炮鍛冶房の横に設えられ、炮術師たちが試し撃ちをする。

「この鉄炮は良い」

十兵衛は銃身に装塡されている玉薬を熱い湯で洗い流した後、自らが調合した玉薬を手際よく詰めて的に向かうとさっと構えた。

轟音が響く。が、十兵衛は微動だにしない。

竹次郎が的に走った。

「お見事です。兄上」

ど真ん中を撃ち抜いている。

十兵衛は頷いた。

「威力はあるが反動は小さい。精度が高い上に扱いやすいから売れるぞ」

そう言って笑顔を見せた。

「様々な鉄炮が南蛮や明からどんどん入って来ている。面白くなるな」

堺の萬問屋『ととや』。そのお抱え炮術師である十兵衛は、武芸として射撃の腕を磨くと共に関連する知識を身につけ顧客に鉄炮を売り込むことを仕事にしている。

十兵衛は商いが好きだった。

「商いからは世の中が全て見える」

その十兵衛が次々と新しい鉄炮が現れて来ることに感じ入っていた。

「世を変えられる武器は鉄炮だけだ」

そしてそのことが時代の変化と符合しているように思える。応仁の乱・天文法華の乱以降、延々と続く戦国の乱世が新兵器の鉄炮によって終わりを迎える予感がする。

「面白くなるな」

そう呟くと青く霞む空を見上げた。


明智十兵衛光秀は美濃の守護、土岐氏庶流の下級武士である明智家に生まれた。

父が早逝してからの苦労の後、二十五歳で二つ下の弟、竹次郎光定と共に美濃を離れ、和泉国、堺へ向かった。

当時の堺は、国内は勿論、中国大陸や東南アジア、欧州との貿易港として栄え、ヒト・モノ・カネが日本で最も活発に動いていた都市だ。

そして何といってもこの時代、特別重要なものが堺に存在した。

鉄炮だ。

堺には明・南蛮からの渡来ものを始め、国内で作られた様々な鉄炮も集まって来た。

堺自体も鉄炮鍛冶場を備えて製造を行い、射撃で武芸を究めようとする炮術師たちを育成していた。彼らを指南役に各方面へ鉄炮を売り込むためだ。

武士の出世は戦功で決まる。これからの戦は必ずや鉄炮が勝敗を決めるようになる。炮術を究めれば食い逸れはない。

十兵衛兄弟は堺の有力納屋衆で『ととや』を営む田中家に食客として迎えられた。

二人とも直ぐに炮術の腕で頭角を現し、優れた指南役となって『ととや』の鉄炮商いを大いに助けていた。

だが十兵衛・竹次郎兄弟はただの武芸者、炮術師ではなかった。

そのことが二人の運命を大きく開いていく。

「明けてなおぉ　しぐるる夜のぉ　源にぃ」

三条西実澄公が上の長句を発した。

それに十兵衛が下の短句を返す。

「初音の歌のぉ　水鳥を聞くぅ」

『ととや』が客人の接待用に持つ別宅、粋を究めた屋敷で催された連歌の会だ。

公卿である三条西公が前日、当主である田中与四郎の茶会に招かれ、今日は連歌を楽しみたいと、公の好の者たちが集められたのだ。

中に十兵衛・竹次郎兄弟がいた。

二人は前日の茶会にも参加していた。

商いの盛んな堺には様々な人間が集まる。

公卿、門跡、武士、商人、南蛮人……。

そんな中で位の高い人間と関係を築くために必要なのが教養だった。

和歌、連歌は勿論、書札、茶の湯、立花、香、蹴鞠、そして鵜飼や釣りなどの体験を通じて、彼らは教養を身につけていった。

「明智兄、麿の上の句を『平家物語』と取ったんか?」

三条西公の問い掛けに十兵衛が微笑んで頭を下げた。

「三条西様の御句から富士川の戦の段が浮かびました故……」

三条西公は頷いた。

「悪うないな。明智は武家やよってそう取るのは悪うないでぇ」

勿体ないお言葉と十兵衛は頭を下げた。

そこから三条西公は自分の上の句は『源氏物語』の世界を借りたと披露した。すると今度は竹次郎が、恐れながらと別の雅な短句を見事に返した。

「悪うないでぇ、明智弟。悪うない」

三条西公はことのほか嬉しそうに頷いた。

主人の田中与四郎は、そんな十兵衛兄弟に目を細める。

大きな商いでは公卿との関係がものを言う。十兵衛兄弟が『ととや』として宮中にも顔の利く存在となってくれていることが頼もしく有難い。

「明智兄弟は武家やが学はあるし、粋なええ趣を持っておじゃる。夕べの茶会も感心したでぇ……」

二人は深々と頭を下げた。

昨夜の茶会、薄茶の亭主は十兵衛が務めたのだ。

武芸炮術に長けている上に教養を身につけ、風雅を解する明智兄弟は堺でも一目置かれる存在となっていた。

堺では商人が様々な他者（武士、公卿、異国人）との交流をビジネスのために行った。

公卿という貴人とされる絶対的存在から異国人という絶対的他者との関係まで、その交流の中で堺の商人たちはビジネス概念を創り上げていった。

その神髄は不特定多数の存在（他者）を『顧客』とすることにある。

外国人は日本のことなど知らないし、日本人を分かろうともしない。常に自分たちの思考や思想、宗教や文化に固執する絶対的他者なのだ。

明智十兵衛光秀は戦略的な人間だ。

周囲のあらゆる人間を、各々との関係性に於いてどう満足させられるかを第一義に考える。商人との関係、公卿との関係、武将との関係、異国人との関係……。それぞれが求めていることは異なる。全ての関係の中で、どう相手を満足させることが出来るかを光秀は考えた。後に最大の『顧客』となる信長に信頼され、他の武将は勿論、朝廷関係、本願寺等の宗教勢力との折衝に当たっていた史実から、全方位での『顧客』認識を光秀が持っていたと考えられる。

『顧客』を満足させた見返りは大きい。

それは戦国時代も現代も同じだ。

堺最大の商人の一人である田中与四郎は、明智兄弟を使いさらに商売を伸ばそうとした。

「将軍家に炮術指南役として！」

与四郎の話に十兵衛は心が躍った。

足利将軍家に十兵衛を推挙すると言うのだ。

『ととや』から相当な持参金をつけての話だが、そこには与四郎の算盤がある。

「これから鉄炮商いは広がります。大きな声では言えまへんが、落ち目とはいえ将軍家。まずはこちらからの持参金で御所の警備用に鉄炮を買うて貰う約束になっとります。ほんでそこからが肝心。地方の武家衆は今も官職欲しさに京の御所に日参しよります。明智さまにはそんな中で誰がぎょうさん鉄炮欲しがってるか……探って貰いたいんですわ」

商いのための間者となれ、という話に十兵衛は苦い顔をしたが与四郎の考えは分かる。

（どうする？）

十兵衛も十兵衛で算盤をはじいた。

幕臣となれば武将として箔が付く。

御所内で有力武将と知己を得れば、自分を売り込むことも出来る。

（乗ろう！）

十兵衛は承諾の旨を与四郎に伝えた。

与四郎は懇ろに礼を言ってから続けた。

「但し、竹次郎さまはこのままうちにいて貰います。給金は明智さまの分も差し上げますよって宜しいですな？」

異存ないと十兵衛は告げた。

　こうして十兵衛は足利幕府の末席に座った。

　だがそう簡単に『ととや』の目論見(もくろみ)通りに事は運ばなかった。


「えいッ!」

「やッ!」

　早朝の将軍御所、二条御所の庭に練丹の気合が響いている。

　足利義輝は一人、上半身をはだけて剣を振っていた。

　堂々たる体軀(たいく)に玉の汗が光る。

　室町幕府第十三代将軍、三十歳。

　武芸武術を好む勇猛果敢な性格、剣豪塚原卜伝(ぼくでん)に就(つ)いて新当流剣術を学んで印可を得たその腕は卓越し、家臣にも剣では並ぶ者がないほどだった。

　義輝は日々の鍛錬を欠かさない。

「はッ!」

「やッ!」

　起床から半刻(約一時間)、剣を振る。

　五月晴れの朝の御所に鋭い発声が続いた。

義輝を慕う家臣たちは若き将軍のその姿に敬服していた。

だが義輝の心の裡は悶々と晴れない。

応仁の乱以降の足利幕府の凋落……畿内の有力武将の傀儡として、名のみの将軍で生きていることに忸怩たる思いがあるからだ。

義輝自身、近江六角氏の後ろ盾を得て将軍の座に就いたものの、畿内で勢力を誇る三好長慶との対立から都を追われ、五年に亘る亡命生活を余儀なくされた苦い過去がある。

その後、三好との和睦が成立し京に戻れたものの、操り人形としての将軍なのだ。

なまじ武芸を身につけているだけに、それを持て余す日々が疎ましくてならない。

「将軍の力、真に誇れる世を取り戻したい!!」

その思いだけが空回りする。

剣を振る腕に力だけが入った。

「上様」

古参の側用人が声を掛けた。義輝は振剣に夢中で聞こえない。

「上様！　上様ッ!!」

ようやく気がついた。

「何事？」

「新たに炮術指南役となりました泉州堺の者がお目通りを願っております」

「またか……」

これで三度目になる。ふんと義輝は横を向き白けた顔をして、剣を一振りしてから言った。

「捨ておけッ」

義輝には師事を続ける炮術指南がいる。堺の商売敵である筑前・博多津(はかたのつ)の問屋お抱えの炮術師だった。その男が義輝に諫言(かんげん)していた。

「堺の人間は商売第一。炮術師も武芸者ではなく商人でございます。奴らは質の良い渡来ものではなく粗悪な堺製の鉄炮を売り込もうとします故、くれぐれもお気をつけなさいますように……」

根も葉もない話だが商売敵を遠ざける方便としては利いた。一途で純粋な義輝はこの言葉を信じていたのだ。

側用人は〝三度目〟の今日、初めて裏の事情を説明した。

「その者、堺の納屋衆『ととや』から多額の持参金と共に罷(まか)り越しました故、臣下として頂きとうございます。何卒お目通りを……」

義輝は現実を聞かされ苦い顔になった。銭のない将軍家には仕方のない話だ。

側用人は続けた。

「今は堺と好を通じておかれるのが何かと得策。納屋衆の多くは……」

「分かっておる!!」

義輝は吐き捨てるように言った。

「堺が三好衆に肩入れしておることは知っておる。だがな……」

そこから義輝は遠くを見る目になった。

「あの上杉謙信が先日の上洛の折に申してくれたのじゃ。余に逆意を示す者ども、下知あらば直ちに成敗してみせるとな」

将軍家が弱体化して久しい中、武芸で鳴らす義輝の幕府巻き返しを恐れる者たちの動きを、越後の雄、上杉謙信は心配していた。

天才戦術家は今の畿内勢力……三好三人衆（三好長逸（ながやす）、三好宗渭（そうい）、岩成友通（ともみち））と三好家の元家宰、松永久秀の動きから剣呑（けんのん）なものを感じ取っていたのだ。

だが、義輝は違った。

「案ずることはないと謙信には伝えた。三好衆も幕府あってのもの。下克上など心配に及ばんと……な」

側用人は少し考えてから言った。

「御意。ですが万一ということもございます。御所の守りを固めることは肝要。御所内に多数鉄炮を備えているとなれば、賊も攻め入るのを躊躇致します故」

その言葉で義輝はカッとなった。

「まだ堺の鉄炮の話か!! 二流の鉄炮など何百丁あっても役に立たぬ!! 真に優れた武具だけを揃えるのが足利将軍家じゃ!!」

そう言ってまた振剣に戻った。

一流を好む義輝の心にこびりついた堺蔑視を消すことは容易ではなかった。それは自分が二流の将軍だという劣等感の裏返しでもあった。

「余は必ず真の将軍となってみせる!」

三好の傀儡で居続けることに義輝は我慢ならない。幕府を再興し己の政がしたい。それは強く望むところなのだ。

周りの誰もが将軍のその心が分かる。しかし、その実現に向けた権謀術数に長けていないことが義輝の不幸だった。義輝は正直過ぎた。そして思慮浅く甘かった。

己の希望で現実を捉え、自分に本気で刃を向ける者などいないと高を括っていたのだ。

側用人はそれ以上何も言わずに下がった。

「左様でござるか……」

十兵衛はうな垂れた。

炮術指南のために御所に来て二ヶ月経っているが、ただの一度も鉄炮を撃っていない。

将軍の御前で鉄炮の腕を披露し、お墨付きを得ることで正式に幕臣となり指南役として働けると聞いていた。

「鉄炮に関して上様の博多好きは筋金入りでな……。また折を見て話す故、辛抱してくれ」

十兵衛はただ頭を下げるしかなかった。

何度自分たちの鉄炮の性能の良さを説明しても将軍には届かない。

だが側用人はさすがに気の毒と思ったのか鉄炮の購入は約束通り進めるという。

「お主の持参金、まずは半返しで『ととや』から鉄炮は買う。購入後は暫く上様の目の届かぬよう蔵に仕舞っておくことにはなるが……必ずや要る時が来る。その時には存分に腕を振るってくれ」

十兵衛は承知致しましたと頭を下げた。

「では早速、堺に参りまして鉄炮を揃えて戻って参ります」

「そうしてくれ」

こうして十兵衛は堺に向かった。

道中、十兵衛は幕臣となってからの日々を顧みた。ただ漫然と過ごしていたのではなく様々な人間の出入りを観察していた。将軍の姿は末席の十兵衛から直接見ることは出来ないが、御所内の幕臣たちのあり方はかなり把握できていた。

「どうも、きな臭い」

疑心暗鬼に満ち溢れている。誰が敵で誰が味方か……将軍を慕う者か三好衆に通じる者か……それらが市松模様になって御所の中を染めている。

近頃では不穏な空気の充満を十兵衛は感じていた。

「殺気が流れている。何事もなければよいが……」

そして、十兵衛の心配は現実になる。

十兵衛が『ととや』に戻り鉄炮を揃え始めて二日目のことだった。

永禄八（一五六五）年五月十九日。

三好三人衆と松永久秀は清水寺への祈願を名目に、一万の兵を率いて京に集まっていた。

総大将、三好義継(よしつぐ)は馬上から軍勢に告げた。

「将軍足利義輝様に直々に訴え出たき儀これあり！　これより御所へ向かう！」

これが総攻撃の命令であることを軍勢は知り、将軍の命を奪うことに武者震いを覚えた。

こうして二条御所は急襲された。

「なんですと!?」

　十兵衛は自分の耳が信じられない。

　白昼堂々、将軍が殺されたというのだ。

「うちで雇てる間者が早馬で知らせて来ましたよって、間違いおまへん」

『ととや』の主人田中与四郎は声を潜めながらも強くそう言い切った。

　まだ正式に認められてはいないが、自分は幕臣だという気持ちの十兵衛は茫然となった。

　しかし与四郎の現実的な言葉で我に返る。

「鉄炮を御所に搬入する前で良かったですわ。持参金の半分は戻ったたし、明智さまも無事やし……不幸中の幸いちゅうやつですな」

　商人の冷徹な計算には敵わないと十兵衛は思った。そこで十兵衛も冷静になった。

「それにしても……下克上の世とは恐ろしい。将軍家はこれで消えるのか？」

　与四郎は首を振った。

「三好衆は自分らで幕府を起こすだけの器量はおまへん。恐らくまた足利将軍家ゆかりの誰かを傀儡将軍に据えて政の実権だけ自分らで握る算段でしょな」

　そして翌日、新たな情報が入って来た。

　二条御所は完全に焼け落ち、中にいた将軍の近親者は皆、殺されたというのだ。

義輝の次弟で相国寺鹿苑院の院主・周暠は殺され、末弟で奈良一乗院の門跡となっている覚慶は捕えられたという。

十兵衛はその凄まじさに息を呑んだ。

「これから一体、どうなるのだ？」

与四郎は言った。

「どうなるもこうなるも、乱世は続くということですな。そん中で我々は生きていかなあきまへん。ただただあるがままに受け止め、そこでどう稼いでいくのか絵を描く。それだけですわ」

十兵衛はその与四郎に感心した。

世の中の全てを銭儲けの一点で考える商人の凄みを改めて思い知らされる気がした。

そうして再び十兵衛は『ととや』お抱えの炮術師に戻った。

十兵衛はいっそ剣を捨てて商人になろうかと考えるようになっていた。

将軍さえも弑逆される世にあって、武士であるが故の忠だの義だのの観念に左右されるのは馬鹿馬鹿しい。それより商いで世を渡る生き方の方が潔いと思える。

だがそんな十兵衛に、与四郎は新たな持参金つき仕官の話を持って来た。

軍事大国、朝倉家だ。

「越前の朝倉から大量の鉄炮注文を取ればその後に繋がります。朝倉と睨みおうとる近隣の有力武将は、越後の上杉謙信、そして尾張の織田信長、どっちも朝倉が鉄炮をぎょうさん揃えたと聞けば必ず欲しがります。何万丁の注文に繋がるかもしれまへんで」

武器商人として与四郎は、大きな算盤をはじこうとしていた。

「うちの鉄炮鍛冶房を今の三倍の規模にして年に三千丁作れるようにします。ほんで明と南蛮からの仕入れも増やして……一年で五千丁以上を『ととや』が扱えるようにするつもりだす」

十兵衛は驚いた。

そして続く与四郎の言葉で目を剥く。

「その時には鉄炮の価格を半値に下げます。それで皆が鉄炮を持てるようにしますんや」

「なんと!!　そうなれば『ととや』が鉄炮商いを独り占め出来る!」

与四郎は微笑んで頷いた。

「そのためには鉄炮がどんだけ合戦で威力のあるもんかを有力武家衆に分かって貰わんといけまへん。今の炮術師は一撃必中、針をも撃ち落とす腕を競うとりますが、それでは合戦で大量の鉄炮を使うことに繋がりまへん。そこでや……」

与四郎はじっと十兵衛を見た。

「明智さまに大量の鉄炮を使うての合戦法を考えて貰て、それを越前から広めて欲しいんですわ」

非凡な商人である与四郎の目の付け所は悪くないと十兵衛は思った。

越前には朝倉家に従う裕福な国衆（半農半軍集団）が多くいる。主君である朝倉家が合戦で鉄炮を重視するとなれば、国衆たちが競って鉄炮を買い求めるのは必至だ。

「まずは朝倉家を落として越前に広げ、その越前から隣国に商いを広げるという訳だな？」

与四郎は微笑んだ。

「さすがは明智さま。よう分かってはりまんな。越前だけで四千丁は堅いと思てますんや」

十兵衛は頷いた。

「やり方次第で出来ない数ではない。そのための鉄炮戦術か……」

面白いと十兵衛は思った。

鉄炮という武器を大量に買わせるために合戦での兵法を考えること。

一見、本末転倒と思えるが、これからの世の中ではそれが正解に思えて来る。

武器商人が黒子で武将たちは戦を演ずる傀儡……。鉄炮という新たな武器が新たな世をもたらすのは不思議ではない。十兵衛は考えを巡らせた。

するとこれまでの常識が全て転倒していくように思えて血潮が沸き立って来た。

自分が鉄炮でこの世を支配できるように感じたのだ。

戦争があるから武器が要るのではなく、武器を使うための戦争を創る、マーケットを創造する、という考え方をする。それこそが戦略的マーケティング思考というものだ。

新たな時代を拓く思考は、既存の思考のあり方に補助線を引くことで生まれたり既存の思考を逆転することで登場したりする。

この時、与四郎は見事に新たな思考のヒントを十兵衛に与え、十兵衛はそれを普遍的なものに概念化することで覚醒した。

与四郎は言った。

「今回は竹次郎さまもご一緒に越前に行って貰います。この田中与四郎、一世一代の大博打を打ちますんや。明智御兄弟で力合わせて商い創って貰わんと、わては首括らないかんようになりますよってな」

身も蓋もない与四郎の言葉に十兵衛は苦笑した。

「分かった。但し今度は俺も竹次郎も、家族を連れて行く。それはよいな？」

「心得とります。支度金は十分お渡ししますよって……」

「越前でございますか？」

十兵衛の妻、伏屋は驚いた。

子供たちを寝かしつけてから十兵衛は妻に越前行きを切り出した。

「冬は雪深うございましょうね。私でちゃんとお家をお守り出来ますでしょうか？」

不安げな伏屋に十兵衛は微笑んだ。

「仕官に当たっては与四郎殿が奮発してくれる。お前たちの身の回りの世話をする下男下女を三人は雇える。案ずることはない」

「勿体ないことでございます。殿の妻として十分なことを出来ませんこの身体に……」

伏屋は子供の頃患った病の所為で右腕が不自由だった。用の全てを左手だけで行うため時間が掛る。それを伏屋は負い目にしていた。

「何を言う。娘たちもすくすく育っておる。妻としても母としても十二分にやってくれておるではないか」

十兵衛は優しく言った。

二人の間には六歳の長女と三歳の次女がいる。伏屋は名張の有力国衆、服部保章の娘で与四郎の世話で十兵衛は八年前、妻に娶った。夫婦として仲睦まじく生活を続けていた。

十兵衛は伏屋を好いていた。幼い頃亡くなった優しい母も足が不自由だったことも、十兵衛の妻を思う優しい心の裡を作っていた。

伏屋は器量が良く性格は穏やかで夫の出世を第一に考える妻だった。

そして不思議な力を持っていた。人を見抜くのだ。

十兵衛第一の近習となっている左馬助（さまのすけ）がそうだった。

物売りとして堺の路上にいた素性の知れない若者だったが、侍になりたいと十兵衛の家に押しかけて来た。冗談ではないと門前払いをしていた十兵衛に伏屋が強く言ったのだ。

「この者、死ぬまで殿にご奉公致す者と見ます。ご家来になさって下さいませ！」

十兵衛は半信半疑で家来にしたが、頭が良く機転が利き剣術炮術にも熱心に取り組む。忠義に厚く十兵衛が弟の竹次郎と共に信頼する家臣となったのだ。

ただ、元は物売りというのは体裁が悪い。十兵衛は自分の従弟（いとこ）ということにし明智左馬助を名乗らせている。

そんなこともあって十兵衛は伏屋の助言を尊重するようになっていた。

そうして出発の日になった。

朝、太陽に大きな輪が掛っているのを見て伏屋が声をあげた。

「吉兆でございますね！」

十兵衛も天を仰いだ。

「そうだな。ここからだ！」

こうして一行は越前に向かった。

「あははは！　お殿様ぁ、こちらでございますよぉ！」

黄色い嬌声が城内に響く。

「こっちこっちぃ、こちらですよぉ」

西陣織の錦の着物に身を包み、薫香の匂いをさせる妖艶な美女が甘い声をあげている。

「どこじゃ、どこじゃ。どこにおるのじゃ」

衣冠束帯でお歯黒の公卿姿、目隠しをされた男が千鳥足で女の声のありかを探す。

「どこにおるのじゃぁ……」

昼日中から酒臭い息を吐き、女との鬼ごっこに興じながら男は夢見心地になっていた。

「お殿様ぁ、こちらですよぉ、あははは！」

その男こそ、越前の雄、名門朝倉家当主の朝倉義景（よしかげ）だった。

戦乱の世にあって桃源郷の如き日々。その喜びを知って義景は幸せだった。

「人生、花あってこそ……足利義満公や義政公の御心がようやく分かったわ」

そう嘯（うそぶ）いて悦に入る。

「これまでの人生、苦難ばかりだったのだ。今この時この世で花と酒に溺れて何が悪い」

確かに義景は戦の連続だった。それもいつ終わるとも知れない、相手の真の姿もよく分からない、泥沼を這いずり回るような戦だ。

一向一揆という化物。その激しさと規模の大きさで群を抜く加賀一向一揆を相手にする戦だ。

あらゆる場所でイナゴのように突然湧いて出て襲って来る一向門徒衆……。竹槍や包丁、斧や鎌を手に持ち、南無阿弥陀仏、南無阿弥陀仏と唱えながら相手を一切恐れず不気味に大集団で迫って来る。

「死ねば極楽に行けると信じる輩を相手に戦をするこちらは地獄だ」

夢の中にまで、念仏を唱えながら迫って来る門徒衆は出て来ていた。

だが、長きに亘ったその戦が終息したのだ。加賀一向衆と朝倉との和睦が成立していた。

それも思いもかけなかった人物の仲介によって成し遂げられた。そうして今が訪れたのだ。

「お殿様ぁ～」

義景は甘い声に誘われて夢見心地をさまようこの時が、本当に幸せだった。

「こうなったのも下克上のお陰……三好衆には感謝せねばならん」

だが、それは決して口に出してはならないことだった。和睦を仲介してくれたのは、三好らに弑逆された将軍の弟だったからだ。

将軍足利義輝が三好衆らに二条御所を襲撃された時、末弟で奈良一乗院の門跡であった覚慶は三好方の松永久秀に捕えられた。

しかし、命を奪われる寸前、急行した義輝の家臣たちに救出され、その後、軍事強国である越前朝倉家を頼って亡命してきた。

覚慶は還俗して義秋を名乗った後、越前で元服し足利義昭となっていた。

その義昭が、加賀一向衆と朝倉との間を懸命に取り持って和睦を成立させた。

そうすることで恩を売り、朝倉に大軍を率いさせて自らが上洛を果たし将軍となりたい一心からだ。しかし、その義昭の目論見が外れた。


「こちらよぉ〜、お殿様ぁ」

「どこじゃ、どこじゃあ」

朝倉義景は一向一揆との戦いが終息した直後、幼い嫡男を急病で亡くした。

長い戦の緊張からの解放と愛息を失った悲嘆が重なり義景は気力を失ってしまう。

そこへ現れたのが側室、小少将だった。過去に娶った二人の正室とは病没や離縁で恵まれなかった義景の夫婦生活が、小少将によって一変する。

今までの女とは全く違っていたのだ。男は女で変わる。

「女とは……こんなに良きものだったのか!!」

小少将の見目麗しい容姿や甘い声、そして閨での床上手ぶりに義景は骨抜きになった。

公卿同様の雅好き、そして遊興好きの小少将のために、義景は全てを捧げるようになる。

肌に吸いついて来る甘く激しい夜の営みから朝寝が当たり前になり、床を抜け出す昼頃から笛や太鼓を入れて酒宴を催し、夜までそれが延々と続くという毎日だ。

女は男を変える。小少将との甘い時間が生きる糧となった義景には、軍事強国・越前朝倉家を率いる棟梁としての立場が疎ましくすらなっていた。

己の庇護の下にいる足利義昭を奉じての上洛など考えたくもない。

「そうなればまたどこかと戦になる。もう戦は飽きた」

戦に倦んで女に溺れる義景は、戦国という時代から文字通り遊離していたのだ。

「明智殿！　明智殿！　公方様が退屈なさっておられる。連歌のお相手をして差し上げろ」

朝倉義景の側用人が声を掛けた。十兵衛は城の中庭で鉄炮を磨いていた。

「只今」と慇懃に返事をしてから側用人の姿が見えなくなると、十兵衛はうんざりという顔つきになった。

公方様とは朝倉家に亡命中の足利義昭のことだ。

心の中で十兵衛は叫んだ。

「俺は一体何をやっているのだ!!」

十兵衛は朝倉家に召し抱えられてからここまでの二年を思い返した。


「これは……厄介だぞ」

十兵衛は炮術指南役として朝倉家に召し抱えられ、戦のあり様を実際その目で見て愕然とした。一向一揆との戦いは合戦ではない。

「湧いて出てくる虫退治ではないか!!」

人間を相手に戦っていると思えない。

町や村、田んぼや畑、森や林、街道や露地、ありとあらゆる所から門徒衆は突然現れ出て来て襲って来る。

武士同士の合戦であれば互いの間合いが分かるが、一向門徒衆はただがむしゃらに向かってくるだけだ。

「南無阿弥陀仏、南無阿弥陀仏、ナマイダブ……」

念仏を唱え、死ねば極楽に行けると信じ、黙々と死んでいくことに喜びを感じる。数限りないそんな連中を相手にすることが、どれほど恐ろしいものかを十兵衛は骨の髄まで知った。

そして十兵衛にとっての誤算は、この戦いには鉄炮が役に立たないということだった。

いつどこから現れるか分からず、殺しても殺しても湧いて出て来る相手に対し、攻撃に時間の掛る鉄炮は持っているだけで死を意味する。

十兵衛は『ととや』の主人、田中与四郎に一向一揆で苦しむ越前の情勢と共に鉄炮は全く役に立たないことを知らせ、与四郎が進めようとしていた鉄炮の大量生産を中止させた。

与四郎は十兵衛たちに堺へ戻ることを勧めたが、思わぬ事態で越前に留まることになる。

それが足利義昭の亡命だった。

嘗(かつ)て幕臣であり教養ある十兵衛に、朝倉義景は足利義昭の世話をすることを命じたのだ。

それは義昭の臣下となることを意味した。そして、それを十兵衛は幸運と捉えた。

「朝倉さまが義昭様を奉じて上洛し将軍に据えれば、自分は正真正銘の幕臣になれる！」

義昭と同様に朝倉による上洛への強い期待を十兵衛も持った。

その後、義昭の仲介で一向門徒衆との和睦が成り、これで後顧の憂いなく上洛かと思った直後に、朝倉義景の女狂いが始まってしまったのだ。

「全てが……止まってしまった」

十兵衛はやりきれない。ただ毎日、退屈する義昭の遊び相手をするばかりなのだ。

「おぉ、十兵衛待っておったぞ！」

居室に入ると義昭が声をあげた。

十兵衛が深く頭を下げると、義昭は何やら嬉しそうに笑っている。

「十兵衛、今日はお前が喜ぶものを見せてやる。あれを……」

義昭は小姓に命じた。

（なんだ？　連歌ではないのか……）

そう思った十兵衛の前にそれは差し出された。

「こっ、これはッ!?」

その時から十兵衛は己の運命を大きく切り開いていく。

第二章　光秀、銭を調達する

冬の空が清々しく晴れ渡っている。

十兵衛は馬で国境を越え、美濃に入ると胸の高鳴りを覚えた。

冷たい風が馬のたてがみをなびかせる。

「一度は捨てた故郷の美濃……。ここから新たな道を開いてみせる！」

厳しい寒気だが、一点の曇りもない空を見上げそう思った。

胸の裡にはずっと熱いものがある。

それは今から会いに行く男への期待だ。

織田信長。

尾張全土に続き、美濃を平定した武将だ。

十兵衛が信長という武将を考える時、まず浮かぶのは〝不思議〟ということだ。

「弱兵で知られる尾張衆を率いて猛者の美濃勢を打ち破った……一体どうやって？」

十兵衛は堺で炮術師修業をしていた昔から、古今東西の戦がどうであったか、その戦法や戦術を学んで来ていた。

そして『ととや』の主人、田中与四郎に依頼されてからは、大量の鉄炮を使っての独自の戦術を考え続けて来た。自分は、今の世で最も優れた軍師になれるという自負がある。

そんな十兵衛をして、信長という武将がもたらす戦の結果は不思議なのだ。常識で測れない。信長が若き日に少数の兵で、大軍勢を率いた今川義元の首を討ち取ったこと。そして今度の美濃平定……。

「運に恵まれただけではない。何か必ずある」

十兵衛は信長を一武将として見るのではなく、〝現れ〟として捉えた方が理解できるのではないかと思っていた。

それは商いで鍛えた考え方だ。商いというものは容赦がない。商いの背後にある、森羅万象をしっかりと捉えて理解していないと大損をする。

「戦で勝つより商いで儲ける方が難しい」

戦にも商いにも精通している十兵衛にとって、今この世という現れ、乱世という現れは面白くて仕方がないものだ。

応仁の乱から武家社会では主君と臣下の天と地が逆さになる下克上が始まり、天文法華の乱からは仏に仕える僧たちが、現世支配を求めて血で血を洗う争いに入った。

乱世はあらゆるものを激しく揺り動かし、次々と新たなる異形のものが〝現れて〟来ている。それを正しく捉えれば商いでは大儲けが出来、戦では大勝利を収めることが出来ると十兵衛は信じている。

信長は面白い。信長を心から知りたいと十兵衛は強く思うのだ。

「織田信長を正しく捉えられるか否か。それがここからの俺の全てを決める！」

空はどこまでも晴れ渡り山なみが蒼く輝いている。

武者震いが来る。十兵衛は越前を出る時のことを思い出した。


「義昭様を都へお連れし将軍の座にお就けしたい！　ただただその一心！　そのためにこの身が八つ裂きにされても本望でござる！」

細川藤孝は切々と十兵衛に告げる。

越前に亡命している足利義昭第一の家臣。幕臣の中で奉行職にあった藤孝は、嘗て十兵衛が末席から仰ぎ見た存在だ。それが今や対等の立場となっているのが、乱世の面白いところだと十兵衛は思う。

「朝倉様のお力があれば直ぐにでも義昭様を奉じて、京に上って頂けるものと思っておりましたが……」

強大な軍事力を有する越前の名門朝倉家だが、肝心の当主朝倉義景は日々愛妾をはべらせての遊興三昧なのだ。

藤孝は十兵衛には落胆を正直に語った。嘗て二条御所の隅にいたという明智十兵衛光秀のことは覚えていないが、越前に来てその洗練された所作や教養、明晰な語り口に触れて十兵衛を気に入り心を許していた。

その藤孝に十兵衛はきっぱりと言った。

「朝倉様を悪く申すことは憚られますが、細川殿の胸の裡はお察し申し上げます。正直、朝倉様に上洛のお心はないかと……」

その言葉にうな垂れる藤孝に十兵衛は続けて言った。

「ですが望みはあります。如何です？　織田信長殿をお頼りになるのは？」

藤孝の顔がぱっと明るくなった。

「実は拙者もそれを考えておりました。嘗て――」

義昭がまだ興福寺一条院の門跡、覚慶であった時に起こった兄義輝の暗殺。

覚慶はその直後、三好方の松永久秀に捕われたが、藤孝らによって救出されて近江に一旦逃れた。そして、還俗して義秋を名乗った後、信長に対して上洛出兵の援助を要請したというのだ。

「その折、織田殿から『上意次第に御供奉する覚悟』と良き返事を頂いたのです。その助けになればと、織田殿が当時争っていた美濃の斎藤龍興（たつおき）との和睦仲介に動いたのですが、織田殿が美濃攻めを敢行された為に沙汰止みとなってしまいました。そして今、義昭様が朝倉家に身を寄せる状況では、織田殿を頼るのは難しいと考えておりましたが……」

朝倉と織田は関係が良くない。いつ何時、戦になってもおかしくないと思われている。

それを聞いた十兵衛は笑顔で言った。

「拙者は美濃の出、地縁血縁、それに策がございます。お任せ頂けませんか？」

こうして十兵衛は信長の居城である美濃、岐阜城へ単身向かうことになったのだ。

「織田上総介（かずさのすけ）信長である」

その鋭く高い声で十兵衛は頭を上げた。

「明智殿とやら大儀であった」

細面で蒼白い顔、鷹のような目をした信長が十兵衛の前にいた。

信長は十兵衛が持参した義昭からの親書を読了した旨を告げた。

そこには信長による義昭を奉じての上洛を重ねて促す旨が記されている。

だが信長はそれに関しては何も言わない。親書の内容に触れようとしない。

ただ、十兵衛自身について、齢（よわい）はいくつか、どこの出身かと重ねて訊ねて来る。

「そうか美濃の出か、岐阜と名を改めたこの地、どう思う？」

十兵衛は長く離れていた故郷の美濃が、素晴らしく様変わりしていることに感銘を受けたと正直な気持ちを話した。

信長によって関所が取り払われた街道は道も橋も整備されて美しく、嘗て井ノ口と呼ばれていた岐阜の城下町は商人たちで溢れて活気に満ちている。そして岐阜城の中に足を踏み入れた時から感じる凛とした空気……。家臣が皆、緊張感を持って信長に仕えているのが分かる。

「織田さまが掲げられたお言葉〝天下布武〟、それにご家来衆、ご城下の民百姓までが感じ入り、昂(たかぶ)っているのが伝わって参ります」

その言葉に信長は嬉しくなった。自分を理解する者がいると思ったからだ。

（この男、欲しい）

明智十兵衛の容姿の良さ、洗練された立ち振る舞いや言葉遣いは、自分の家来の田舎侍たちには無い。頭脳明晰なことも分かる。信長はその十兵衛から視線を外すと言った。

「頂戴した品をこれへ」

小姓が足利義昭から信長への贈答として、十兵衛が持参したものを持って来た。

「実に面白い！」

信長は嬉しそうにそれを手に取った。ずしりと重い。それこそが、十兵衛が信長と関係を築く策として持参したものだった。

信長なら喉から手が出るほど欲しくなると読んだ南蛮銃、三つの炮身を持つポルトガル製の燧石銃だ。豊後の守護大友氏から足利将軍家に献上された銃で、義昭が越前に持参していたのを十兵衛に披露して見せたのだ。それを見た瞬間、「使える！」と閃いた十兵衛の勧めで、信長への近づきの品としたのだ。

火縄ではなく、火打石を鋼鉄にあてて発火させる燧石発火機で弾丸を発射する。次弾発射までの時間が火縄銃より格段に短く、炮身を回転させて連射が出来る。

だが、点火時の衝撃が大きく照準がぶれるため命中精度は火縄銃より落ちる。

その銃を持った信長に十兵衛は特徴、長所短所を簡潔明瞭に説明し、質問によどみなく答えていく。

「早速、内撃（非公式射撃）して見せて貰おう」

信長の言葉で城の中庭に用意がされた。

射撃位置から十間（約十八ｍ）先に畳が三重に立てかけられ、蛇の目の的紙が貼られた。

十兵衛は言った。

「命中精度の違いをお見せしとうございますので、火縄銃を拝借致しとう存じます」

信長は小姓に命じて自分の使用する銃を全て持って来させた。

五丁ある中から十兵衛が無造作に選んだ一丁を見た時、この男できると信長は思った。愛用する中で最も命中精度の高い銃だったからだ。

十兵衛は準備を整え、立ち撃ちの姿勢に入った。

その直ぐ後ろに警護の小姓が二人、刀の柄に手をかけたまま鋭い眼差しで立った。そのまま信長に銃を向けないとも限らない。

構えたと思った瞬間、銃は火を噴いた。十兵衛は微動だにしなかった。

直ぐに小姓が的に走った。

「見事、真ん中に当たってございます」

信長はニヤリとした。

十兵衛は続いて燧石銃を手に取って構えた。

「では、連射してお目にかけます」

そう言ったかと思う間もなく、三つの大きな銃声が連続した。今度は十兵衛の身体は小刻みに揺れた。

小姓が的紙を外すと、素早く信長に走り寄って手渡した。燧石銃の放った三発のうち一発は真ん中に命中していたが、二発は中心から四寸（約十二㎝）ずつ上下に外れている。十兵衛は言った。

「一発必中、針をも撃ち落とすことを信条とする炮術師たちに、燧石銃は好まれません。ですから堺でも量産はされておりません」

十兵衛は意味ありげな表情をその言葉と共に見せた。

信長の目が光った。十兵衛が何を言わんとしているかを理解したからだ。それは戦の革新に繋がる。

信長は是が非でも十兵衛を手に入れたいと思った。

「明智殿、この信長の家臣にならんか？」

十兵衛の背筋が伸びた。

（来た!!）

この言葉を待っていたのだ。

だが十兵衛はその内心とは裏腹に、神妙な態度を装った。

「勿体なきお言葉、恐悦至極に存じます。ですが拙者、足利義昭様にお仕えする身……」

信長は笑顔で言った。

「その義昭公、嘗て申し伝えた通り、この信長が奉じて上洛致す所存。越前に戻り、そう伝えられよ」

「有難き幸せ！」

十兵衛は深々と頭を下げた。全て筋書き通りに運んでくれた。


織田信長は若き日から天下取りの野心を持ち、上洛の機会を狙っていた。

永禄八（一五六五）年、将軍足利義輝が暗殺された直後にその内心を形に示した。

花押（かおう）に『麟（りん）』の文字を使い始めたのだ。

想像上の動物である麒麟（きりん）は、この上なく世が治まる『至治之世』に現れるとされている。

『麟』の花押の使用は、信長が戦乱の世を治める意思の表明だった。

殺された将軍の弟である義秋、後の義昭から上洛の要請を受けた時、その実現に向けて動き出そうとした。だがそれを阻んでいたのが美濃稲葉山城の斎藤龍興だった。

信長は美濃制圧を急ぐ。

まずは守りを固めるため、隣国との関係安定を図った。武田信玄の庶子勝頼に自分の養女を嫁がせ、徳川家康の嫡男信康と信長の娘五徳との婚礼を急がせた。そうして後方を安定させた後に龍興との戦いに挑んだのだ。

かなりの苦戦を強いられながら調略を用いるなどの結果、永禄十（一五六七）年八月、稲葉山城を陥落させ龍興を敗走させた。信長は念願の美濃平定を成し遂げた。

その直後、城下町井ノ口の名を岐阜と改名したのも、中国周王朝の故地岐山から取った地名によって、乱世を治めることへの信長の決意を示すためだった。

そして朱印『天下布武』を用い始めた。武力によって天下を、国を、京の都を制圧し、幕府の再興を目指すとしたのだ。そこへ正親町天皇からの綸旨が届いた。

美濃平定を褒め、信長を「武勇の長上、天道の感応、古今無双の名将」と称賛するのに続いて、尾張美濃両国の天皇領地回復と誠仁親王の元服式並びに御所修理の費用を求める内容となっていた。

信長の上洛への準備は、名実共に揃っていたのだ。


足利義昭は織田信長に奉じられて京に入り征夷大将軍、第十五代将軍となった。

永禄十一(一五六八)年十月十八日。

十兵衛が信長と会ってから一年経たずして、義昭の悲願は成就された。

信長は上洛準備を慎重かつ迅速に進め、整ったと判断すると一気呵成に動いた。

義昭に見限られた朝倉義景に背後を突かれないように同盟を結んだ近江浅井長政の軍を後方の盾に置くと、尾張美濃の兵で編制した五万の大軍を率いて岐阜を出発した。

そしてまず、義昭上洛への協力を拒否し抗戦に及んだ近江の大名六角義賢・義治父子を雷光石火の攻めで蹴散らし、行く手の安全を確保した後、入京を果たしたのだ。

将軍家の仇敵であった三好義継、松永久秀は信長の勢いを見て早々に降伏、三好長逸、政康、岩成友通の三好三人衆は京周辺の城に籠って抗戦したが次々と陥落、阿波へと敗走していった。

信長勢はあっという間に畿内の山城、摂津、河内、丹後、近江を制圧したのだった。

十兵衛は義昭の側用人として上洛したが、信長にも仕える身となっていた。

戦国の世に二人の主（あるじ）を持つことは珍しくなかったが、方や武家最上位の将軍、もう片方は将軍を奉じた絶大な力を備える武将だ。

十兵衛は信長から十分な禄を与えられ、五百の兵を率いる馬騎（うまのり）の身分に取り立てられていた。

あっという間の出世だ。

織田信長と明智光秀の関係。光秀は将軍足利義昭の家臣でありながら、尾張・美濃二国を支配し天下を狙う信長に仕えた。現代に置き換えると、財閥系企業の総務部長でありながら、破竹の勢いで一部上場を果たした新興企業の平取締役としても働く、二重職籍を持つ存在ということになる。

光秀はそんな複雑な状況下で出世していく。

その光秀の思想や思考の核が、堺での学習にあった。


堺にいた油屋伊次郎という人物は、十兵衛が信長に会うまでこの世で最も優れた頭脳の持ち主だと思っていた男だ。伊次郎は帰化人だった。威尼斯国(ヴェネツィア)出身で本名はイツハク・アブラバネル、あらゆる言語に長け様々な知識を深く持っていた。

伊次郎は切支丹(キリシタン)が忌み嫌う猶太(ユダヤ)の教えを信じる者で、宣教師たちは伊次郎の存在を無視し、堺衆が伊次郎と付き合うことを由としなかった。宣教師との良好な関係が南蛮貿易には欠かせないことから、堺衆は伊次郎を敬遠するようになった。

しかし、伊次郎の能力を高く買っていた『ととや』田中与四郎は、商いの裏方として密かに伊次郎を雇い入れていた。貿易に関する書付の作成や翻訳などが主な仕事だった。

そんな伊次郎に十兵衛は訊ねた。

「お主は他の南蛮人たちから何故無き者が如く扱われるのだ？　それなのにどのようにして堺までやって来られたのだ？」

「本国から船に乗る前に切支丹に改宗致しました。それで乗船を許されたのです。ですが後にそれが我が神に背く大変な間違いだと気づいたのです。今この堺で自分は猶太の民であることへの誇りを取り戻しております」

何とも穏やかな顔つきでそう言う。

十兵衛は切支丹と猶太の複雑な関係があることを知ったが、到底理解できるものではなかった。

その伊次郎から与四郎も十兵衛も様々な知識を得ていった。宣教師たちにとって知られると都合の悪い情報まで教えてくれる為に、南蛮との商いを有利に進める上で随分と助かったのだった。

十兵衛は伊次郎から鉄炮や玉薬の知識、医術や薬術、天文学や航海術、占星術、そして南蛮の戦や政について学んだ。

中でもマキアヴェッリという人物が著した『第一の者』と題された本に書かれていることを教えられたのが、十兵衛に大きな影響を与えた。第一の者とは国を治める者のことで、日の本では天皇や将軍、明や南蛮では王となる人物のことである。『第一の者』にはそのあり方やあるべき姿が書かれているのだ。

十兵衛はその本についての伊次郎の講義から、全く新たな真理や洞察のあり方を学んでいく。

——国を治める者にとって必要なものは良き土台である。それなくば、滅びる。

——持つべき土台とは良き法と良き軍備である。良き軍備のないところに良き法はあり得ず、良き軍備のあるところ必ず良き法がある。

十兵衛は信長がなそうとしていることをそこに見た。

「これら全て〝天下布武〟と重なる」

信長が掲げる〝天下布武〟、その意味を十兵衛は噛み締めた。

〝天下〟とは、まずは京のこと……この国の中心、都を〝武〟で敷き詰める。

信長は軍備の力で都の秩序を取り戻し、法を創り最後にこの国の全てを治めようとしている。そんな広さでものを見て考えている武将は信長の他にいない。

十兵衛は信長の家臣となったことに、心からの喜びと大きな誇りと安堵を感じた。

戦と商いの両面から物事を捉える自分の頭脳が、〝天下布武〟に大いに貢献できることに十兵衛は自信がある。信長から機会を与えられ功を挙げれば見返りは大きい。

だが十兵衛はそれをただの結果として見なかった。

「今の結果で喜んでいては先の途轍もない見返りを失う。いつでも今を捨てる覚悟を信長様の家臣は持っておかねばならん！」

それは理想というものを十兵衛が持った瞬間だった。

今ではなく将来の理想に重きを置く考え方で、これも油屋伊次郎から教わったものだ。

「我々猶太の民は唯一絶対の〝神〟に従い日々戒律を実践して生きています。そうすれば〝神〟がいつの日か救世主を遣わし、この世に〝神の国〟を創って下さるのです」

「すると猶太の民は今はない神の国のために日々戒律を守り生きているのか？」

「その通りです」

十兵衛はここから世の支配を二つに分けて考えることを学んだ。

「今ではなく将来に、考えも及ばない見事な世界がある」

今の延長ではない、全く違う世界が将来あり、それを理想として生きていく考えを持ったのだ。

偉大な神の世界と人間の世界という二元論がそこに出来る。これは様々に形を変えながら一神教徒の思考を支配している。

一神教はそれを信じる人間の思考に極めて大きな影響を与える。

二元論——善と悪、理想と現実、将来と今などを明確に親和性の無い次元の違うものとして分けて考えることが自然になっていく。この思考は日本人にはなかなか出来ない。

八百万（やおよろず）の神という考え方や仏教のあり方は、様々な存在との間に親和性を持たせ、二元論で割り切るという考え方は生まれない。

日本人は〝今〟の延長に〝将来〟を見る。しかし、明智光秀は二元論で〝将来〟を捉え、信長に〝理想〟というものを据えて、逆算で自分の行動を戦略的に考えていく。何故なら〝天下布武〟があるからだ。

信長は〝今〟の延長を否定するものとして、〝天下布武〟を掲げていると光秀は読んだ。

そこに信長と彼に仕えた光秀の強さがある。

十兵衛は考える。ついこの間まで大した禄もなかった自分が、今は五百人もの兵を与えられ信長に仕える身だが、そこに留まっていてはならない。

「先がある。そちらの方が大事なのだ」

十兵衛は己の将来にまばゆい明るさを感じた。だが同時に冷静に考えも巡らす。

「どうすれば信長様に貢献が出来るか？」

〝天下布武〟の第一は軍事だ。

十兵衛は与えられた兵をいかに『信長好み』にするかを考えていく。

「信長様が理想とされる軍団、それは一糸乱れぬ美しさと速さ……それに尽きる筈だ」

『美しさ・速さ』

十兵衛は自分の兵を常に緊張状態に置くことでそれを実現させようとした。

まず軍律を厳しく守らせる。服装や武器を清潔に保ち、規律ある行動を取らせ、行軍の際いかに美しく見えるかを考えさせる。命令の伝達経路を明確にして、戦場での情報混乱を避ける。

何より十兵衛が実践し効果を挙げたのが、五十の兵をひとまとめとする〝隊〟というものだった。

五十兵で一塊の〝隊〟を十作りそれぞれを演習訓練で徹底的に競わせた。

五百の中から優秀な十人を選んで隊長とし実戦に於いてはその判断を尊重するとした。

「一匹の兎に率いられた五十の狼より、一匹の狼に率いられた五十の兎が勝る」

それが十兵衛の軍団理論だった。

しかし、隊長たちが功に逸って勝手に動かれては軍団の意味がない。

そこで十兵衛は、隊の使い方に工夫を加える。

いざ合戦の際には、演習訓練の結果で評価された強い隊から順に戦闘に向かわせるのだ。

そして実戦では各隊長に臨機応変を求めた。そして、隊ごとに伝令を置き戦況を遂次、前後の隊に知らせることを厳命した。

「形勢に応じ隊を自由に動かして構わん。但し、前後の隊との連絡はさらに密にせよ」

戦場での情報の共有を、何より大事と考えてのことだ。

そして兵にとって戦いである糧の褒美も、十兵衛は独自のあり方を編み出した。

褒美は合戦での結果がどうであろうと戦の前に決めた順位の傾斜配分とし、実際の合戦での隊の働きの評価は、次の合戦の順位変更に活かすとしたのだ。

こうすることで戦が増えれば増えるほど、戦が大きくなればなるほど、兵は競争心を掻き立てられ、やる気を出すという仕組みだ。

このように育成された明智軍の力が、実戦で試される時が来た。

将軍となった足利義昭は、信長の意見に基づいて畿内の支配権を己の上洛前後に降伏するか恭順を示して帰属した国衆たちに与えた。

摂津には和田惟政（これまさ）、池田勝正、伊丹忠親の三人を守護として置き、河内では畠山高政といち早く降伏した三好義継を半国守護に、大和は同じく降伏した松永久秀に支配させることとした。

兄義輝を殺した松永久秀を許すことを義昭は是としなかったが、信長から強く説得されて聞き入れた。

何故、信長は久秀を許したか？　そこに信長らしさがあった。久秀という男を面白いと思ったからだ。

「松永久秀、あの老人……将軍を殺したり東大寺を焼き払うことなど何とも思わん。だが茶人としての風雅を重んじ、奈良にあった名物茶室を戦火で失うのを惜しんでわざわざ解体し移築したと聞く。そんな数寄者はなかなかおらんわ」

そう家臣たちに笑って言うのだった。

久秀は信長に降伏の証として、人質と共に所持していた茶の湯の大名物である茶入『付藻茄子』を差し出し信長の機嫌を麗しくしていた。

あるべき美しい形に拘る信長は、上洛の後、幕府が政を執り行う組織を復活させた。

将軍に仕える御部屋衆、定詰衆、同朋衆を揃え、政を直接担当する奉行衆を置いた。

彼らが将軍の諮問に答え、訴訟や要請の取次を輪番制で行うのだ。

そして御所の警護に当たる惣番衆が編制された。

「だがしかし、本当にこれで京の都の静謐は保たれるのか？　信長殿が国元に引き上げた後はどうなるのじゃ？」

不安がる義昭の為に、信長は軍団を用意した。

奉行衆である細川藤孝、三淵藤英、上野秀政の三人に兵を与え義昭直属軍団を編制させたのだ。そこには十兵衛の軍も組み込まれている。

光秀は側でそれを見てあのマキアヴェッリの『第一の者』を思い出していた。

——国を治める者にとって必要なものは良き土台である。それなくば、滅びる。

——持つべき土台とは良き法と良き軍備である。良き軍備のないところに良き法はあり得ず、良き軍備のあるところ必ず良き法がある。

信長がそれを実践していくのを光秀は目の当たりにする。

様々な信長の差配で将軍の座は安泰となった義昭だったが、そこに信長の深謀遠慮が隠されていることに気がつくことはなかった。

信長は幕府の組織を自分の意のままに動かすと同時に、義昭の力を制約することを仕組んでいたのだ。それは法の形を取って行われた。

『殿中御掟』と呼ばれるものが制定され、信長が内容を作成、義昭が承認の袖判を添えて、初めて法としての効力を発揮するとしたのだ。信長は真に公儀と呼べる政を己の手で執り行うことを目指していた。

十兵衛は思う。

「信長様はまさに〝第一の者〟となるお人だ。これから幕府を己のものとしていかれる筈だ。それに比べ……」

義昭はただ将軍となった己の今を、無邪気に喜んでいるだけだ。

だが、その義昭に上洛後最初の試練がやって来た。それは、信長が京の都を離れた時に起こった。

「なにッ!?」

足利義昭は腰を抜かさんばかりに驚いた。

将軍の座に就いてまだ三ヶ月にもならぬ、永禄十二（一五六九）年正月五日未明のことだ。

将軍家の宿敵、三好三人衆の軍勢が京に突然乱入、義昭が宿舎としている本圀寺（ほんこくじ）を囲み、門前の家々を焼き払ったのだ。

義昭を奉じて上洛した信長が、主力軍と共に岐阜に引き上げた隙を狙っての行動だった。

慌てふためく義昭を老臣細川典厩は一喝した。

「上様、落ち着かれよ!!　これより我らが打って出て賊を打ち払って参ります故!!」

本圀寺にいた十兵衛は隙を見て寺を抜け出すと疾風の如く駆け、どの奉行衆より早く己の軍を率いてやって来た。日頃の鍛え方が生きた瞬間だ。

「本圀寺へ急行せよ!!」

馬上から十兵衛が号令を掛けると宿舎にいた十人の隊長が素早く動き、瞬時に五百の兵の隊列を整え、十兵衛を先頭に流れるように本圀寺に駆けつけた。

そして一斉に本圀寺を囲む敵に対して、壁のようになって現れたのだ。

「なんだッ!?　どこの軍勢だ!?」

驚く敵方の眼前に明智軍鉄炮隊が忽然と進み出て来た。

十人三列、あっという間に三十発の弾丸を浴びせることが出来る。

厳しい訓練によって隊員は、走りながら銃をいつでも撃てるように準備が出来ている。

そうして明智軍の鋭く激しい攻撃に、三好衆の軍勢は浮足立ち蜘蛛（くも）の子を散らすように逃げてしまった。

「なんだ!?　どうなったのだ？」

驚いたのは遅れて本圀寺に到着した細川藤孝だった。

己の兵二千を引き連れて来たが、前方に見えるのは敵方の兵たちが敗走する姿だ。

「細川殿の軍勢か？」

硝煙たなびく中から、聞き慣れた十兵衛の声が響いた。

藤孝は明智軍が敵を蹴散らしたことを知り胸が熱くなった。

「明智殿ッ!!　かたじけない!!　上様は？　上様はご無事でござるか？」

十兵衛は近づいて来た藤孝の手を取って大きく頷いた。

藤孝はほッと息をついた。

「それにしても貴殿の軍勢の早い到着、驚愕致しましたぞ!!」

十兵衛は笑顔になった。

「いやぁ、たまたま」

その謙虚な態度に藤孝は感心した。

十兵衛は内心、己の軍団作りに自信を持った。そしてそれが、翌日の戦いで確信に変わる。


桂川べりで軍勢を立て直した三好三人衆は、幕府軍と本格的な合戦となった。

そこでも明智軍は、少軍ながら鋭敏な戦いをして見せる。

幕府主力軍の将である細川藤孝は、己の軍勢を指揮しながら明智軍の戦いぶりに驚いた。

攻めては引き攻めては引きを繰り返す。だが、確実に押しているのだ。

気がつくと明智軍の脇には、敵兵の死体が散乱している。

「何故だ？　何故こんな戦いが出来る？」

藤孝は不思議だった。明智軍は引いたと敵に見せかけては隊を入れ替え、新手の戦力を敵前に投入するという波状攻撃を戦術としていたのだ。

敵の軍勢が完全に形を崩したのを確認すると、十兵衛は全隊に鱗紋形（うろこもんがた）による総攻撃を命じた。

各隊が隊長を先頭に綺麗な楔形（くさびがた）となって攻撃を続け、明智軍全体では大きな三角を形成していて死角がない。

こうして明智軍は勝鬨（かちどき）を挙げた。


三好三人衆による将軍急襲の報を岐阜城で受けた信長が、急遽馬を飛ばして京に入ったのは全てが収まった翌日の一月十日だった。

賊軍を蹴散らし、将軍を無事守ったとの報告に信長は大いに喜んだ。

信長は戦闘の報告から十兵衛の軍事能力が期待した以上であることに満足し、さらに五百の兵を預ける旨を告げた。

有難き幸せと深く頭を下げる十兵衛に信長は言った。

「十兵衛、お前の力さらに見せて貰う。天下布武、政（まつりごと）に加われ」

ここからまた十兵衛は飛躍する。


政……政治とは己の掲げる理想に、不特定多数を雷同させる運動に他ならない。

その運動に絶対不可欠なものがある。

金（かね）だ。

「政は銭（ぜに）だ」

それを信長は、信念としていた。

この世のあらゆる階層の人間を従わせることが出来るもの、それが銭だからだ。

信長の強さは、銭の力を幼い頃から知っていることにある。

尾張は農業、商業共に盛んな地だ。織田家が代々、支配領域として来た木曽川下流の地、勝幡（しょばた）には肥沃な農地が広がり、すぐ近くには伊勢湾交易の要所・港町の津島がある。津島は銭を蓄えて質屋を営む富裕な者が多く、その銭の融通によって近郊地域の商いを盛んにしていた。

豊かな商業地域を支配する織田家は運上金による財力を有し、信長の父信秀はその銭の力を天下に鳴り響かせていた。

天文十（一五四一）年、伊勢神宮外宮仮殿造営費用として金四千貫を朝廷に献上、二年後にも皇居修理費として同額を献上するという大盤振る舞いを行ったのだ。それも、近郊の松平や今川、美濃の猛者たちとの合戦を続けている最中に……、だ。

「どのようにしてそのような大金を……」

京は勿論、畿内全土が信秀の財力に驚愕し、公卿衆は一斉に信秀になびいた。この時に作られた看板と人脈が、その子信長の上洛の際に利いた。信長は京の都で一見者（いちげんもの）ではなかった。

「あの信秀の後継者」

公卿衆はこぞって信長を後押しした。

京で政治を行っていく上で、最も難しい公卿たちとの関係を信長が最初から上手く築くことが出来たのは、父信秀が銭で作っておいてくれた人的遺産があったからだ。

それをさらに推し進めようと、信長は禁裏に対して誠仁親王の元服式費用の銭三百貫を贈り、御所の修理を行うなど、上洛前の正親町天皇からの要請に応えていった。


「公卿衆は欲深く狡猾な連中だ」

あまりに直截(ちょくせつ)なその信長の言い方に、十兵衛は驚きながらも頷いた。

「だが必要な連中でもある」

朝廷という絶対的権威なしに本格的な政治を行っていくことは出来ない。公卿衆は朝廷を包み込み朝廷を動かす存在なのだ。

大きな商いの成立にも、公卿の存在が必要であることは十兵衛もよく知っている。

「あの連中には銭と共に持って回ったやり方が必要になる。それには連中の懐に入ることの出来る人間が要る。つまり……」

公卿衆が気に入る人間だと信長は言う。

独特の宮中言葉を操って洗練された会話が出来、和歌や蹴鞠で相手を務められる人間だ。

家臣の中で公卿衆との交渉の適任者の一人が、そんな教養を持つ十兵衛だ。

十兵衛は政治の場で自分の能力が発揮できると思い大いに喜んだ。

だが、続く信長の言葉に驚く。

「その公卿よりさらに欲深く狡猾なお人がおられる。分かっておるな？　十兵衛」

十兵衛はグッと詰まった。

（信長様は見抜かれておられる！）

その内心を敢えてあからさまにするような困った表情をして十兵衛は信長を見た。

何ともいえない冷たい笑みを、信長は浮かべている。

十兵衛は静かに口を開いた。

「義昭公……でございますか？」

信長は満足げに頷いた。

「お前はあの方の家来でもある。が、それはこの信長があの方を将軍としている故であることを忘れるな」

十兵衛はさっと頭を下げた。何をすべきなのか明確に分からされた。足利義昭に器量が備わっていないことは、越前で側に仕えて直ぐ分かった。

何をするにしろ場当たり的で、深く考えたり先を読んだりすることが出来ない。

足利将軍家の継承者という一点だけで、周囲が存在を認めていることも分かっていない。それでいて自尊心は高く欲は人一倍強い。一事が万事、人間の本質は瞬時に分かる。

十兵衛はある場面を思い出した。

それは信長が義昭を上洛させるため、越前から美濃に迎えた時のことだ。

美濃西にある立正寺に義昭一行は入った。歓迎の堂内で信長は銅銭一千貫を積み上げ、太刀、鎧、武具、馬など様々な豪華な品々と共に義昭に進呈した。その時見せた義昭の表情、それを十兵衛は忘れられない。目をギラギラ輝かせる浅ましい守銭奴の顔つきに、虫唾が走る思いがしたのだ。

(この程度のお方か……)

十兵衛はその時、信長にも仕えるようになっておいて良かったと心の底から思った。

信長は言った。

「義昭公には我が将軍として相応しい方になって頂く。その第一歩として歴代将軍の誰も住んだことのない豪華絢爛たる御所、新第を造営して差し上げる」

十兵衛は驚いた。

だがそこに信長の深謀遠慮がある。十兵衛には信長の心の声が聞こえる思いがした。

(誰の力で立派な将軍としていられるのか、京の全ての者に目でそれを分からせてやる)

将軍の存在は信長あってのものと、世間に知らしめるのが新御所なのだ。

「さて、その造営のための銭、かなりの入り用となるが……」

と、そこまで言って信長は十兵衛を見たまま黙った。その目が十兵衛の頭脳を試しているのが分かる。どんな回答をするのか待っている。

十兵衛はきっぱりとした口調で言った。

「それは全額、殿がご負担なさるべきかと存じます」

信長は正解だと頷いた。豪華な御所の造営資金全てを信長が負担することで、体面や見栄を重んずる京の人間たちが「さすが信長」とその威光を心から納得する筈だからだ。

見えるところ大事なところで身銭を切るのは、処世の重要なあり方であることを十兵衛はよく理解している。

そしてそこからさらに続けた十兵衛の言葉に信長の目が光った。

「同時に先に殿が命ぜられた矢銭（やせん）（軍用金）調達、これを徹底されるのが宜しいかと存じます」

信長は大正解だという表情を見せて言った。

「義昭公を将軍にお就けして以来、関所の撤廃、検地の実施、そして撰銭令（えりぜにれい）を発しての悪銭駆逐により商いが盛んとなるよう施し、有力な神社や寺、中でも大坂本願寺には五千貫の矢銭を課した。その他、堺の納屋衆には二万貫を要求したが……」

堺は拒絶したのだ。

堺は納屋衆三十六名による市政を旨とし、自主独立を保ち、町自体を要塞のような造りにして地侍を雇っての自営軍も持っている。

信長が上洛を果たした直後、堺納屋衆の筆頭今井宗久は茶の湯の名物道具『松島の壺』『紹鷗茄子』を信長に献上したが、信長からの矢銭要求には反発、信長が京を離れた隙に堺が後援する三好衆に将軍義昭を急襲させたと言われていた。

その後、堺は町に櫓を新設し、堀を深く掘るなどして信長への戦闘姿勢を見せている。

信長は堺を軍事力で壊滅させることを考えたが、天下布武に向け大きな銭を生む装置、日の本最大の商業都市堺は無傷で自分のものにしたいと強く思っていた。

十兵衛は言った。

「堺のこと、お任せ頂けますでしょうか？」

信長は頷いた。

「驚きましたで」

『ととや』の主、田中与四郎は座敷で、十兵衛に茶を点て茶碗を差し出すとそう言った。

越前朝倉に大量の鉄炮を売り込むために十兵衛兄弟を仕官させたものの首尾良くいかず、その後、十兵衛から音信不通となり、どうなったのかとずっと気を揉んでいた。

それが突然顔を見せたかと思うと、堺が敵に回した織田信長の家臣になったとぬけぬけと言うのだ。

与四郎の腸は煮えくり返っている。

「どないなつもりで信長の家来に……事と次第によっては許しまへんで」

言葉に険はあるが独特の気品がある。

「与四郎殿の茶はいつ飲んでも美味いな」

十兵衛は与四郎に正面から応じず、青磁の茶碗から薄茶を一口飲むと嬉しそうに微笑んだ。

不敵な態度の十兵衛に与四郎はさらに凄みを利かせた。

「他の納屋衆が知ったら……その茶が明智さまの今生の別れの茶になりまっせ」

十兵衛は声をあげて笑った。

「不義理したことは謝る。俺も色々あったのだ。この通りだ」

そう言って頭を下げた。

「だがな、俺が死ぬとなると……この堺は一夜にして灰燼に帰す。信長様は今、京・大坂に六万の大軍を率いて待っておいでだ」

そして茶を飲み干すと与四郎を見据えた。その目は今言ったことは脅しではないと語っている。

与四郎は瞠目(どうもく)した。

(このお人、大きう変わらはった!!)

少し間を置いてから与四郎は今度は穏やかな口調で、もう一服どうかと訊ねた。

「では……今井宗久、津田宗及、銭屋宗訥(そうとつ)のお三方をここへ呼んで頂けるか？　最後の茶になるなら皆と楽しみたい」

凄みのある十兵衛の笑みに与四郎は従った。

堺、納屋衆筆頭の四人を前にして十兵衛は言った。

「織田信長という武将、日の本を変える。天下布武はこの国を新しきものにする。それに堺が従えば三年後には堺の商いは今の倍になる。そしてさらに二年でその倍に……」

その言葉に津田宗及が笑った。

「あほらし。どないしたらそんなことになりますんや？」

十兵衛のことは皆昔から知っている。一目置いて来た男だから、信長の家臣になったとはいえ話だけは聞いてやろうと集まったのだ。

「あなた方商人が最も欲しがっているものを信長様は創られる。太平の世をもたらすということだ」

商いに於いて、常に安心安全に物や銭のやり取りが出来るのは理想だ。

しかし、応仁の乱以降の百年以上続く戦乱の現実に、太平の世など夢物語と思うしかなかった。

堺は乱世の現実の中、自分たちで身を守る術を磨き独立を保って来た気概がある。

銭の力によって有力武将たちを手なずけ、自分たちの商いの安全を守らせる。

三好三人衆や松永久秀なども堺衆の掌（てのひら）の上だったのだ。新将軍を襲わせたのも信長に目にもの見せる意図があったからだ。

信長が堺になびかなければ、銭の力で一気に潰そうと今も思っている。

「まず言っておく。贔屓目（ひいきめ）でなく信長軍は強い。お主らが肩入れする三好三人衆らには勝ち目はない。現に将軍義昭様を襲わせても蹴散らされたではないか」

十兵衛は、自分がその防撃の立役者であったから最もよく分かっている。

納屋衆たちは面白くなさそうに黙っている。

「だが大事なのはそんな軍事の力のことではない」

十兵衛はここからが肝心だと座る姿勢を改めてから言った。

「三好三人衆ら他の武将と信長様を同列に考えては大きく誤る。信長様は別格だ。世のあり方を変えるお方だ」

信長という〝現れ〟を十兵衛は語っていく。

「信長様が創る世とは富める者が今の何倍にも増える世だ。そうなれば商いの中心、堺はどうなる？　途轍もない富を得ることになるのだぞ！」

十兵衛は信長が商いを深く理解していることを強調した。

「尾張や美濃の地で商いが今どれほど栄えているか知っておるか？　信長様は誰よりも商いを分かっておられる武将だ」

そこから十兵衛は信長による商いの拡大策について滔々と語った。陸路海路の安全確保、関所の撤廃、自由な市場とその利用について具体的に説明していく。

誇り高き納屋衆は十兵衛から軍事力での脅しを受ければ殺すつもりでいる。

障子の向こうの庭先には地侍五人を控えさせており、声を掛ければ何時でも斬り込んでくる手筈になっている。

だが納屋衆たちは十兵衛の言葉に聞き入った。商いを知り抜いている者たちだけに、十兵衛の理に適った説明は腑に落ちる。

十兵衛は決定的な言葉を放った。

「後の百より今五十、堺が目先の銭儲けをしたいのは承知している。夢物語の後の太平の世よりも今の戦乱の世で儲けたいのが堺の本音というのは心得ている」

納屋衆たちの目が据わった。

「これから太平の世を創るための信長様の、〝天下布武〟の戦が始まる。それもこれまでなかった規模の合戦の連続だ」

今度は全員の目が光った。

「合戦で平定した地の商いを拡大させ、増えた銭を次の合戦に投入していく。武器の調達量はこれまでとは桁が違って来る」

ごくりと皆が欲の唾を呑み込むのが分かったところで、十兵衛は駄目を押そうと一番大事なことを言った。

「堺が今、二万貫の矢銭を差し出しても、一年後には倍返しされる筈だ」

十兵衛の言葉に、納屋衆は大きく算盤をはじいた。

筆頭の今井宗久が言った。

「分かりました。明智さまがそこまで言わはるなら……織田信長ちゅう馬に堺は乗りまひょ。皆さんも異存おまへんな？」

他の三人も頷いた。

十兵衛は満面の笑みになって言った。

「俺は信長様という方を知っている。まず要求された金額二万貫に上乗せする奮発を見せられよ。そして納屋衆お持ちの茶器の名物の数々を献上されよ。あの方との付き合いは最初が肝心。堺がその意気を見せ、あの方のお心を摑めば見返りは早く大きくなる。それはこの明智十兵衛が保証する」

四人が「さすがにそれは……」と言い淀むと、十兵衛は外に向かって「おい！」と声を掛けた。

障子が開かれると……。

五人の地侍が後ろ手に縛られ、猿ぐつわをされて庭木に縛りつけられている。その横には十兵衛の手の者たちが涼し気に立っていた。

納屋衆たちは背中に冷たい汗を流しながら、「全て明智さまの仰せの通りに……」と頭を下げるしかなかった。

第三章　光秀、政務を行う

第十五代将軍足利義昭の新御所造営が始まった。

元将軍義輝の勘解由小路室町の真如堂の地、二条館を拡大して再興することになったのだ。

永禄十二（一五六九）年二月二日に鍬入れが行われ、尾張・美濃・近江・伊勢・三河・畿内五国・若狭・丹後・丹波・播磨の十四ヶ国の在京の将が造営の任に加わった。

堀を広げる工事から始まり、次に石垣が高く築き上げられた。

洛中洛外からあらん限りの人夫・鍛冶・大工・杣人が集められ、隣国隣郷から大量の材木が運び込まれる。

信長は工事の持ち場ごとに奉行（監督責任者）を置き、速やかな工事の進捗を図った。

建物から建具、瓦に至るまで、装飾にはふんだんに金銀がちりばめられ、庭に泉水・遣水・築山が設えられていく。

作庭に当たっては東山慈照寺の庭にあった評判の石、九山八海を筆頭に洛中洛外の名石名木が取り寄せられて据えられた。

信長は造庭の様子を見学すると、物足らんなと呟いた。

「細川の屋敷に藤戸石というそれは見事な巨石がある。あれをここに据えようぞ」

信長の言葉は直ちに実行に移される。それは祭りの様相となった。

件の藤戸石は絢爛豪華な綾錦の布で包まれ、色とりどりの花で飾り立てられる。

石の下に丸太が敷き並べられ紅白の太い綱が何本も掛けられていく。

それを笛・太鼓・鼓で囃し立てながら大勢が引っ張って運んでいくのだ。

引くのは武将や兵、そして京童たちだ。

「それ引けッ!! やれ引けッ!!」

派手な傾奇者姿の信長が石の上に乗り、扇を両手に持って大声で音頭を取る。

華やかな祭りに飢えていた沿道の京の人々がそれに声を合わせ喜び勇んだ。

「それ引け！　やれ引け！」

「さぁ引け!!　やぁ引け!!」

十兵衛自身も綱引きに加わりながら、信長が市井の民を魅了していくのを肌で感じた。

「そしてあれも……信長様そのものだった」

十兵衛は思い出した。

町家の娘が工事を見学していると、人夫の一人が娘の着物の裾を捲ってからかった。

「へへへッ」

「キャッ!?」

監督用の高台にいた信長がそれに目を留めた。

信長は飛び降りると一直線に人夫に向かって走り、怪鳥のような高く鋭い声を発しながら抜刀した。周囲の者たちが驚く間もなく、人夫の首は高く宙を舞っていた。

信長の横へさっと駆けつけた小姓が膝をつき、袂から懐紙を取り出すと刀に付いた血を綺麗に拭っていく。

「愚か者めが」

信長は吐き捨てるように言うと、刀を鞘に収め何事もなかったように高台に戻った。

張りつめた空気だけがそこに残っていた。

信長は上洛後、『一銭切』という刑罰を布告している。洛中で一銭でも盗む者があれば、斬首に処すということだ。軍規も厳しく定められ、兵による乱暴狼藉、強奪強姦などを絶対に許さない。軍規破りは斬首より厳しい磔にされた。

「尾張の弱兵を強くしたのも厳しい軍律、法あってのこと」

信長軍が駐屯する京の都は、これまでに誰も経験したことのない安全な町になった。

「織田のお殿さん、京にあってないもんはなんやと思わはります？」

信長の宿舎を訪れた西陣の織物商が訊く。

「なんだ？　分からぬ。言うてみよ」

織物商は声をひそめて言った。

「将軍ですがな」

「ハハハ、そう思うか？　面白いのぉ！」

信長は京に滞在している間、自分に挨拶に訪れる者全員と対面していた。

公卿や門跡、神官や僧侶、学者や医師薬師、商人に至るまで、面倒がらず気さくな調子で時間の許す限り相手をする。

「織田の殿さんは違うで！」

「殿さんはよう分かってくれはる」

それまで京を支配していた武将たちの高圧的な態度と、全く異なる信長の評判は広がった。

十兵衛はそこにも〝天下布武〟が浸透していく様が見えるように思えた。

そんな風に信長という〝現れ〟を、最も理解できるのは己だという自負が十兵衛にある。

だがその信長を理解できない、いや、理解しようとしない人間がいた。

将軍足利義昭だ。

「何故なのじゃあ？」

義昭には理解できない。

自分を奉じて上洛し、あっという間に将軍にしてくれた信長に、義昭は心の底から感謝していた。

直情な義昭は感激のあまり滂沱の涙を流し、信長への感状（感謝の意を表した手紙）には信長のことを『御父　織田弾正忠殿』と記したほどなのだ。

「どのようなことをしてでも報いたい！」

義昭は強くそう思った。

将軍の自分が与えられる最も価値あるものは武家の官位だ。だが、『御父』とまで持ち上げられている信長は、義昭がどれほど高い官職に就くように勧めても首を縦に振らない。

「副将軍はどうじゃ？」

「管領は如何か？」

信長は蒼白い顔をにこりともさせない。

「近江、山城、摂津、和泉、河内……。畿内の国をどこでも望み通りに知行（支配）させる。どうじゃ？」

全く関心がないというように断る。それが信長の作戦であることに義昭は気がつかない。

義昭はとうとう懇願するように言った。

「父上ッ！　どうかこの義昭の感謝の意、受けて下されよッ!!」

信長はようやく薄く笑みを浮かべて頭を下げた。

「それでは……堺、大津、草津をこの信長自らが治めます故、代官を置くことお認め頂きたく存じます」

義昭は感動した。

「なんと欲の無いお方じゃ!!　そんなものでよいのか！」

何も分かっていない義昭は、二つ返事で三つの地を信長の直轄とすることを承認した。

貿易港である堺と大津、中山道(なかせんどう)と東海道に分岐する草津、全て交易の重要拠点であり商いの中心地だ。

信長はそれらを直轄地とすることで、軍事上の物資流通の要所を押えると同時に、商いからの運上金を得るのが目的なのだ。これで莫大な銭が恒常的に入って来る。

まだ安定していない畿内の国々の支配権を貰っても仕様がないが、この三つの地からは直ぐに確実に銭が入るのが分かっている。それで軍事力をさらに高めることが出来るのだ。

信長の兵の強さの〝不思議〟は主力軍が土地に縛られないことから来ていると、十兵衛は理解していた。

「信長主力軍以外は全て半農半軍、普段は百姓で農閑期しか戦が出来ない。しかし……」

信長は銭で兵を集め、戦の専門集団を創り上げようとしていた。

「信長様以外で天下を狙える強力な武将は皆、土地に縛られている。越前の朝倉義景、越後の上杉謙信しかり、甲斐の武田信玄もそうだ。しかし、信長様は違う。銭という……決して腐らずいつどこへでも持ち運べるものでご自身を、そして軍団を自由自在に動かすことが出来る」

兵を指揮する将たちもそうだ。

「信長様は有能な武将を銭で採っていかれる。織田家臣団はどの有力武将の家来たちより間違いなく優秀な筈だ」

出自や身分に関係なく信長はどんどん優れた人材を手に入れていく。

十兵衛は武者震いを覚えた。

「それに比べ……」

無邪気に将軍の座にある義昭が情けないほど小さく見える。

十兵衛は思った。

「分を弁(わきま)えて過ごしていかれればよいが……。狭量で欲深いお方だ。おとなしく神輿(みこし)に乗っているのに我慢ならず、次第に信長様を面白く思われなくなる筈……」

二条御所での宴席の最中、十兵衛は視線の先を義昭に向けた。

手ずから信長に酒の酌をしている将軍を見ながら、十兵衛は難しい顔になった。

そんな十兵衛をじっと見ている男がいた。十兵衛とは違う角度で信長を理解し、〝天下布武〟に向けて全力疾走する武将だ。

木下秀吉。

信長が取り立てた武将の中の出世頭だ。学は無いが地頭の良さがあって勉強熱心、行動が早い上に愛嬌がある。

秀吉は十兵衛を見ながら思っていた。

「明智十兵衛……新参者だが織田家中ぴか一の武将になるやもしれん」

秀吉はクルクル回る頭脳で十兵衛を観察していたのだ。

木下藤吉郎秀吉。

信長の上洛出兵に際し主力軍の将として、佐久間右衛門尉(うえもんのじょう)信盛(のぶもり)、浅井新八郎、丹羽五郎左衛門長秀ら宿老たちに並んで参加した。

百姓の出で草履(ぞうり)取りから信長に仕えた後、出世階段を駆け上がり美濃攻めでは大きな働きをしていた。信長による才覚重視の家臣登用の代表とされ、世にも知られた男だった。

その秀吉が十兵衛を強く意識していた。

「明智十兵衛……。見た目が良く、頭は切れ、教養があり、武芸も秀でている」

秀吉はそう呟いてから立ち上がり、十兵衛に笑顔で近づいた。

「明智殿！　一献受けて下さらんか！」

銚子を持っている。

「おぉ、木下殿。有難く頂戴致します」

十兵衛は織田家臣団の先輩である秀吉を立てるが、年齢は秀吉の方が十近く下だ。

「上様（義昭）を奉じての殿（信長）の上洛には、明智殿の大変なお働きがあったとお聞きします」

秀吉は秀吉で十兵衛が義昭の臣下でもあることで、へりくだってものを言う。

十兵衛は頭を振った。

「拙者など何もしておりません。全て義昭さまのお導きと信長様のご命令あってのこと」

隙のない答えに秀吉は、「喰えない奴」と思いながら笑顔で言った。

「いやぁ、あっという間に一千の兵の将となられた。それこそが明智殿のお力の証拠」

「いえいえ、どこまでも信長様あってのことでございます」

すると少し間を置いてから秀吉が言った。

「明智殿、お互いざっくばらんで参りませんか？　狐と狸の化かし合いのようなうわべの話の仕方は窮屈でいかん……」

何とも言えない笑みを見せる。

（この男、喰えんな）

そう思った十兵衛に秀吉は言った。

「わしは殿に告げ口するような男ではござらん。お互い腹を割って話しましょうぞ。わしは殿にも言いたいことは言わせて頂いております。その為何度もこの頭を殴られ蹴られ、それ故この通り禿げてしまいましたわ」

そう言って笑いながら頭を撫でる。十兵衛もつられて笑った。

「それこそ木下殿が殿に真から気に入られている証でございましょう。拙者など足元にも及びません」

秀吉は小さく首を振った。

「まだまだでござる。もっともっと殿の為に働きたい。このつまらん身を拾って頂いた殿の恩に報いる真の働きをせねばなりません」

十兵衛はそれは自分も同じと頷いた。

「それにしても美濃攻めでの木下殿のお働き、目覚ましいものがあったとお聞きします」

あぁ、と秀吉はもう済んだ昔のことというように受け流す。

木曽川、墨俣（すのまた）の難所に秀吉の指揮で短期間に城を築き、そこを攻撃の拠点と出来たことで美濃攻めが成功したと言われている。

だが、秀吉は自慢話など一切せず真剣な表情になって信長の話を始めた。

「美濃攻略での殿の差配は見事でございましたが、殿の真の凄さは……その後です」

「上洛の際の六角との戦いですか？」

秀吉は頭を振った。

「いえ、伊勢攻略に着手された。〝天下布武〟の意味、それで知らされました」

十兵衛は秀吉から出た〝伊勢〟と〝天下布武〟という言葉に、あっと思った。

信長が京に上ったことで天下布武を成し遂げたと思っている家臣が多い中、秀吉は十兵衛と同じ大きな意味で天下布武を捉えていることを知ったからだ。

（やはり木下秀吉、只者ではない）

「あれだけご苦労のあった美濃平定の直ぐ後で、殿は間髪入れず伊勢に攻め込まれた。何が〝天下布武〟に必要なのか、我々家臣はあれで知らねばなりません」

信長に仕えるには先を読んで行かねばならない。

信長は美濃を平定した後、即座に伊勢に攻め込んだ。

伊勢北部には勢力を張る豪族の神戸(かんべ)氏と長野氏がいた。信長はまず神戸具盛(かんべとももり)の居城を攻撃して降伏させると自分の三男三七郎（信孝）を養子として押し込み、続いて奄芸(あんき)・安濃(あの)に勢力を誇る長野具藤(ともふじ)を降伏させ、信長の弟信包(のぶかね)を養子として居城である上野城に入れている。

北伊勢をそうして支配下に置いていた。

「殿は北伊勢だけでなく恐らく南伊勢を支配する北畠具教(とものり)をお攻めになり伊勢全土を平定されることでしょう」

そう冷静に秀吉は口にする。

自分の肉親を重点的に配備していくことに信長にとっての伊勢の重要性が見える。

十兵衛は呟いた。

「短絡的に領土を広げてらっしゃるのではないということですな。大湊(おおみなと)や桑名という東海水運の要となる港がある。そして鈴鹿越、千草越、八風越で近江と伊勢は街道で結ばれている。伊勢の地が持つ意味、人や物の動きを考えると、この地域を基盤に出来れば……」

秀吉は頷いた。

「商人たちから相当な銭が入りますし物資や兵・軍備の輸送は格段に楽になる。殿は常に人や物がどう動くか見てらっしゃる。物の動きや銭の動きに関わらないところは攻略されない。

何が大事か？　何のためか？　常に考えてらっしゃる」

十兵衛はその秀吉の目を見て言った。

「全ては〝天下布武〟のため。日の本の全てを信長様が治められるため？」

秀吉は頷いた。

「堺と大津、草津に代官を置かれたのも同じ。大津は琵琶湖水運の中心、九里半街道を通って北海（日本海）の小浜、敦賀の港に通じる。草津は鈴鹿越の東海道に繋がり中山道の分かれ道でもある。堺は言わずと知れた瀬戸の内海の玄関、これで殿は京の都を中心とした広域の物の動きを支配された。織田軍団はどこへでも動けるということです」

十兵衛は自分と同じ認識を、秀吉も持っていることに驚きながらも訊ねた。

「何故、木下殿は私にそのような大事な話をされるのです。ご自身だけで軍略として握っておかれればよいものを？」

秀吉はニヤリとしてから、鋭い眼差しで十兵衛を見た。

「信長様の頭脳には誰も敵いません。我ら家臣は皆で揃って信長様と同じ頭にならなくてはなりません。その為には家臣は知っておること、考えておることも共に有し、それで信長様をお助けしていかなくてはならん。これから明智殿と共に様々に仕事をする上で、それを分かって頂きたいと思ったからです。私は明智殿のような学がない。ですから色々と教えても貰いたい。家臣皆で殿と同じことが考えられるよう、共に手を、いや頭を携えたいのです」

十兵衛は感動した。

これが秀吉の人たらしの術だった。それぞれの人間の懐のあり方を見定め、その懐に深く入り込んで行く。

秀吉は十兵衛の頭の良さを十兵衛最大の懐であると判断し、そこへ自分の頭脳の切れを、ものの見方を披露することで、入り込もうとしていたのだ。

そこには腹の据わりを伴う正直さがある。それこそが秀吉の強みだったのだ。

十兵衛は言った。

「木下殿のお考え、深く感心致した。織田家臣団が何故強いのかよく分かりました。皆が知ることを共に有し、殿と同じ頭になる。殿のように考えるようになる。殿が見るものを皆で見られるようにする。そして殿が求めるものを手に入れる。そういうことですな？」

秀吉は頷いた。

「そのための旗印が〝天下布武〟です。殿がご覧になりたいものは大きく広い、それを家臣は分かっておらねばならん。ところで……」

秀吉は酒を十兵衛に勧めた。十兵衛は盃（さかずき）を飲み干すと直ぐに返盃した。

秀吉は飲みながら無邪気な表情で訊ねた。

「明智殿はどちらの出でらっしゃる？」

「美濃ですが、早くに国を出て諸国を武芸修行で行脚（あんぎゃ）いたしまして……。幕臣になれたのもたまたまのことです」

十兵衛は十兵衛で秀吉の出自を考えて、己も大したものではないと謙遜したのだ。

堺のことは口にしない。それは十兵衛にとって様々な戦略の基盤だからだ。しかし、秀吉の言葉にドキリとする。

「諸国の事情に長けてらっしゃるということですな。それで堺にも顔が利かれるのか……。茶を嗜（たしな）み、和歌を詠まれ、炮術の腕も相当なものと聞いております。殿が明智殿を欲しいと思われた筈だわ！」

いやいやと十兵衛は笑いながら手を振り、秀吉は恐ろしいと思った。秀吉は配下の草（忍び）を使って様々な情報を手に入れている。それをさりげなく披露したのだ。

十兵衛は敢えて不敵な笑顔を作った。

「木下殿配下の衆のお力、拙者も殿のためにお借りしとうございます。何卒よしなに」

婉曲にそう言って頭を下げる。

慌てて秀吉は、十兵衛の手を取った。

「全て殿のもの。家臣皆、殿の手足。共に〝天下布武〟に向け力を合わせましょうな！」

その声は満座に響いた。

十兵衛は京で政の事務に就いた。

信長は、権威の復活、そして安定を求めていく。

それは将軍だけではない。

応仁の乱以降ないがしろにされてきた朝廷の権威を回復し、公卿衆の生活水準を上げ、天文法華の乱以降に荒んだ寺社の立て直しをしようとしていく。

「全て信長様が『京で見たい』理想なのだ」

信長は決して王政復古を目指してはいない。自分が理想とする世、それを目指すのは〝天下布武〟の言葉から分かる。

十兵衛は信長の政が、どのように行われるのかをまずは慎重に探った。

本質は細部に宿る。

政の末端である庶務に、信長らしさが表れるのを十兵衛は見ていった。

すると、秀吉がここでも様々に役割を果たしていることが分かった。

信長は秀吉に命じた。

「元将軍義輝公の法事に際しての光源院への仏事料の捻出、お前が知行致せ」

「ははぁ、かしこまってございます」

秀吉は直ぐ配下の蜂須賀小六を呼んだ。

小六は秀吉軍の家老だが尾張の土豪の出で、草の首領でもある。諜報活動の元締めとして、様々な形で秀吉を助けていた。

「殿が京で行われる政、その手本となるような銭の徴収、そんな知行にしたいのじゃ」

何事も最初が肝心、信長には特に、最初の結果が満足すべきものかどうかが大事であることを秀吉は知悉している。

秀吉の言葉に小六が少し考えた。

「信長様ありき……。新しい銭の生み出し方ということですな？」

秀吉は頷いた。

「殿は寺社の復興に重きを置いてらっしゃる。元将軍の法事という大事を行う光源院に対し、『よくぞこのような!?』と殿が驚きを以て満足されるようなものが欲しいな」

小六は直ぐに手下たちに調べさせた。すると先年、一卜軒という公卿が亡くなった後、正統な相続者がいないにも拘わらず、将軍家に近い公卿がその財産を横領していることが分かった。

「よう調べたッ！」

秀吉はそれを押えることを考える。

「殿の政とは美しき流れ。将軍に近いものであっても正しくないものは一切認めない。それが殿のやり方である」

そうして横領されていた田畑からの公事銭、頼母子役帳を没収し光源院に全て寄付するとしたのだ。没収された公卿は幕府に訴え出たが、秀吉の命を受けた小六が義昭の申次衆を先回りして押えていた。小六は申次衆が賂を懐にしている情報を草から得て、それをちらつかせたのだ。

「信長様は〝綺麗なこと〟がお好きです。この度の光源院への御寄付のあり方、どうかご承認のほどを……」

申次衆は首を縦に振るしかなかった。

秀吉が信長に事の詳細を説明すると信長はご機嫌になった。

「よくやった。全てに筋を通す。それこそ、この信長の政だ！」

秀吉は信長の威光を京の人々に示すやり方をさらに進める。

信長は朝廷や公卿衆の所領安堵（財産の回復、保護）は形の上でどんどん進めるが、そう簡単には銭を渡さなかった。

「禁裏や公卿衆には所領を安堵された有難みを分かってもらわねばならん。誰のお陰で銭が入るのか……をな」

信長は家臣たちにそのように話した。

その意を受けて秀吉は動く。あろうことか禁裏御料からの率分（朝廷に納める銭）を、役職の公卿に難癖をつけて渡さないという挙に出たのだ。

それも正式な信長の朱印があり、義昭の下知が出ているにも拘わらず、だ。

禁裏の公卿は困り果てて信長に申し出る。

信長は眉一つ動かさず、

「そうか……あい分かり申した」

ようやくそこで信長が承認し、初めて銭が朝廷に渡るという次第なのだ。

秀吉は嘯く。

「信長様の利益を常に第一に考えるのが家臣の務め」

そこには禁裏も将軍もない。全ては信長あってこそ。秀吉は承知で無理無体を演じ、信長もそれを由とした。

全方位……禁裏、公卿、将軍に開かれた扇は信長という要あってこそ。それを京の全ての人間たちに強く知らしめていく。

十兵衛はそれらを見て、自分が何をすべきかを分からされる思いだった。

その秀吉と十兵衛が共に行ったのが、禁裏御料所の丹波国山国荘（やまぐにのしょう）を巡る紛争解決だった。

宇津頼重（うつよりしげ）という人物がこの山国荘を押領していることを、公卿の万里小路惟房（までのこうじこれふさ）らが信長に訴え出た。

十兵衛と秀吉は信長の命を受け、直ぐにこの解決に当たった。二人は宇津に違乱を認めさせた上で朝廷の財産を管理する禁裏御蔵に対し、朝廷が元通り財産管理を行う旨を記した書状を作成。連名で信長の代理として出す形を取った。

十兵衛は秀吉に言った。

「これで禁裏の所領安堵のことは、信長様が直々に差配されることが示されましたな」

秀吉は満足げに頷く。

「こうやって〝天下布武〟が成されていくということ。信長様のお力で……」

そこに幕府や将軍は関与せず、信長による朝廷の財産回復を見せつけている。

そして幕府が絡んだ紛争も、信長が解決することで力を誇示していく。

次に秀吉と共に十兵衛は、賀茂荘での問題解決に当たった。

長年に亘り領地管理を行っていない賀茂荘に対し、その田畠山林の所有を認める見返りに、毎年四百石の幕府への運上と、軍役として百人の陣詰めを迫って認めさせたのだ。

元々幕府が求めていたが、力がなくて出来なかったことを信長が行ったことになる。

「それにしても、幕府にこれほど力がなかったとは知りませんでした」

十兵衛が言うと秀吉は笑う。

「乱世を治められるのは力だけ。朝廷や将軍、幕府という名前だけでは治まることはなかった。しかし、信長様は上洛後、大きなことから小さなことまで次々に治めていかれる。政の全てに信長様が宿っていかれる。そう感じますな」

十兵衛は秀吉の言葉に感心した。

賀茂荘による知行の内容承認の朱印状に、信長は義昭の代理で行ったと記した。

禁裏・幕府に関わるあらゆる政務を信長が行っていくことを、そのようにして名実共に知らしめていったのだ。

信長は十兵衛に政務を行わせるに当たり、協力者としてある人物をつけた。

朝山日乗という法華僧だった。

元々は武士で出雲尼子氏に仕えていたが、これに背き毛利氏につき、思うところあって出家した。だが天文法華の乱で寺家を失って単身上洛、荒廃した御所のありさまを嘆き修理の経費を募る念願を起こし上奏、それで禁裏の信任を得て入内し日乗上人の号を後奈良天皇から賜っていたのだ。

将軍義輝が殺された後、毛利と繋がる者として三好三人衆に捕えられたが、日乗を厚く信任する正親町天皇の勅命によって釈放されている。

信長が上洛してからは信長と禁裏の仲介役となっていた。

信長はこの日乗を気に入っていた。

理由がある。

「この坊主、御所復興に命を懸けておる」

信長は日乗が朝廷を思う一途さを強く感じ取ったのだ。

信長は純粋な者、真剣な者が好きだ。

切支丹の宣教師たちを信長が保護するのも、彼らが布教に命を懸ける純粋さがあるからだ。

信長はそこに美を見る。

日乗は信長の上洛によって、長年の悲願である御所修理がようやく叶うと涙を流した。

御所修理が上洛の名目の一つであった信長は、直ぐに着手、日乗に費用の見積もりを命じた。

日乗は番匠に命じて計上させると信長に提出、それが水増しされず適正な金額であったことも信長の日乗への信頼を厚くさせた。

御所内に瓦焼き、檜皮(ひわだ)作りの作業場が設けられ、日乗自ら指揮に携わって職人たちの間を走り回る姿に信長は満足した。

信長はその日乗と十兵衛に公卿同士の所領争いの解決を命じる。

「真っ直ぐなお方だな」

十兵衛は日乗と接してそう思った。朝廷に対する一途な思い、その財産は絶対に守るという使命感に燃えている。

その紛争を解決すると信長は、十兵衛と日乗に公卿衆所領の石高の書き上げを命じた。公卿衆の財産を全て明らかにさせるということだった。

朝廷の財産を回復させることが信長第一の望みであると信じる日乗は、懸命に公卿衆の間を廻って正直に書き上げさせ提出させる。十兵衛はそれを手伝いながら呟いた。

「信長様は全てお知りにならないと気が済まないだけだ。日乗上人のような朝廷第一ではない。第一は〝天下布武〟、信長様の支配」

戦国の世を終わらせ、天下統一を成し遂げる巨大プロジェクト。その成功には、どのようなキャラクター（人材）、ファクター（要素）、プロセス（過程）が必要であったか。

天下統一プロジェクト遂行が、誰によって・何が・どのようにして行われていったのか。

光秀の京の政務は地味であるが、プロジェクトを成功に導く重要な要素が詰まっていることが分かる。

この時代の政務とは、土地の支配権を明確にし、そこから得られる収益分配を円滑に行うことに他ならない。そこにはヒト・モノ・カネが複雑に絡んでいる。

信長は部下に様々な土地の係争問題に取り組ませることで、ヒト・モノ・カネに絡む個別具体的な情報を詳細に得ると共に、部下たちは複雑なマネージメントを学んでいく。

土地からは様々なものが見えて来る。

古くからの支配体制、地縁血縁のあり方、作物・穀物の収穫高、兵力・労働力となる人口動態……。それを知ることは国勢を知ることに繋がる。国を治める者にとって最も重要な情報だ。

国の支配の基礎は、土地の支配なのだ。

光秀や秀吉は政務において非凡な働きをしている。

土地は武力で奪うことより治めることの方がずっと難しい。土地や国を統治できる人材を多く部下に持つことは、天下統一には不可欠だったのだ。

プロジェクトの成功に向けての重要な要素に、『完成形（理想形）』が過程も含めどのようなものかをリーダーが示すということがある。

それは『理念』と言い換えてもよい。信長は合理的な規律を守らせる。そこには美があるからだ。部下たちは自然とそれに従っていく。

京の都の秩序を保ちどんな時代よりも安全で美しい場所にすることで、都に住む誰もが信長の永続的支配を有難く認めたくなる。

信長の部下たちは信長が求める美を理解しようとし、出世する者は『信長好みの美』を、与えられた仕事の中で発揮しようとする。

理念が細部に宿るようになる。天下統一とは、武力の働きと政務の積み重ねがあって初めて成るものだ。

小さな積み重ねは大きな動きに生きて来る。

小さなものは見えるもので示すのがよい。

信長が再び美濃に戻る時が来た。

その直前、信長は十兵衛に意外なことを命じた。

「十兵衛、京にお前の屋敷を普請せよ。余も上洛の折に宿舎とする。そのつもりで造れ」

有難き幸せと十兵衛は頭を下げた。十兵衛は既に美濃に所領と屋敷を信長から拝領しているが、京にも屋敷を持つことを許されたのだ。

十兵衛は考えた。

「信長様好みの屋敷。旧来の武家屋敷ではない新しいもの、趣あるものを普請しなくてはならんな」

十兵衛は直ぐに堺へ向かった。手本となるのは堺納屋衆の屋敷や別邸だと思ったからだ。

『ととや』の主人、田中与四郎は十兵衛の話を聞くと直ぐに言った。

「信長様好みの屋敷？　そらやっぱり宗久はんに相談された方がええんちゃいますか？」

堺納屋衆たちは一時敵対した信長と十兵衛の仲介で和解し、今は全面的に従っていた。

信長に矢銭として要求された二万貫に色を付けた金額を納めると共に、数々の茶器の名物を進呈、都市としての安堵を約束された。

納屋衆筆頭の今井宗久は信長からその功として住吉郡に二千二百石の采地を与えられ、堺の代官に任命され信長の茶頭にもなった。与四郎が宗久の名を真っ先に出すのも無理はなかった。

だが十兵衛は頷いてから言った。

「どうも俺は宗久殿の茶が苦手でな。与四郎殿の趣の方が好きなのだ」

婉曲的に宗久より与四郎の方が趣味が良い、と十兵衛は言うのだ。

与四郎は悪い気がしない。

宗久は雅な茶を志向し唐物（からもの）など名物を好み、それが屋敷や茶室のあり方にも表れている。

だが与四郎は違う。どこか鄙(ひな)びた侘(わ)びたものを好む。朝鮮や雲南の茶碗を使ったりするのを、十兵衛は面白いと気に入っている。時代の新味がある。

信長の新しいものを好む気風にそれが合うと思えるのだ。

「与四郎殿の趣を屋敷の普請に活かしたいのだ。知恵を貸してくれんか？」

与四郎はそれならと機嫌良く承諾した。その時、与四郎は思い出したように十兵衛に訊ねた。

「ところで、竹次郎様は、どないしたはります？　越前で達者にしたはりますんか？」

十兵衛は一瞬難しい顔つきになった。

足利義昭を奉じての上洛の際、弟竹次郎は十兵衛に同道していない。

半ば人質同然で朝倉家に留め置かれたのだ。

十兵衛はその竹次郎に朝倉と信長との同盟の仲介をさせることを一時は考えた。

だが、朝倉義景の信長嫌いを知る十兵衛はその可能性はやはりないと思った。信長も朝倉に対して強硬な姿勢を取り続けている。

信長は将軍義昭の名の下、朝倉義景に上洛を二度に亘って命じていた。しかし、朝倉は無視した。

「竹次郎様はご無事なんでしょうな？」

与四郎は竹次郎を気に入っていた。子供のいない与四郎は竹次郎を養子に迎えたい意向を十兵衛に以前から伝えている。

十兵衛は明るい表情をして言った。

「先日も文が来た。達者にしておる故、安心しろと言って来ている」

だが同時にその手紙には義景の信長への敵意が日増しに高まっていると書かれていた。様々な不安はあるが十兵衛は竹次郎の才覚を信じていた。

「いざとなればいつでも越前を出よと言ってある。竹次郎は機敏な男だ。安心してくれ」

「そうでっか、それなら宜しいけど……」

与四郎は心配を隠さない。

「大丈夫だ。それでだ」

十兵衛は屋敷の普請に話を戻した。

「やはりまず茶室をどうするかから考えた方がよいかな？」

与四郎も一気に興味深そうな顔つきになった。

数寄である証拠だなと十兵衛は思った。与四郎は紙と筆を用意した。家相図を描こうというのだ。

「やっぱり、大まかな部屋の配置から考えた方が宜しいな。土地の広さですが……どれくらいだす？」

与四郎の質問に十兵衛は、懐から書付を取り出して読み上げた。

「殿のご上洛の際に宿舎となる屋敷の広さだ。表口九間半、裏口九間四尺、入十七間、此歩百六十三歩……」

与四郎はそれを聞き、ざっと思いを巡らして筆を走らせていく。

「御成門、御幸門を設えて、主屋、奥座敷、向座敷、そして茶室、仏間に湯殿……」

描かれていく図面を見ながら十兵衛も想像を巡らせる。

「そして裏門のそばに蔵、中門から通じるように大広間、客棟、土蔵……」

そこで十兵衛は言った。

「鉄炮蔵は大きめに三階蔵としたい。そして、いざという時の兵糧を考え長屋蔵も大きめに」

与四郎は頷いた。

「室屋、馬屋……は、ここやな」

そうして次は間取りになった。

「こうすると……主屋には十畳間が二つ、八畳間が五つ、六畳間が六つ、厨……」

十兵衛はそれを見ながら感心した。まさに目の前に屋敷の姿が浮かんで来る。

与四郎はさらに案を巡らせる。

「どうですやろ。主屋は桁行九間、梁間六間、切妻造り、平入で正面には格子を嵌めて、正面の上と両脇は漆喰で塗りこめますんや。ほんで二階には虫籠格子の窓を設けます」

十兵衛は興奮し笑顔になった。

「なるほど、それなら重厚な造りだが武家屋敷より町家に近い。屋敷を囲む土塀と一体になるからすっきりとした佇まいに出来る」

与四郎は全体観を見事に示し、そうして次に茶室の話になった。二人はさらに熱を帯びていった。


半年後、十兵衛は信長を新屋敷に迎えた。

「やはり、お前は良い趣をしておる」

信長はその造りに満足を示した。

宴が行われ、その後、十兵衛は信長を茶室に案内した。

信長は驚いた。中は三畳でその一角に炉が切られている。

「ほう、台子や風炉ではない趣向か」

小さな入口、躙口が設けられていることも新しい。

信長は茶室の隣に設けられていた御成座敷から貴人口を通って茶室に入ったが、貴人以外は露地を通って躙口から入るようになっていると十兵衛は説明した。

「面白い！　余も次は躙口を通ってみよう」

床は幅が四尺、床框は黒漆になっている。

点前座は台目畳で炉脇に中柱が立っている。

点前座の正面に下地窓と風炉先窓が開けられ、横には下地窓とその上に二つの連子窓が開けられている。

風炉先窓の外は縁となっていて露地から躙口に入る時には、この縁を通らなければならない趣向だ。

茶室の中は六つ窓があり、平天井で点前座となる台目畳の上が落ち天井になっている。

開放的でありながら、亭主が点てる茶に客が集中できる造りだ。

信長は見たことの無い茶室を喜んだ。

「茶が美味く飲めそうだ！」

点前は十兵衛が行った。

朝鮮の井戸茶碗で薄茶を点てて差し出すと信長はさっと飲み干し、何とも心地よさそうな表情を見せた。

「気に入ったぞ、十兵衛！　屋敷も茶も！」

有難き幸せと十兵衛は深々と頭を下げた。

三畳間の茶室には二人しかいない。

「この狭さ快い。不思議な工夫だが茶にはこのような設えが合うものだな」

信長の感性はその茶室を深く理解した。

だがそこで発せられた信長の命令に、十兵衛は背筋を伸ばす。

「朝倉を攻める」

十兵衛は驚いた。

「朝倉を、でございますか？」

信長は頷いた。

「長年の仇敵をここで討つ」

十兵衛は畏れながらと訊ねた。

「つい先年まで世話になった朝倉をお攻めになること、公方様はご納得されるのでしょうか？」

十兵衛は義昭の臣下でもあることから当然そう質問する。

信長はぞっとする様な冷たい目を向けた。

「公方様のお心を試す。その千載一遇の機会となる戦じゃ」

「公方様のお心？」

信長は頷いた。

「この信長を真の父と思うておるかどうか」

十兵衛はそれで分かった。義昭が将軍となった後、信長によって手足を次々に縛られていくことに不満を持っている様子を信長は指しているのだ。義理ある朝倉を信長が攻めることで義昭がどう動くか。義昭の信長への信頼の度合いがそれで試される。

「上意としての戦とする。十兵衛にも参戦して貰う」

十兵衛はさっと頭を下げた。

（竹次郎をどうする？）

そのことが頭をよぎった。

第四章　光秀、万一に備える

朝倉義景は、相も変わらず愛妾の小少将との桃源郷の日々を過ごしていた。日はまだ高いが義景はとっぷり酒に酔っている。

「殿」

側用人が近づいて来た。

「足利将軍義昭様からの文でございます」

ふん、と面白くなさそうな顔つきをして、大きな朱塗りの盃を飲み干すと言った。

「何と書いてある。開けてみよ」

側用人は封を切った。

「再度、殿に上洛を命ぜられてございます。禁中御修理、武家御用、その他天下いよいよ静謐のためと……」

「捨ておけッ!!」

義景は怒鳴った。

「どうせ信長が義昭に書かせたもの。どこまでも信長の知略じゃ」

側用人はさらに文を読みながら言った。

「これは上意であると強調されてございます。捨ておけば必ずや戦になると思われますが……」

戦という言葉で、さすがの義景も黙った。

義景はずっとこの桃源郷が続くと思っていたい。しかし、それは越前がこれまで通り強国として扱われてのことだ。それが信長の上洛以降、変わってしまった。禁裏や将軍家の権威が復権され、その枠組みの下で信長による統制が進んでいる。

「畿内近国の武将たちの中には信長に怒って兵を挙げたものもあると聞くが？」

「御意。方々で小競り合いは起きているようでございます」

信長に反発を見せても大きな戦を仕掛けられる武将は限られている。

義景は思案した。

「お殿様ぁ、怖い顔をされては嫌ですぅ」

隣に侍（はべ）っている小少将が、指ですっと義景の頰を撫でた。途端に義景は相好（そうごう）を崩す。

「なんでもない、なんでもないぞ」

小少将を抱き寄せ盃になみなみと酒を注（つ）がせる。だが、その甘露の味わいに浸りながらも、落ち着きを失っている自分を感じた。

「信長、信長、信長……」

奴のどこにそんな力があるのか、近国全ての武将に臣下の礼を取らせようとするその態度に腸が煮えくり返る。三好三人衆のように将軍を傀儡にして、畿内で遊ぶだけなら痛くも痒くもないが、信長は違う。どんどん力を広げようとする。

「どこまでも気に障る奴……」

上洛に応じて信長に恭順すればこの桃源郷は保てるかもしれないが、面白くない。

「全てあの言葉だ」

〝天下布武〟という信長が掲げる言葉に、義景は途轍もない嫌悪を感じるのだ。

「あの言葉が正しく強いとする風が気に入らん。その風になびくことが気に入らん」

義景は盃をまた空けた。側用人は黙ってその義景を見ていたが、意を決したように言葉にした。

「返事は如何致しましょうか？」

義景は黙っている。

「返事を出さねば戦になるやもしれませんが……」

「分かっておる」

意外なほど落ち着いた調子で義景は言った。

その言葉に小少将は驚いた。

「戦ッ！　戦になるのですか⁉」

取り乱した小少将に義景は言った。

「案ずることはない。この朝倉義景が立って戦えば負ける戦などない」

義景はそう口にした瞬間、武将に戻っていた。目が据わり殺気が出ている。小少将はそれまで見たことのない義景の様子に気圧(けお)された。

側用人もあっと思った。

（殿が本気になられた！）

義景は己の心の裡を思った。

己が愉(たの)しんで来たもの、真に価値あるものとして来たのは乱世の中の自由だ。

一向一揆との戦いの連続という無間(むげん)地獄にあっても、己を縛るものはなかった。

ただ殺しまくる虚しさはあるが、芯のところに自由があった。

しかし、信長の〝天下布武〟に屈すれば、桃源郷は残されても最も大事な自由は奪われる。

信長に統制された空気を吸うことは、苦痛以外の何ものでもない。

「それなら乱世のままがよい。斬って斬って斬りまくり、殺しまくる方がよい」

義景は自分が戦わなくてはならないものが、ハッキリと見えた。

すると義景の心の裡に炎が宿った。戦国武将としてあるべき姿を義景は取り戻したのだ。

義景は言った。

「返事は出さずにおけ。そして……戦の支度をせよ」


「朝倉が織田と戦になるというのは本当でございましょうか？」

竹次郎は妻に訊ねられた。

城下では、織田の軍勢が攻めて来るという噂で持ちきりだという。竹次郎は兄十兵衛からの密書で早くに知っていたが、妻には話していない。

「どうされるのですか？　十兵衛様は織田の武将におなりなのでしょう？」

そこで竹次郎は、正直な自分の気持ちを告げた。

「兄上は早急に越前を出よと言って来られている。しかし、私は留まるつもりだ」

妻は驚いた。

「何故でございます？　ご兄弟で刃を交えるおつもりですか？」

竹次郎は首を振った。

「そんなことはせん。が、何をするかは話せん。私はこのまま朝倉様にお仕えする。それだけは言っておく」

妻はそれ以上何も訊かなかった。

竹次郎は十兵衛のために間者の仕事をするつもりだった。出来る限り朝倉軍の情報を、十兵衛に伝えることを考えていたのだ。

幸いなことに、桃源郷に遊んでいた朝倉義景は、十兵衛が信長の家臣になったことを知らない。足利義昭の側で連歌の相手をしていると思い込んでいる。

戦国の世に親兄弟が敵味方に分かれることが日常茶飯なのも、朝倉家の家臣たちに竹次郎への疑いを抱かせない。竹次郎は朝倉家で大いに重宝されていた。

兄十兵衛が越前を離れてから、朝倉家の奉行である前波長俊の家臣、服部七兵衛尉（しちべえのじょう）の下で炮術指南として十二分な働きをしていた。

「戦となれば明智殿に鉄炮隊長をお任せしますぞ」

七兵衛尉は、竹次郎の鉄炮の腕と兵の統率力に全幅の信頼を置いていた。

「有難き幸せ」

竹次郎は笑顔を見せながら、朝倉軍内の情報収集を進めていく。そして、十兵衛に対して自分は越前に残り間者となって兄を助ける旨を手紙に書いて知らせた。その時に役に立ったのが『ととや』にいた油屋伊次郎ことイツハク・アブラバネルから教わった暗号文の作り方だった。

「これは昔、羅馬(ローマ)国のカエサルという将軍が考えたとされるものです」

それは換字式暗号とされ、平文の文字を『いろは』の並びから数文字ずらして記すもので、何字ずらすかが鍵となる。

一見簡単に解けそうだが、平文を三文字に区切り、最初の文字は三文字ずらし、次の文字は二文字、そして最後は五文字ずらしなどとするとまず解読できない。どこで文字を区切り何文字ずらすかの手順は、十兵衛と竹次郎の間で決まっている。

『ととや』の商いで遠方に出た時、手紙で商談交渉を伝えるのにそれを使っていた。

単純な暗号文にすると出鱈目(でたらめ)な文字が並んでしまい、暗号であることが一目瞭然となる。十兵衛と竹次郎はそれを和歌の頭の文字に並べることで、雅な手紙のやり取りに見せかけ絶対に誰にも分からないようにしていた。

今度も十兵衛とそれでやり取りをした。

そうして返事が来た。だがそれは手紙ではなかった。


竹次郎は夜中、雨戸を叩く音に気づき目を覚ました。

（音信！）

トン、ツーという短点と長点の組み合わせで『いろは』を表すもので、これも『ととや』

時代に習得し使っていた。

「あ・け・ち・さ・ま　に・わ・で」

音信はそう言っている。竹次郎は起き上がると廊下に出た。

家の中の気配が分かるのか音信は止み、シンと静まり返った。

竹次郎が庭に降りると暗闇から声がした。

「十兵衛さまの使いで参りました。新月と申します」

草だった。信長の重臣、木下秀吉の家臣である蜂須賀小六の手のものだと言う。

「戦が近く文のやり取りは難しくなります。私が直に十兵衛さまとの間をお繋ぎ致します」

竹次郎は新月に了解した旨を告げ、知る限りの朝倉軍の情報を伝えた。

「では、これにて」

声はそれで消えた。

春の夜の気配だけが広がっている。

「戦か……」

竹次郎の心は昂った。

信長は朝倉攻めを、〝天下布武〟に向けた大きな催しと位置付けた。単に将軍の上洛命令に従わない大名を討伐するというだけでなく、その行動の後ろに極めて大きなものが控えることを天下に知らしめる意味合いを持たせようとした。

永禄十三年改め元亀元（一五七〇）年一月二十三日付で信長は、諸国の大名たちに上洛を促す書状を送った。

「禁中御修理、武家御用、その外天下いよいよ静謐のために、来る二月中旬参洛すべく候の条、各々も上洛ありて御礼を申し上げられ、馳走肝要に候。御延引あるべからず候」

御所の修理や幕府の用、その他天下静謐のために自分は上洛する予定であるので、皆も遅滞なく上洛して天皇と将軍に礼を尽くせ、との内容だった。

送付先は畿内近国の大名や国衆を中心に、東海道は三河遠江の徳川氏、東山道は甲斐の武田氏、北陸道は越中の神保氏、西方は出雲の尼子氏、備前の浦上氏まで広範囲に亘り、朝倉も入っている。

十兵衛はその書状を信長から見せられ送付先を聞いた時、その意図を読み取った。

「信長様は大名の全てが上洛するなどと思ってもおられない。遠国からはおそらく誰も来ないだろう……。だがまずは畿内近国の大名で従わないものを禁裏と幕府の名の下に討伐に動くということだ。それが『天下いよいよ静謐のため』に込められている」

これこそが〝天下布武〟への緒戦であると十兵衛は思った。

朝倉には二度目となる上洛の誘い、それを無視するとなれば明らかに将軍への反逆であり「天下静謐を乱す者」として討伐の大義名分は得られる。

大義名分。それこそが信長の拘りだった。

二月中旬と書状には書いておきながら岐阜を出発したのは二月二十五日、途中の近江では国中の力士を集めて相撲会を主催した。

京で信長を迎える準備を整えた十兵衛はその話を聞いてほくそ笑んだ。

「全て算盤ずくのゆったりしたご上洛。大名たちの動きを見てらっしゃる」

その信長を大勢の公卿衆や幕府奉行衆たちが、途中の堅田（かたた）や坂本などの要所で迎えに出る。

洛外の吉田には京童たちが歓迎に集まり、その数は千人近くに上っていた。

十兵衛はこの歓迎の催しの人員集めを信長から命じられ差配していた。

「町家の衆には一町当たり五人を出すように命じたが、それ以上の集まりになった。公卿衆は皆素直に応じ、幕府奉行衆も信長様の威光に逆らわなかった」

十兵衛は改めて信長の勢いを感じながら、この上洛を大規模な催しとして信長という存在を示すことの意味を考えた。

「上洛に当たりこれほど歓迎をされる者はこの世に二人といない。それを皆に見せつけるということだ。それも大きな〝武〟の力を発揮される前に……」

信長という〝形〟のあり方を見せる。

目で〝形〟を見たものは口の端に上り、それは人から人へと伝わり諸国に広がる。

「大名たちはその様子を耳にすることになる。それがどのように大名たちの心を揺さぶることか……」

上洛翌日、三月一日。信長はまず二条御所を訪れ、将軍足利義昭に挨拶、その後、宮中に参内した時には将軍も着用したことがないほどの豪華絢爛な衣冠束帯姿になった。そして、設けられた参賀の席には大勢の公卿衆が信長に相伴した。

十兵衛はこの時、信長の真意を知り震えた。

「誠に以てきらびやかな宮中参内、だがそこに武家の棟梁、足利将軍の姿はない。将軍なき宮中正式参内を一人の武将が行ったということ。これで信長様は朝廷から直接〝天下静謐〟、つまり〝天下布武〟を行っていくことを認められたということだ」

そうして信長の命に従って、国司や大名たちが大勢上洛して来た。

信長は出陣前に将軍御所新築完成祝いとして、観世太夫・今春太夫の二流合同となる能の会を催した。

見所には上洛して来た国司や大名が揃った。飛驒の三木自綱、伊勢の北畠具教、三河の徳川家康、そして畠山昭高、一色義道、三好義継、松永久秀などと共に畿内近国の武将、公卿の摂家・清華家の人々らが居並ぶ形で能を見たのだった。

十兵衛は足利義昭と信長の後ろの席に控えていた。

義昭が能の最中に信長に言った。

「父上、宮中への正式参内も済まされたのじゃ。もっと上位の官職に就かれたら如何か？　私が禁裏に取り次ぎます故」

十兵衛はそれを聞いて笑いを嚙み殺した。義昭が、信長の機嫌を取ろうとしているのが痛いほど伝わって来る。

義昭は信長に酌をしながら、如何か、如何かと繰り返す。

信長は何も答えず能を見ている。

そして、ポツリと言った。

「『熊野・松風は米のめし』と申しますが……、やはり幽玄無常の名曲ですな」

眼前では観世太夫による『松風』が演じられていた。須磨浦の汐汲女、松風と村雨の姉妹が、流刑となってやって来た在原行平に愛されたことから取った能で、演者が未熟だと退屈で退屈で仕方がないが名手が演ずるとこれ以上ないほどの感動が得られる。観世太夫という演じ手を得たそれは、最高の舞台となっている。

義昭は信長の言葉に何か掛っているのではないかと、必死で考えを巡らせたが分からないでいた。

　暫くして信長は言った。

「天下もこの能のようにありたいものです。公方様からの重ねての有難きお申し出にございますが、どうかこの信長への授官の儀、ご放念下さい」

　義昭はそうかそうかと、ただ残念そうに頷くだけだった。

　光秀は信長の意図を理解した。

「『松風』同様、天下も治めるべき人間が治めてこそ……信長様という演者あってこそ静謐に治まる。官職などどうでもよいということだ」

　そして出陣となった。信長は遠征に先立って、宮中に参内し暇乞いを行った。その信長に対し天皇は、戦勝祈願を行ったのだ。これ以上の大義名分はない。

　朝倉討伐は上意であり勅命となった。しかし、この朝倉攻めをまだ信じていない武将が近くにいた。


「信長軍総勢三万、京を出立した由にございます」

　浅井長政は驚いた。

「三万!?　それはまことか？」

「間違いございません」

長政はその数に驚いた。

「まさか兄上（信長）は本当に朝倉様を……」

三年前の永禄十（一五六七）年、長政は信長の妹、市を正妻に迎えてから信長とは同盟関係にある。だが同時に朝倉との同盟も続いている。隠居した父久政を中心とした反信長勢力もまだ家臣の過半を占めている。

信長は今回の上洛に先立って長政に「弟君は国元に控えられ、京へ賊が入り込まぬようお守り願いたい」としていた。信長が想定している賊とは、朝倉だということは分かった。

長政は信長に念押しし、朝倉を討つ場合には必ず事前に長政に相談するという約束を確認していた。

「出陣の目的は若狭の武藤友益（ともます）の征伐である、と兄上からの書状にはある」

武藤は若狭武田氏の重臣武田四老の一人で、大飯（おおい）郡佐分利（さぶり）郷十七ヶ村を広く支配し「佐分利殿」とも呼ばれる有力武将だが、信長の上洛命令に対してあからさまな反抗の様を表していたのだ。

「武藤を討つには数千あれば十分……三万は桁が違う」

長政は信長の真の目的は、朝倉攻めだと気がついた。

「まずい……」

朝倉義景はつい先日の書状で浅井との同盟関係の確認を求め、長政は同盟堅持の返書を出している。長政はどこまでも真面目で律儀な男だった。

「約束は守る」

乱世の世にあってその態度、つまり誠のみが己の依るべき道と考える男だった。

浅井家中は騒然となった。

反信長の家臣たちは、即刻出陣の準備を整えるべしと長政に進言した。

「まだ何も起こっておらん。兄信長は若狭の武藤を攻めるとおっしゃっておる。弟としてそれを見守る。が、出陣の支度は怠るな！」

「はッ!!」

自分と同じように誠を守る男だと長政は信長を信じていた。

「兄上は美しさを重んじる方と信じる」

長政の中にある美しさ、それは誠実であるということだ。それを信長の中にもあると信じた。

しかし、信長の美はそんなところにはなかった。〝天下布武〟の先にある壮大な世界に美を求める信長にとって、長政との約束など髪の毛一本ほどの値打ちも無かった。

だがその信長も長政を信じていた。長政に嫁がせた最愛の妹、美しい市は、夫長政の誠実さを信長への文に何度も書いてよこし仲睦まじい様子を知らせて来る。

信長は妹婿の長政とは市という美によって結ばれ、必ず自分に従うと信じ込んでいた。

信長と長政。誠と美による信頼のすれ違いはこの後、恨みの劫火（ごうか）に変わる。


四月二十日、信長は出陣した。

信長の正規軍に加えて徳川家康、松永久秀、そして幕府軍も従っている。

信長はこの出兵が上意であり勅命であることを周到に示すため、飛鳥井（あすかい）雅敦（まさあつ）、日野輝資（てるすけ）という公卿も従軍させていた。

京を出発して琵琶湖の西岸を北に上り、坂本を通って和邇（わに）に陣を張って一夜を過ごした。

二十一日は高島の田中氏の城、二十二日は若狭熊川の松宮氏の館に泊まり、二十三日に佐柿の粟屋（あわや）氏の城に着陣した。

ここから武藤のいる佐分利郷に向かうためには兵を西に進めなければならない。

ずっと陰から信長軍の動きを探っていた浅井の草は見極めの肝に来たと思った。

「西へ行くか、東か……」

二十五日、信長は軍勢を東に向けると猛烈な速さで行軍を開始した。

浅井の草はすぐさま知らせに走った。

信長軍は越前敦賀郡に攻め込んだ。

「目指すは天筒山城!!　さぁ、先陣して手柄を挙げよ!!」

天筒山城は小高い山の頂に築かれた要害で、信長軍が攻めかかった東南側は特に峻険な山容だった。そこで朝倉家の武将、寺田采女正が二千の兵で守りを固めていた。

「さぁ行けー!!　突入して攻め滅ぼせぇーッ!!　首を山ほど取り、手柄を挙げよ!!」

信長の檄は雷鳴のように轟いた。

それに鼓舞された兵たちは山を懸命に駆け上り、城から雨のように降って来る矢や鉄炮に撃たれて転げ落ちる味方の死体を踏み台にしながら必死に攻め上った。

信長軍は数にものを言わせて押しに押した。

怒濤の攻撃でさすがの要害もその日のうちに落ち、討ち取った首の数は千数百に達した。

「お味方の損害は二千以上に上ります」

天筒山落城の報告を受けた信長は、一日で山城を落としたにしては損害が少なくて済んだと涼しい顔をした。

そして、翌日。

信長軍は敦賀郡の主城である金ヶ崎城の攻略に掛った。朝倉義景の従弟、景恒が城を守っていた。これも前日の天筒山城と同様に攻め滅ぼす手筈だったが、景恒は降参し退却してしまった。

　ここも一日で落ちた。

　その南方にある疋壇(ひきだ)城の守将も金ヶ崎城落城の知らせを受けて逃亡した。

　僅(わず)か二日で信長軍は敦賀全域を占領下に置くことに成功した。

　十兵衛は信長の重臣、丹羽長秀の指揮下で自分の手勢である千の兵を動かしていた。

「ここまで全て順調ですな」

　十兵衛の言葉に長秀は頷いた。

「殿に勢いがついた時の戦は本当に凄まじい。これまでも見てきましたが、今回は特にそれを感じます」

　十兵衛は自分の軍団を動かすだけでなく、朝倉攻略の緒戦で大きな貢献をしていた。

　朝倉に残して来た竹次郎からの情報だ。

　木下秀吉の家臣である蜂須賀小六配下の草の力を借りて竹次郎からもたらされた朝倉の陣立ての情報は全て正確だった。

　十兵衛と同様、『ととや』での鉄炮商いで鍛えた情報収集能力と伝達の巧みさが生きた。

　十兵衛はその竹次郎のことが気掛りではあったが、竹次郎の能力を以てすれば上手く生きのび、頃合いを見て越前から脱出するだろうと思ってもいる。

十兵衛が金ヶ崎城に入った時、秀吉がやって来た。

「明智殿ッ!! 助かりましたぞ!!」

秀吉は草を通して得た竹次郎からの情報を、攻撃の全武将たちに遅滞なく伝えていた。だが諜報情報であるのでどこの誰からのものかは誰にも明らかにしていない。漏れてしまうと情報源の命に関わるからだ。

十兵衛は笑って秀吉の耳元で言った。

「木下殿の草のお陰です。見事に持ち帰ってくれました」

秀吉も小声で言った。

「手練れの草を何人もこのために配置しております。ここからもまだ使わせて頂きます。殿にもこのことはお伝えしてあります。明智殿が朝倉に置いている間者のお陰だと……」

「かたじけない」

十兵衛は頭を下げた。

「しかし、気になりますな……」

その秀吉の言葉に十兵衛は頷いた。

「浅井長政……ですか？」

秀吉は難しい顔をした。

「朝倉は浅井に援軍の要請を出したとのこと。もしこれを浅井が受ければ……」

明日、木ノ芽峠を越えて、越前中央部の朝倉本陣を目指して深く攻め込んでしまうと、信長軍は袋の鼠になる。

当然、秀吉は信長に情報を伝えていた。しかし、信長は浅井長政が裏切ることはあり得んと断言する。

「あの男は儂の妹婿、信頼できる」

信長の態度にこれ以上の進言は逆効果と判断した秀吉は引き下がった。

（お市さまのこととなると殿は別人になられる）

秀吉は信長の妹に対する愛情の並々ならぬ深さを知っている。そのお市を嫁に貰った浅井長政には、特別な信頼を抱いている。

（しかし……）

秀吉はクルクル回る頭で考えを巡らせた。

（長政が殿を裏切るか否かは五分五分。もしもの場合を考えて軍勢のあり方を組み立てておこう）

そのことを秀吉は十兵衛にも語った。

「そうですな。秀吉殿の軍と私の軍、合わせて六千、万一の場合に備えさせておきましょう。

そして、殿をどう御逃がしするか……」

　秀吉はニヤリとした。

「殿は逃げるとなったら速いですぞ。兎に角、私も草を総動員して浅井の動きを探っております。だがここまで見事に勝ち進んできたが故……。逃げるとなると難儀な感はありますな」

　その通りだと十兵衛は頷いた。その時だった。

「殿」

　蜂須賀小六が秀吉に近づいて来た。

「おぉ、小六どん！」

　笑顔になりながらも、秀吉は緊張して小六の口に耳を近づけた。

「浅井軍、間違いなくこちらに向かっております。長政の主力ではなく信長様に敵意を持つ家臣たちの軍勢です」

　秀吉と光秀は直ぐに信長のところへ飛んでいくと知らせた。信長は一笑に付した。

「それは偽の知らせだ。朝倉本陣への攻撃を遅らせようとする敵方の策略だ」

　そう言って聞かない。だが同時に、多方面に放っていた草から同じ情報が入って来ると信長の顔つきは一変した。

　十兵衛は驚いた。蒼白い信長の顔が、さらに白く透き通ったようになっていく。それは信長が怒り心頭に発した時のあり様だった。後に『第六天魔王』を自称する信長が、言葉通り魔王の姿となった瞬間だ。

「おのれぇ……浅井長政ッ!!」

小刻みに震えている。

秀吉も信長の様子に恐れをなしていたが、意を決して進言した。

「殿ッ!! 殿はこの秀吉が務めます。直ちにお逃げ下さい！」

十兵衛が間髪入れず続いた。

「拙者も木下殿と共に殿、あい務めます！」

信長は黙って頷いた。

そして次の瞬間、大きな笑顔になった。今から死線を越えることが楽しみで仕方がないという表情だ。

「よしッ！　ここは逃げるとする。秀吉、十兵衛、後は任せたッ!!」

そう言って、さっといなくなった。

あまりの変わり身の早さに二人は唖然としてしまった。

「なるほど……逃げるとなるとお速いですな」

十兵衛は苦笑いをしながら秀吉に言った。

「拙者もこれほどとは……」

秀吉も笑っている。

信長は追い込まれれば追い込まれるほど頭が回る。瞬時に正確な判断を下し、僅かな馬廻り衆だけを伴って全速で南へ向かった。北近江や進軍して来た西近江路も敵となった浅井の軍勢で溢れる筈と、真空地帯と考えられる若狭街道をひたすら南へ馬を飛ばしたのだった。

そして殿軍を金ヶ崎城に残し、信長正規軍と従軍した大名や幕臣の軍がひたすら信長を追う形になった。だが信長が逃げたという情報は完全に隠蔽された。それが知られれば朝倉軍が怒濤の追撃にやって来てしまう。

「さて、殿戦ですな」

秀吉の言葉に十兵衛が頷いた。

「拙者の軍勢は小回りが利きます。攻めると見せかけ引いて戦うことに慣れております。どうか退却の折は、木下殿の軍勢五千を我が軍よりお先に」

秀吉は驚いた。

（この男、本当に自信を持っている！）

秀吉は十兵衛の真の凄さをこの時知った。

「ではうちで一番動きの速い蜂須賀小六の軍勢と合わせ、最殿とさせて頂きます。小六には明智殿に全て従うよう命じます。それで宜しいか？」

十兵衛は笑顔で頷いた。

「喜んで」

するとさっと秀吉は踵を返した。

「では、お先ッ！」

早々に消えてしまった。苦笑いしながらも十兵衛は燃えていた。


この世で最も重要なものは何か？

時代が進むにつれこのテーマへの回答は鮮明になっている。

情報だ。情報を握った者が勝者なのだ。だが情報は材料（マテリアル）に過ぎないことを忘れてはならない。情報は、収集・分析・判断によって有益なものになる。

古今東西、戦いに於いて情報は、国の興亡に関わる最重要のものだ。正しい情報を獲得するか否かは生死を左右する。

信長は数々の戦いを勝ち抜く際に、情報を重視し諜報を重用した。

若き日の桶狭間の合戦で、今川義元の首を取った者より、義元が今いる場所を伝えた者を高く評価して最大の報奨を与えていることからも分かる。戦国時代に最も情報の重要性を認識していた武将だった。

正しい情報を得るため多方面から情報収集を行うことは最善の策で、信長は常にそのような諜報体制を敷いていた。だが情報は材料に過ぎない。それをどう分析するかが次の重要なステップになる。

正しく情報の分析が出来るか否か。そこには常に先入観との戦いがある。

信長は長政の裏切りという情報を俄(にわ)かに信じなかった。最愛の妹を嫁に取らせた長政への信頼が深かったのは、裏切られた後の信長の怒りのあり方から理解される。

「何故、長政がここで裏切る？」

それが金ヶ崎での問題だが、この状況では情報の真偽より行動が重要になる。

進むか・留まるか・退くか。戦いに於いてはその判断が遅れれば死に繋がる。ゼロ（死ぬ）か百（生きる）かの場面では、何より迅速な行動が要求される。

考える（分析する）前に戦いに必要な判断を下して走る（行動する）ことが必要とされる場面がこの時だった。

信長は躊躇しない。判断してからの行動は恐ろしく速い。強いリーダーの典型だ。

その際、信長は他を顧みず単独で行動する。家来はその信長についていけるよう訓練されている。それが信長正規軍の強みだ。即座に金ヶ崎の窮地から逃げたことが信長を救っている。

そして大事なのは家臣たちのあり方だ。優れた人材は思惑とは違う展開となることを常に想定している。

「想定外でした」などとは決して言わない。

あらゆる場面でシミュレーションを怠らないことが戦国の世の勝ち抜き・出世に繋がる。

光秀も秀吉も万一に備えていた。彼らは強か（したた）で希望的観測など絶対しない。

光秀や秀吉の出世が、全てを『想定内』にしておく強かさにあったことは、現代ビジネスに携わる者には大きな示唆となる。

殿戦。

退却の際、最後尾に陣取って追って来る敵を防ぎ、自軍主力を逃がすという最も危険で困難な戦いだ。

十兵衛はまず、信長主力軍は金ヶ崎城での籠城を決めたという偽の情報を流すように蜂須賀小六に指示した。

「承知致した。直ぐに草たちを放ちます」

これによって敵軍の進軍の速度が落ちる。城攻めのために新たに軍勢を整えなくてはならないからだ。

　そうして十兵衛は、さも金ヶ崎城に大勢の軍勢が犇（ひしめ）いているかのような細工を指示した。

「旗指物を遠くから見えるように全て掲げ、その横に敵兵の死体を立ち並べ、守備をこれ以上なく万全に固めているように見せよ」

　そして篝火（かがりび）を城の門や入口の各所に煌々と焚（た）き置き、大軍勢が籠城をしているように見せかけた。

　敵兵の死体の背中に槍でつっかい棒を通すとしゃんと立っているように見える。かなり近づかないとそれが木偶（でく）であることには気づかない。

　半刻（約一時間）ほどで全て準備が整った。秀吉たちの軍勢は夜目の利く草を先頭に全く明かり無しで闇の中の退却を開始した。

　秀吉は全兵に伝えた。

「よいか、敵の姿が見えるまでは軍列は整えたまま街道を整然と退却して進む。だが、敵の明かりが見えたらすかさず山中に散れ、道を外れ獣道を駆け逃げるのだ」

　十兵衛と秀吉は万一に備え兵の中から獣道を熟知する者たちを見つけ出し先導できるように整えていた。

「さぁ進むも地獄、引くも地獄！」

　十兵衛の軍と蜂須賀小六の軍、合わせて二千の兵が、金ヶ崎城の周りを囲む形で敵軍の到着を待った。

「敵は信長様の主力軍が中にいると思い、城攻めでやって来る。外の我らを捨て石の足軽兵と甘く見て攻めて来る筈。それ故、緒戦は徹底的に攻めて出る。それで面食らい敵がひるんだところで大きく引いて城内に入ったと思わせる。次に敵勢が門に近づいたところへ鉄炮での波状攻撃を仕掛ける。それで敵が引いた時に速やかに全軍退却する。敵の主力は城攻めの為に迫っては来ない筈だ」

蜂須賀小六は十兵衛の指示に感心した。

（秀吉殿に勝るとも劣らぬ采配ぶりだ。この殿戦、ひょっとしたら誰も死なずに逃げのびるかもしれんぞ）

半刻後、浅井軍の先陣、千の兵がゆっくり探るように金ヶ崎城に迫った。

そこへ怒濤の信長軍が攻め込んで来た。

「行け行けーッ!!　手柄を挙げよ!!」

声をあげて襲って来る信長軍は足軽兵ではなく主力で、途轍もない勢いの強さだ。

驚いた敵兵の将は叫んだ。

「引けーッ!!　一旦ここは引くのじゃーッ!!」

だがどんどん攻め込んで来る信長軍に兵たちがひるみ、死体の山になる。

「まずいッ！」

城攻めを待っている主力に伝令を飛ばし援軍を要請した。

信長軍の姿が消えた。

「どうやら城内に入ったようでございます。籠城は間違いないようです」

その報告に胸をなで下ろし、軍勢を立て直すと城門の前に兵を集めた。

「城内には少なくとも二万、信長とその主力軍が籠城の由にございます」

城の外からも城内で赤々と篝火が焚かれている様子がうかがえる。

「斥候（せっこう）の情報からも城内の要所に兵が蟻（あり）の這い出る隙間もないほど配備されておるとのことにございます」

「その人数での籠城となると干上がるのは時間の問題。信長も万事休したな」

その時。

パンッ！　パンッ！

城内から鉄炮の弾（たま）が放たれる音がした。

「気をつけいッ!!」

兵を鉄炮櫓の死角に集めるよう指示したちょうどその時、援軍の一千が到着した。

「城外での戦が長引くと思いましたが、やはり城攻めとなりま……し!?」

敵将は驚いた。

火薬の匂いが近くでする。

「まずいッ!!」

次の瞬間、轟音と共に信長軍の鉄炮が火を噴いた。

「グハッ!!」

「ギエッ!!」

たちまち大勢の兵が倒れていく。

「おのれーッ!!」

鉄炮の方向へ斬り込んでいこうとすると再び猛烈な鉄炮の攻撃が来た。

「グ……ッ」

鉄炮の波状攻撃によって城門の前は死体の山と血の海になってしまった。

「くそっ!!　引けーッ!!　引くのじゃ!!」

——信長は籠城しながら主力軍が城を囲んでいる。

その知らせによって浅井軍は動きを完全に止めた。

「上手くいった！」

こうして十兵衛たち殿軍は、全速力で若狭街道を南へ駆けていくことが出来た。

十兵衛は退却に当たって金ヶ崎城内に仕掛けをしておいた。

所々に玉薬の山を配置して油の浸みた糸を繋げ、糸の末端に火を点けておいたのだ。様々な長さの糸をつけた玉薬の山は百個近くになった。それが時間差で爆発していくために城内から鉄炮を撃っているように敵は思うという仕掛けだ。玉薬を知り尽くしている十兵衛ならではの技だった。

「あれで半日以上は金ヶ崎城内に信長様と主力軍がいると偽装できる筈だ」

十兵衛と轡を並べて馬で駆けている蜂須賀小六は思った。

(明智十兵衛、大にも小にも通じる知略を持ち動きが速い。秀吉殿を超え信長様に匹敵する武将やもしれん)

殿の十兵衛たちが退却を始めたその頃、猛烈に馬を飛ばしていた信長たち先頭集団は近江高島郡朽木谷に差し掛ったところで止まった。朽木谷は京の八瀬、大原への間道に当たる。

「領主、朽木信濃守元綱は幕府衆ではございますが……浅井からも知行されておる者でございます」

馬廻りの一人の言葉に緊張が走った。

信長退陣行の最大の難所になった。

「無事通れるか否か……」

その時だった。

「ここは私めにお任せ頂けますかな？」

文字通り老体に鞭(むち)打って信長について来た松永久秀だった。

ほう、という顔をして信長が訊ねた。

「ご老人、何か策が？」

久秀はにたりと枯れた笑顔を見せた。

「人は知っておくもの、見ておくもの。朽木元綱とは旧知の仲でしてな。この松永久秀、無駄に齢を重ねておりませんわ」

信長は笑った。

「平然と将軍を殺し、仏罰笑止と東大寺を焼き払う古今無双の御仁の言葉。この信長、虎口からの脱出はその怪物にお任せ致そう」

久秀は苦笑いを浮かべた。

その久秀は首尾良く元綱を説得し信長は無事に朽木を越え、三十日の深夜に京に戻った。

到着時に信長につき従っていたのは僅か十騎ほどだった。

「信長めを取り逃がしてございます」

浅井長政はその知らせを複雑な思いで聞いた。金ヶ崎城に籠城した信長を攻めるため、長政の正規軍の出陣準備をし終えた時だった。約束を信長に反故にされた怒り、口惜しさはあるが、最愛の妻、市にとって敬愛する兄の無事は何よりのものとなったと思うと安堵もある。

その時、長政は気がついた。

「私は信長という男を市を通して見ている」

それが人を想うことだと長政は思った。

真に市を想う自分に喜びを感じた。

そうして長政は鎧姿のまま市の居室に行き、信長が京に戻ったということを話した。

市はじっと長政を見詰めて言った。

「これで……殿の御命はなくなります」

長政はギョッとした。

「兄信長は決して殿をお許しにはなりません。浅井と織田との軍略の約束など、兄には塵芥のようなもの。それより……」

長政はごくりと唾を呑み込んだ。

「殿が兄に兵を向けられたこと。兄は殿に裏切られたと途轍もない恨みにされた筈。殿を決してお許しにはなりませぬ」

あまりに冷たく厳しい言葉に長政は呆然とした。そして市は言った。

「殿！　兄を必ず殺しなされ！　どのような謀略調略を用いてでも殺しなされ！　さもなくば……」

市は大粒の涙を流した。

「兄は必ず殿を殺します」

長政はその時、市が自分を心から想ってくれているのが分かった。そして長政自身の生きる心、戦う武の心に火を点けたのだった。

最殿となった十兵衛は、信長が無事に京に戻ったことを近江高島郡に入ったところで聞いた。

「殿はご無事だ！　この戦、我らの勝ちだ!!」

十兵衛が馬上から声を掛けると、疲労困憊であった十兵衛の軍勢も勝鬨を挙げた。

そうして大原に入ると秀吉が待っていた。

「明智殿ッ!!　やりましたな！」

秀吉は十兵衛に抱きついた。

「蜂須賀殿のお陰で無事に殿を務めることが出来ました。木下殿に感謝申し上げます」

十兵衛の慇懃な言葉に秀吉は大きく頭を下げた。

「小六から聞きました。明智殿の知略あればこそ浅井の進撃を止められたと……」

いえいえ、と十兵衛は謙遜の表情で言った。

「それより殿がご無事であったことがなにより。他のお味方も皆さまご無事か？」

秀吉は頷いた。

「従軍された公卿衆、織田家家臣団、徳川家康さま始め諸大名、そして幕臣の方々も皆ご無事。明智殿の間者が朝倉からもたらしてくれた知らせが逸早い退却に繋がった成果です」

織田の勢力が完全に温存されたことを聞いて十兵衛は安心した。

するともう次の考えが浮かんだ。

「木下殿、直ぐ殿のもとに参上致しましょう。恐らく殿はすぐさま反撃に転じられると存じます」

秀吉もその通りと頷いた。それで大原で十兵衛を待っていたのだ。

殿を十兵衛と共に買って出て、十兵衛を残し自分だけ先駆けて信長に帰還の報告をしたのでは体裁が悪い。十兵衛もその秀吉を十二分に理解していたが敢えて下手に出た。

「こうして木下殿にわざわざお待ち頂いたこと、この明智十兵衛光秀、深く感謝申し上げます」

秀吉は十兵衛を本当に侮れない男だと思った。蜂須賀小六から聞いた退却時の策略も見事なもので感心させられた。

（この男とわしが組めば殿は必ず天下布武を成し遂げられる）

秀吉は心の裡でそう強く思った。

そうして二人は揃って信長に無事帰還の報告に参上した。

信長はもう何もかも忘れたようなさっぱりとした顔つきで二人をねぎらった後、冷静に現状を語った。

「北近江の浅井の反逆に呼応して、甲賀郡に退いていた六角承禎（じょうてい）・義治父子が南近江へ兵を進めおった」

それでは、信長が確保した京と岐阜を結ぶ動線が断ち切られてしまう。信長は阻止のため、すぐに稲葉良通父子の軍を派遣したと告げた。

十兵衛はいかに信長が、軍略のために動線を重視しているかを改めて知った。通路、動線の確保を戦の要と考える信長はどんな状況でも素早く動く、そこにぶれがない。

（浅井長政に対してのお恨みは途轍もない筈であるにも拘わらず、冷静沈着に軍略の大局を考えておられる）

浅井の裏切りを知って魔王の顔つきになった信長を覚えている十兵衛は感心したが、状況という現実が全てである信長にとっては当然のことだった。

そして信長は十兵衛に命じた。失敗はしたものの遠征の名目上の大義名分だった若狭の武藤討伐である。

「丹羽と共に武藤友益を早急に潰して参れ」

「はッ」

十兵衛は軍勢を整え丹羽長秀軍と共に若狭に向かい、佐分利郷の武藤の城を囲んだ。

十兵衛は信長に長く仕える重臣の長秀の差配に全て従うようにした。軍事・政務共に秀でるとされる長秀の手腕をじっくり観察しようという気持ちもあった。

武藤は抵抗らしい抵抗をせず降伏し信長への恭順の意を示した。武藤からは母親を人質に取り、居城を接収した。

信長による大軍遠征の大義名分となっていた武藤攻めはいともあっさりとかたがついた。

だがこの武藤攻めで十兵衛が驚いたのが、この後の丹羽長秀の行動だった。

幕府奉公衆で丹後の国の守護である一色藤長と会い、藤長に強い調子で迫っていく。

「丹後の支配については、将軍義昭様、信長様連名で改めてお下知を出されるでしょう。貴殿はその際、素直に応じられよ。そうすれば信長様は貴殿を悪いようにはなさらない筈。そして今、この地のあり様について正直に全て話されよ」

そうして藤長から丹後の国勢について詳しく聞き取っていく。どれほどの米が取れ、商人からの運上金はどのくらいあるか……。

十兵衛はそれを見て思った。

「信長様の支配地のために家臣は先を見て行動している。自分が戦で絡んだ地を知悉しようとしている。そうすることで当該地が信長様のものとなった時、自分がその地に関する一日の長として、上手くいけばその支配を信長様から任される」

信長の〝天下布武〟がこのように家臣に働いていくのかと感心したのだった。同時に丹羽長秀という武将の状況への対応力を知る。

「丹羽長秀……。自分から動くよりも状況で動く武将と見た。状況によっては慎重になり過ぎ動きを止めてしまうな」

十兵衛と長秀は京への帰途に就いた。

近江の針畑川源流へと出る針畑峠を越えた時、十兵衛は空を見上げた。

「さぁ次は浅井・朝倉との戦いだ」

十兵衛は奮い立っていた。

しかし、京に戻った十兵衛に、信長が命じたことは意外なものだった。

五月六日、丹羽長秀と明智十兵衛は帰京し、信長に報告を行った。

二人から全て聞き終えると信長は満足した表情を見せ二人をねぎらった。そして、退室しようとした十兵衛を呼び止めた。

「明日の朝、お前の屋敷へ茶を飲みに行く。支度をしておけ」

かしこまってございますと十兵衛は頭を下げながら思った。

（これは……密命だな）

その直感は当たっていた。


翌朝、十兵衛は信長の好物である漬物と焼味噌を菜にし、米は粥と炊き立ての飯、冷や飯の三種類を準備して朝食を出した。漬物は京のものや尾張のものを取り合わせて五種類、焼味噌は尾張の八丁味噌と京の白味噌の二種類が膳に並べられている。

信長はその周到な準備に気を良くした。まず焼味噌で白米を一膳食べ、その後、冷や飯に湯を掛けた湯漬けを漬物で食べて満足そうにした。そして、粥を一口すると「旨い」と言葉に出した。

十兵衛は料理人に指示して、粥には塩と鰹節と昆布の出汁を利かせ信長好みにしていた。

信長はその粥も平らげ、ふうと満足の息を吐いてから言った。

「さすがは十兵衛、行き届いておる」

「勿体ないお言葉」

そう言って頭を下げると、信長はさっと立ち上がった。

「早速、茶を所望したい」

その早さに対応するのが十兵衛だった。

「では、茶室へ」

今回も十兵衛は貴人口から信長を茶室に入れた。

既に炉の茶釜の湯は沸いている。

「お陰で朝から満腹だ。濃茶を頼む」

「承知致しました」

そうして十兵衛の点前で茶が練り上げられた高麗青磁の碗が、信長の前に出された。

信長は飲み干すと言った。

「この度の金ヶ崎城からの退却、大過なく運んだのも十兵衛が朝倉に持つ間者からの知らせによると聞く。そして、殿戦と続く武藤攻め、共によくやってくれた。一連の働きに大きく報いるつもりだ」

有難き幸せと十兵衛は深く頭を下げた。

そして強い調子で言った。

「浅井・朝倉攻めも存分に働かせて頂きます故、何卒宜しくお導き頂きますようお願い申し上げます」

その十兵衛に信長は小声になって言った。

「お前には京に残って貰う」

意外な言葉にエッと十兵衛は顔を上げた。

「二条御所で大事な仕事をして貰う」

そう言われて再びさっと頭を下げた。

「十兵衛、お前は公方様の家来でもある。そこでの頼みだ」

「何なりとお申し付け下さいませ」

信長の目が冷たく光ると低く声を出した。

「あやつ、この信長を裏切っておる。その動かぬ証拠を押えろ」

十兵衛は驚いた。

「義昭様が殿に逆心を……ということでございますか？」

信長は頷いた。

第五章　光秀、情報を操る

元亀元（一五七〇）年五月九日、信長は大軍を整えて京を発った。

浅井・朝倉、そしてそれに呼応する反信長勢力との戦いに出たのだ。

十兵衛は信長に従軍せず、将軍館である二条御所に詰めていた。

将軍と信長、双方に仕える十兵衛ではあったが、二人の主の力の差は十兵衛の心のあり方を如何（いかん）ともしがたいものにしている。

足利義昭は信長の力がなければ将軍になり得なかったし、豪華絢爛たる御所に居することも出来なかった。

だが義昭はその現実を「自分が足利将軍家の後継であるが故」の〝絶対的力〟と理解し、自分が武家最高の存在であると信じ切っていた。自分は武家の頂点に立つ者で、信長は臣下に過ぎない。自分を将軍に奉じて上洛できたことを誉（ほまれ）とし、常に臣下としての務めに励むのが、信長のあるべき姿と思っている。

しかし、信長は思うようにならない。ならないどころか将軍を傀儡にしようと手枷（てかせ）足枷を嵌めて来る。

「義昭の名を借りて天下を己のものとする。これでは天下泥棒ではないか‼」

義昭はそう強く思うようになっていた。

この年の正月二十三日、信長は義昭を意のままにする為に、五ヶ条の条書を義昭に認めさせた。

第一条、義昭が諸国へ書状によって命令を出す場合は信長に相談し、信長はこれに添状をつけて出すこととする。

第二条、義昭はこれまで諸大名に出した命令を全て無効にし、再考すること。

第三条、義昭が自分に忠節を尽くした者に恩賞褒美を与えたくても領地が無い場合、信長の領地の中から義昭の考える領地を与えるものとする。

第四条、天下のことを信長に委任される以上、誰のことであっても義昭への相談なしに信長自身の判断で処分できるものとする。

第五条、禁中の儀式など、どのようなことでも疎かにしないこと。

誓書の冒頭には『義昭宝』の袖印が、日付の下に『天下布武』の朱印が押され、宛先の名は日乗上人と明智十兵衛尉とされた。

義昭と信長の間で中立的立場にある二人宛とすることで正式な取り決めとなった。

十兵衛はこれを読んで思った。

「将軍は飾りでおれ。朝廷の世話役でおれ。ということか……」

だが、実際の義昭は足利将軍として山城・大和・河内・和泉・摂津、五畿内の守護任命権など絶大な権限を有し、諸国大名は将軍家の権威をまだまだ尊重していた。

それも現実であるのは確かだ。

「しかし、信長様は義昭様を封じ込めておしまいになるおつもりだ」

義昭はそんな信長に淡々と従っていた。

「あの時、ご自分のお力のなさを悟られたのだろうと思った」

十兵衛は思い出す。それは昨年永禄十二（一五六九）年冬、信長が伊勢大河内城を開城させて伊勢を平定し、千草峠を越えて上洛した時のことだ。

信長は直ぐに二条御所の将軍義昭に報告、翌日には宮中に参内、朝廷から直々に祝いの盃を受けた。

その後暫くは京に留まると思われていた信長が、僅か数日後に突然何の知らせもなく岐阜に帰ってしまった。慌てたのは義昭だった。

正親町天皇からの「信長突然の離洛の報に驚いている。何があった？」との問い合わせにあたふたしてしまった。

十兵衛はその原因となった場面を二条御所で目撃した。信長があからさまに義昭を叱責したのだ。

「政はこの信長がやる！　余計なことをするなッ!!」

十兵衛に詳しい内容は分からなかったが、信長の知らないところで義昭が有力大名に下知の御内書を出していたらしい。

そんな義昭への不満を、突然の帰国で信長は示したのだ。

義昭はその時、慌てふためきながら不安を通り越して怖くなり妄想を抱いた。

「信長は軍勢を揃えて京に取って返して攻めて来るのでは？」

小心な義昭は信長に叱責された時、怒りよりも恐れを感じたのだ。

「疎ましく思った余を亡き者にせんと……京に攻め上って来たらどうなる？」

そう思うと体の奥から震えが来た。

それは杞憂であったが、信長への恐怖は心の奥底に居座り続けた。翌年正月に信長の条書を受け入れたのも恐怖からだ。その恐怖が義昭に行動を起こさせた。

「密書？」

十兵衛は信長の言葉に驚いた。

信長の朝倉攻めへの出陣前、二条の自邸茶室でのことだ。

「あやつ、上洛以降、将軍となった嬉しさから諸国大名に御内書を乱発しておった。越後上杉と甲斐武田には勝手に和睦を勧めていた。儂は追って添状を付したが……昨年の卯月、上杉に送った御内書の使者が戻って来ていないことが分かった」

十兵衛はあっと思った。

「信長様に知られたくない内容の上杉とのやり取りがあったということですか？」

信長は頷いた。

「あやつが長きに亘り、上杉と隠密にやり取りをしておったということだ。そのようなことは金輪際させんようにと今年正月の条書となったが……どうもその後も怪しい」

十兵衛が義昭を見る限り思い当たる節はなかったが、信長が怪しいと口にしたことは大きな問題だ。

（信長様は疑いを抱けばとことん疑われる）

信長の性格は徹底するところにある。

何か一点思うと、そこを納得できるまでどんどん突き詰めていく。それが信長という存在を創って来たとも言えた。

「朝倉や浅井、そして六角にも送っておったかもしれん。信長討伐の密書を、な」

エッと十兵衛は驚いた。

「まさか……」

その十兵衛をじっと信長は見てから、何とも言えない笑みを浮かべて言った。

「だが確たる証拠は摑めておらん。そこで十兵衛、お前は京に残り、二条御所であやつのそばにいて探って貰いたい」

十兵衛は信長の目を見たまま、小さくはっと言った。

信長の命令にはいささかの異を唱えたり、受けることへの躊躇をしてはならない。


そうして十兵衛は、二条御所の義昭のもとでの政務に戻った。

信長の命令とはいえ間者として、義昭の行動を見張る気持ちには直ぐになれずにいた。

「仮にも将軍、義昭様も我が主君なのだ」

主君は主君、その気持ちは失ってはいない。

しかし、信長が造営した豪華絢爛たる将軍館にいると、創造主の信長と傀儡の義昭という比較をしてしまう。力の差が見えてしまうのだ。

義昭を奉じて上洛し将軍に就けた後、信長は十兵衛の家来としての禄高を一挙に三千貫文にしてくれた。それまでの五百貫文から考えられぬほどの大幅な増額だ。それに加え京都に屋敷も与えてくれた。

将軍となった義昭も十兵衛に対し、臣下の証として東寺八幡宮領の山城の下久世荘（しもくぜのしょう）を領地としてくれた。そこから年貢米や公事物を得られる筈だったが……そうならない。

東寺が幕府奉行人に「明智に領地を押領された！」と訴え出たのだ。

十兵衛は公方様から頂戴したものと主張したが、寺側はそんな話は聞いていないの一点張りだ。

それに対して将軍は動かない。

「結局、義昭様に力がないということ……」

十兵衛はうんざりした気持ちになり、改めて信長と将軍の力の差を感じたのだ。

しかし、事務方としても優れた能力を持つ十兵衛は、幕府の政務に手を抜いたりせず懸命に務めていた。

与えられた仕事はきちんきちんとこなす。

そんな態度を十兵衛は、常に大事だと考えて実践していた。

軍務に関することでは、十兵衛は重要な幕府側窓口となって働いていた。

「父上、奴らを成敗致したい！」

義昭は信長に相談の上で、幕府の仇敵である三好三人衆を匿（かくま）う阿波・讃岐勢力追討を画策したことがあった。幕府軍の軍略のため十兵衛が当地を調べると、本願寺門徒が三好衆を援助していることが分かった。

十兵衛は早速、義昭と連名で大坂の石山本願寺法主の顕如（けんにょ）に質問状を送った。

それに対し顕如は返事を寄こした。

「阿波表の儀について、本願寺門下の者が光佐（こうさ）（顕如）の命により動き及ぶとされるが、自分は何も知らない。この旨、義昭様に正しく申し入れて頂きたい」

返事は十兵衛に宛てたもので、顕如が誤解なきようにと将軍への取りなしを頼んで来たのだ。

十兵衛は顕如の潔白を義昭に伝えると共に、本願寺には当地での善処・指導を求めた。

そのように対外的にも十兵衛は幕府要人として働き、様々に政務をこなしていたのだ。

「敷島のぉ～大和錦のぉ～朧（おぼろ）なるぅ～」

義昭は発句を詠んだ。

「三輪山々にぃ～月の冴え冴えぇ～」

十兵衛がそれに脇句を返した。

頷きながら義昭は言った。

「そうか、十兵衛はそのような清々たるものが好きか……」

十兵衛は頭を下げた。

「恐れ入ってございます。公方様の御歌心は如何でございましたか？」

義昭は薄く笑った。

「余の心か？　まぁ……それはおいおいな。では十兵衛の番じゃ」

曖昧に言葉を濁すと次の句を促した。

十兵衛は少し考えて、

「澄みぃ渡るぅ〜御代やぁ〜皐月(さつき)の空ぁ〜高くぅ〜」

そう句を詠んだ。

「ただぁ群雲のぉ〜散り逃げるぅかもぉ〜」

義昭はそう句を返した。

えっ、と驚きの表情を十兵衛は見せた。

義昭は何とも言えない笑みを浮かべている。

(どういうことだ？)

十兵衛は義昭をじっと見詰めた。

「久方ぶりに二人内々で連歌をせんか……」

執務室で政務の書状をしたためていた十兵衛は、義昭からそう声を掛けられた。

義昭は大勢での連歌だけでなく、一対一での歌の掛け合いも好む。

上洛後、何度か十兵衛も参加しての連歌の会はあったが内々の連歌は越前以来だ。

「喜んでお相手させて頂きます」

十兵衛は潑剌（はつらつ）と返事をして立ち上がり、書院へ向かおうとしたら義昭が言った。

「余の居室で行おう。書院は広すぎる」

妙だなと十兵衛は思ったが、義昭の言に従った。

十兵衛は義昭から連歌に誘われて越前での自分を思い出し、今の自分との違いから改めて信長という存在の大きさを考えた。

その信長から義昭を見張れと言われての二条御所での日々は、決して楽しいものではない。

義昭が政務に絡んだ記録に当たり、諸大名と密書をやり取りした形跡がないかを調べることは苦痛でもあった。

幸か不幸か、まだ義昭の信長への逆心を示すようなものは摑めていなかった。

「密書のやり取り、実際にされていたとしても読めば直ぐに焼き捨ててしまわれる筈。どうやってそれを摑むか……」

信長は事が事であるだけに、十兵衛以外の家臣にはその内心を口外していない。その為に木下秀吉の家来、蜂須賀小六配下の草を使いたくても使えない。

「何とか自力で調べなくてはならんが……」

十兵衛が頭を悩ませていたところへ、義昭からの内々の連歌の誘いだったのだ。

十兵衛の句に対する義昭の句は、明らかにおかしい。

(天下静謐を祈願する句に対し、それを乱したいとする句を義昭様は返された！)

十兵衛は黙って義昭を見ていた。義昭は十兵衛に視線を合わせないまま、気味の悪い笑みを浮かべて黙っている。何かを含んでいる様子が見て取れる。

暫く沈黙が続いた後で義昭が口を開いた。

「十兵衛、お前は余の家来か？」

十兵衛はさっと頭を下げた。

「この明智十兵衛光秀、未熟者ではありますが、将軍足利義昭様家臣として命を賭してお仕えしておるつもりでございます」

義昭は白々した眼で十兵衛を見おろした。十兵衛は頭を下げたままにしていた。

「面(おもて)を上げいッ、十兵衛!!」

十兵衛はさっと義昭を見た。

「では、訊こう！　お前は余と信長のどちらを取るのだ？」

小刻みに震えながら義昭は目を剝いている。

「どちらさまも御主君にございます」

十兵衛は間髪入れず答えた。

「どちらを取るのだぁッ‼」

さらに訊ねる義昭の顔が歪んでいる。

（ここまでッ‼）

その瞬間、十兵衛の中で何かが弾けた。

十兵衛はゆったりとした調子で、大きな笑みを見せて言った。

「将軍義昭様あっての弾正上総介（信長）でございます。私は将軍に仕えるのみッ‼」

これ以上ない強い調子で、十兵衛はおおらかに言い放った。

十兵衛から出た気の勢いに、義昭は圧倒され消沈してしまった。

「そ、そうか！　そう言ってくれるか！」

子供のように嬉しそうな顔をする。

「上様、どうかご安心下さい。この明智十兵衛光秀、上様のことだけを第一義に考えております！」

そうかそうかと嬉しそうに義昭は頷く。

放心して義昭は気が緩んだ。

「十兵衛、お前に内密なことを教えておく」

十兵衛はニヤリとした。

「それは……先ほどの上様の御句で分かりました。信長を討つおつもりでございますね？」

義昭は逆に驚いた。

「おいっ！　十兵衛！　声が大きい!!」

十兵衛はさっと頭を下げた。

義昭は「近う寄れ！」と十兵衛を促した。

そばに寄ると耳元に口を寄せた。

「既に朝倉、浅井、上杉、武田、六角、本願寺、比叡山に信長追討の密書を出してある」

(やはりかッ!!)

十兵衛は義昭の信長への逆心の動かぬ証拠を摑んだ。

十兵衛は信長から間者を命じられた時、どこかで義昭から離れる腹を決めねばならないと思っていた。その決心への引き金となったのが先ほどの義昭の姿だった。義昭の醜い顔を見た時、十兵衛は心の底から嫌悪を感じた。

(この程度の男、将軍であること不快!!)

そう思った瞬間、十兵衛に〝下克上〟という名の禁断の狐が憑いた。すると自分でも驚くほどの力が湧き大芝居が打てたのだ。

十兵衛という男が化け物に、戦国の世の怪物となった。

そんな十兵衛の内面を知らない義昭は、どこまでも迂闊で思慮のない哀れな将軍だったのだ。

岐阜を本拠地に持つ信長にとって京と行き来するには、必ず近江を通らなくてはならない。琵琶湖を抱き周囲の殆どを山に囲まれている近江は、天下布武へ絶対不可欠な地だ。大軍を率いる信長が美濃から近江に入るのに、唯一山越えをせずに済むのが関ヶ原から伊吹山の南、近江の北を通る〝北の道筋〟で、それは生命線ともいえ戦略的に最重要な道筋だった。

そして入京するには山城へ至る道のある近江南の滋賀郡を必ず通らねばならず、そこも戦略拠点となる。信長はその〝南の道筋〟の逢坂、或いは山中を越えて京に入っていた。

〝北の道筋〟〝南の道筋〟、二つの交通の要所は、大軍勢を率いて京と美濃を行き来する信長にとって絶対不可欠のものだ。

信長が浅井長政と同盟を結んだのは、〝北の道筋〟を押えるのが長政の城、佐和山城だったからだ。そして信長は義昭を奉じての上洛後に〝南の道筋〟を押える為、滋賀郡に宇佐山城を築城した。

北の佐和山城と南の宇佐山城、この二つによって〝近江南北の道筋〟という戦略拠点を押えたと思っていた。

だが浅井長政の反逆によって〝北の道筋〟の確保をやり直さなければならない。そのための戦いをまずこれから行わなくてはならなかったのだ。

五月九日に二万の兵を率いて京から出陣した信長は宇佐山城に泊まり、十二日に瀬田城、十三日には永原城に入った。

「よいかッ。浅井、朝倉を討つため近隣の各城に布陣を敷く！」

居並ぶ織田軍の重臣たちを前にそう言った。

動線を確保するために、琵琶湖の南岸に沿って武将を配置するということだった。

宇佐山城には三月から森可成(よしなり)を置いていたが、新たに永原城に佐久間信盛、長光寺城に柴田勝家、安土城に中川重政を入れ、暫定的に通路を確保した。

信長は永原城に滞在し、美濃に戻る際の道中の安全確保を急がせていた。

そこへ京から早飛脚が到着した。

「明智十兵衛殿から火急の文にございます」

その言葉で信長の目が光った。

信長が書状を開くと、そこには意味をなさない「かな文字」が並んでいた。

信長はニヤリとした。

書状を手にしたまま小姓と二人、奥の部屋に入った。

京を離れる間際、十兵衛に義昭逆心の証拠を探れと命じた時、本件に関する情報を書状で知らせる際にはからくり文（暗号）にしたいと十兵衛は申し出た。

信長はそれに同意し最も信頼できる小姓に、暗号の解読法を十兵衛から学ばせておいたのだ。

小姓は手際良く暗号を解読していく。

横にいて一字一句判明していくのを見ていた信長が声をあげた。

「やはりそうであったかッ‼　あやつ……」

そこには義昭が諸大名に信長討伐の密書を送った、とはっきり述べたことが書かれていた。

そしてさらに驚くべきことが記されていた。

五月十九日、信長の軍勢は永原城を発って美濃に向かった。

途中、浅井長政は〝北の道筋〟に兵を配備し、一揆勢も動員して信長の帰路を遮ろうとしたが、日野の蒲生賢秀ら近江の国衆の奮戦でこれを退けた。

そして千草峠を越えて美濃を目指す道へ入った。

「ん?」

馬廻り衆は不思議だった。

信長が普段の行軍であまり被らない笠を被っている。全体の姿にも違和感がある。

「殿はお太りになられたか?」

信長がひと回り大きくなったように見えるのだ。

そうして千草山に軍勢が入り何事も無く山道を行軍していた時だった。

バン! バン!

バン!! バン!!

十二~十三間(約二十二~二十四m)先の草むらから銃声が四発、立て続けにした。

信長への狙撃だった。

「殿をお守りせよッ!!」

馬廻り衆は声をあげ信長を守ろうとした。

が、信長は馬の背にしがみつくようにして全速力でその場から駆け離れていく。

皆は必死でそれを追いかけた。

山陰になったところで信長の馬が止まった。

「殿ッ!!　ご無事でございますかッ？」

馬廻り衆が信長に追いつくと直ぐに信長の周りを囲んだ。

「敵ながら見事な炮術の技よ。全弾命中させおった」

信長は不敵な笑みを浮かべてそう言うと馬を降り、被っていた笠を外し着物を脱いだ。

狙撃された四発のうち二発は頭、二発は胴に当たっていた。信長はかすり傷一つ負っていなかった。

着物の下に南蛮の鉄製の鎧を着け、笠の内には鉄板が仕込んであったからだ。

「六角承禎が手練れの炮術師を複数雇い千草山にて殿を狙撃する計画の由」

十兵衛が義昭から摑んだ情報だった。狙撃が現実になれば義昭の信長討伐の密書の件は真実だと証明される。

十兵衛は全てを暗号文にしたためて信長に送っていた。信長はそれによって万全の防弾装備で美濃への帰路に臨んでいたのだ。

弾丸でへこんだ鎧を見詰めながら信長は呟いた。

「おのれ義昭！　どうするか見ておれッ!!」

信長は五月二十一日、無事に岐阜に戻り、美濃・尾張の兵を再び整えていく。

いよいよ浅井・朝倉との決戦になる。


光秀は信長の家臣となってから、異常な速さで出世を遂げたという事実がある。

現在で譬(たと)えると――五十歳前後で財閥企業に中途採用で課長待遇で入社して、三年後に筆頭取締役に昇進――実力主義の信長家臣団の中でもその速さは頭抜けているのだ。

だが表立ってはその理由は分かっていない。

信長は合理主義者だから、理由もなく光秀を厚遇したとは考えられない。

するとそこに、表に出せない重要な仕事を光秀が請け負っていたという仮説が成り立つ。

光秀は信長にも義昭にも仕えていた。

二人の主人を持ちながら最終的に信長につき義昭を見限る。その結論から逆算で考えると、早くから義昭の情報を信長に伝えていたと考えられるのだ。

戦国時代は何でもありの弱肉強食。誰も信用できない中で、油断のならない将軍を光秀を使って信長が諜報・監視していて、信長暗殺を未遂に終わらせたとすると筋が通る。

六角承禎が雇った炮術師による狙撃だったが、信長はかすり傷一つ負わずに助かったとされている。史実では銃声は四発。つまり狙撃手は四人いたことになり、全員が外したことになる。

「火縄銃だからその程度の精度だろう」

そう考えるのは現代の我々の情報不足だ。

当時の鉄炮の技術や炮術師の射撃能力は極めて高く、二十m先に釣るされた針を撃ち落とすことが出来たとされている。スナイパーが四人いて揃って撃ち損じるとは考えにくい。

信長は暗殺情報を事前に知っていて防弾装備をしていた……。その情報が光秀からもたらされたもので、義昭がその暗殺に関わっていることが分かったとすれば……信長の光秀への特別な評価も納得できる。

信長は家臣に対して厳しい人間だが、人事評価は公正だ。実力、実績を実に細かく見て記憶し評価を下している。出自に関係なく優秀な人間を登用することで、自軍の強化が出来ることをよく理解していたからだ。

信長は天下統一という巨大プロジェクトの貫徹を示し、組織作りは実力主義を貫いた。

それに応えたのが光秀であり秀吉だった。

光秀も秀吉も信長が優れたトップであったから従い、思う存分に力を発揮できたのだ。

「しくじった!?」

「はっ！　信長は岐阜城に無事戻ったとの知らせにございます！」

六角承禎は信長暗殺失敗の報告に苦い顔をした。

杉谷善住坊を含め手練れの炮術師たちを雇い、万全で臨んだ筈の信長狙撃が失敗した。完璧を期すために四人もの狙撃手を配置した暗殺計画は、どう転んでも失敗することがないと踏んでいた。

六角は信長の朝倉攻めの頓挫に乗じ、忍んでいた甲賀から土豪を率いて琵琶湖近くまで進出したが、信長が派遣した美濃三人衆の一人、稲葉良通の軍に蹴散らされた後の起死回生の暗殺計画だったのだ。

「悪運の強い奴め……」

六角はギリギリと音を立てて歯ぎしりした。

暗殺計画を立案し早々に将軍義昭に知らせておいたのも、信長討伐の手柄を独占する為だったが、絵に描いた餅に終わった。

「かくなる上はもう一度討って出る！　信長が美濃におるうちに近江を奪うぞ！」

五月下旬、甲賀と伊賀の土豪勢力を纏めた六角の兵五千が草津に攻め込んだ。

信長が長光寺城に配置した柴田勝家と同じく永原城にいた佐久間信盛が共に出撃、六月四日、野洲川北岸の乙窪で六角軍と激突した。

主の信長はいなくとも鍛え抜かれている信長軍は強い。圧倒的な速さと力で攻め続ける。勝負は短時間でつき、六角軍は重臣を含め八百近くもの兵を失った。

信長暗殺に失敗し、信長抜きの戦いにも敗れ、六角承禎は失意の重なりの裡に撤退した。

信長の情報力、組織力の勝利だった。

天下布武は総合力で遂行されていく。

琵琶湖沿岸への織田重臣配置体制は、見事に機能したのだ。

そしてその上で信長は調略という別の力も使っていた。

「よしッ‼　よくやったァ‼」

信長は岐阜城で知らせを聞いて歓喜した。柴田勝家、佐久間信盛による六角承禎との戦いの勝利にではない。近江坂田郡の半域を支配する堀氏を浅井から離反させ織田に降(くだ)らせる調略に成功したとの知らせにだった。

近江坂田郡の国衆で鎌刃城主、堀秀村はまだ十五歳、堀家は家老の樋口直房が万事取り仕切っており、その樋口を説得することで成功したのだ。

「これで浅井長政の喉元近くまで攻め上れる‼　さぁ、戦の支度だっ‼」

六月十九日に信長は出陣、その日のうちに堀氏の持ち城である長比砦(たけくらべとりで)に入り軍勢を整える為に駐留した。

　そこでの軍議で信長は武将たちに檄を飛ばした。

「この戦は浅井・朝倉を殲滅させる戦だ！　一切容赦せぬ!!」

　二十一日、信長は軍勢を率いて浅井長政の本拠地である小谷城近くまで進み、城の南方に位置する虎御前山に陣を張った。

「なるほど……これは良い城だ」

　信長は初めて見る小谷城を眺めてそう呟いた。かなり山高い要害で難攻不落の名城と呼ばれているのも頷ける。

「そう簡単に攻め落とせるものではないな」

　信長は長期戦を覚悟する。

　まず手始めとして、敵の戦意喪失を誘う常套手段の掃討行動に出た。付近の町や村々を家臣たちに命じて、全て焼き払わせたのだ。

　そうしてから信長は言った。

「攻撃目標を横山城に変更する。全軍を移動させる」

　虎御前山のさらに南方にある横山城を落とし拠点とすることに決めたのだ。

　そうなると軍勢は小谷城の敵に背中を見せることになる。危険な移動だった。

その殿(しんがり)を命じられたのは馬廻り衆である簗田(やなだ)広正、中条家忠、佐々成政(さっさなりまさ)の三人だった。

「よいか！　出来る限り時間を掛けて敵を食い止めよ。諸隊から鉄炮隊五百と弓衆三十をつけてやる。それで殿軍をどう指揮するかは三人に任せる。手柄を挙げよ！」

「はっ!!」

信長の檄に若い三人は奮った。

「信長軍が撤退!?」

二十二日、浅井長政は小谷城でその報告を受けると、直ちに軍勢を城から出し追撃に出た。

背を向ける敵を討つほど容易(たやす)いことはない。

だが、信長軍の殿は逃げると見せかけては攻めるを繰り返す。鉄炮隊と弓衆は機動的に動き、その攻撃によって浅井の足軽部隊は要所要所で蹴散らされていく。退く時には散り散りになるため、いつの間にか混戦に巻き込まれ時間が過ぎていった。

そんな殿軍の活躍で信長は総軍を龍ヶ鼻(たつがはな)まで無事に移動させることが出来た。その地で陣を構え横山城攻撃の態勢を整えたのだ。

そして、二十四日。

横山城への攻撃が開始された。

折良く徳川家康が五千の軍勢を率いて信長軍に合流した。

だが、浅井軍にも強力な援軍が到着した。

朝倉義景の一族、朝倉景健を総大将とする八千の朝倉軍が、小谷城下に入ったのだ。

信長は地図を見ながらどのような戦いになるか頭を巡らせた。

「坂田郡と浅井郡の軍境、姉川で両軍総出の大合戦になるかもしれんな……」

横山城への攻略戦と思っていたが、大軍同士が戦う遭遇戦の可能性が高くなった。

「浅井長政、小谷城を出ました！」

六千の兵を率いた長政は朝倉軍と合流、横山城を睨む信長軍を囲もうと軍勢を進めた。

二十七日、夜の闇の中を浅井・朝倉軍は南に移動、西と東に陣を分けて姉川を挟み、信長・家康軍と睨み合う形になった。

朝靄が河面を静かに渡っていく中、緊張が周囲を支配した。

織田・徳川軍二万五千、浅井・朝倉軍一万四千、これだけの大軍による合戦は近年ない。

「遮るものがない平地での戦い。数の上では我が軍が大きく優位。押しに押せば直ぐに勝負はつく」

信長は家康に冷静な口調でそう語った。

その家康軍がまず動いた。真向かいに陣を敷く朝倉軍に向かって突進した。

その東方では浅井軍と信長軍の合戦になった。信長軍は馬廻り衆、美濃三人衆の軍勢が一丸で進撃、その後に家臣軍団が続く。

「行けーッ!!　信長の首を取って参れッ!!」

浅井長政は檄を飛ばした。

「どんなことをしてでも兄信長を殺しなされ。そうでなければ殿は必ず殺されまする」

妻、市の声が長政の頭の中でこだまする。

「殺さねばならん。殺さねば殺される！」

決死の覚悟で長政は合戦に臨んでいた。

その心は味方の武将や兵たちに伝わる。

浅井軍は善戦した。しかし、数的不利は時間と共に結果となって表れて来る。

味方の武将の討ち死にの知らせが長政のもとに次々と届いた。

「クッ！」

長政は引かざるを得なくなった。朝倉景健も戦況の悪化を悟った。浅井・朝倉軍は北に向かって退却を始めた。

「追えーッ!!　長政を仕留めよッ!!」

信長・家康連合軍は小谷城下まで追撃した。だが、長政らは逃げ切った。

その後直ぐ信長は横山城を落とすと木下秀吉を配置した。そして南で孤立の形となった佐和山城を丹羽長秀らに包囲させた。これで信長は近江〝北の道筋〟を取り戻せた。

天下布武への動線を確保したことでほっとしたが、憎き浅井長政は討ち損なった。

浅井・朝倉両軍には将兵の半数以上を奪う大打撃を与えたが、致命傷に至らなかった。

しかし、信長の大勝利に違いはなかった。

足利義昭は近江での戦いで信長勝利の報告を受けて絶句した。

(どうする？　どうすればいい？)

信長は六角が企んだ暗殺狙撃でも死ななかった。浅井・朝倉との戦いでも死ななかった。

(密書の件……どうなる？)

自分が信長討伐の密書を出したことで、反信長勢力が一斉に動いたと考える義昭にとって信長の勝利はこの上なくまずい。

「余は……どうなる？」

敗れた側から密書の件が信長に漏れるのは必定(ひつじょう)だと義昭は思い込んだ。

「殺してやるッ!!」

魔王のような信長の声が聞こえた。

身体の底から震えが来た。

「どうする？　どうすれば……」

その時、自分には強い味方がいたことを思い出した。

「じゅ、十兵衛！　十兵衛を呼べ！」

十兵衛は義昭の居室に参上した。

義昭は人払いをしている。

「ち、近う寄れッ!!　十兵衛！」

十兵衛は義昭の前に座ると深々と頭を下げた。

そして満面の笑みを浮かべ大きな声で義昭に言った。

「お味方、織田弾正上総介様の大勝利、おめでとうございます！」

そして再び平伏した。

義昭はあっという表情になった。

「そ、そうじゃ……めでたい、めでたい」

何をどう考えてよいのか義昭は混乱して分からない。

次に十兵衛は小声になった。

「将軍である義昭様は勝ち馬にだけ乗れば良いのでございます。信長が勝てば信長に、朝倉や浅井が勝てばそれらに。仮に密書の件を詰問されても、知らぬ存ぜぬを通されれば宜しいのです」

きっぱりとした十兵衛の言葉で、義昭は一瞬にして安心立命の境地となった。

「そうか！　そうじゃ！　そうじゃ、知らぬ知らぬ！　余は何も知らぬ！　めでたい！　信長の勝利めでたい！」

十兵衛はその義昭を見詰めながら薄く笑っていた。

姉川での大勝利の報告に、信長は馬廻り衆だけを伴った軽装で上洛した。

七月四日の夜、将軍義昭に謁見、その夜は二条にある十兵衛の屋敷に泊まった。

十兵衛の京屋敷の茶室。信長は薄茶を飲み干すと言った。

「お陰で命拾いをした。礼を言う」

十兵衛が信長狙撃暗殺計画の情報をいち早く知らせたことで万全の防弾装備をし、無事に済んだ。

十兵衛は頭を下げた。

「全ては殿に命じられて間者となり、義昭様への諜報を行った結果でございます」

十兵衛のへりくだった態度と物言いを信長は好ましく思った。

「うむ。それにしても近隣から遠国まで、全ての大名や国衆に信長討伐の密書を送っておったとは……将軍にしてやり豪華な御所を新築してやった恩を仇で返そうとするのか」

現実第一の信長には、傀儡とされることへの我慢がならない義昭の自尊心は分からない。

「小人閑居して不善を為すと申します。将軍の座でじっと飾りとしておられることにどうにも満足できぬお方とお見受けしております」

信長はふっと笑った。

「愚かな奴よ。だが、その愚かさが足利将軍家というものを滅亡させることに気がついておらん」

十兵衛はハッとし信長をじっと見た。

(信長さまは幕府を潰すおつもりなのだ!!)

信長は言った。

「十兵衛、儂は決めた。あやつを利用し、来る敵を全て葬る」

その意味するところを十兵衛は理解した。

「このまま将軍義昭は泳がせるということでございますね？」

信長は十兵衛の理解力に満足して言った。

「あやつの発する密書での信長討伐の動き、全て前もって摑むことで……敵が誰か、どう動くか知ることが出来る。遅かれ早かれ敵となる者まで炙り出せる。天下布武への近道が見えるということ」

恐れ入ってございますと十兵衛は頭を下げた。信長は姉川の戦いの勝利で総力戦に大きな自信をつけているのが分かる。

「あやつの本性が分かった以上、諜報に秀吉の草を総動員させる。二条御所に草を入れ、あやつの放つ密書は全て押えさせる。十兵衛にはここから戦の方に参加して貰う。都での戦文度を統括せよ。阿波の三好三人衆の動きがきな臭い。これに備える。よいな？」

「はっ、存分に働かせて頂きます」

十兵衛は頭を下げた。

「忙しくなるぞ。儂の周りは敵だらけ。それだけに天下布武は面白い！」

そう言って信長は愉快そうに笑った。

七月七日未明、信長は京を発って岐阜に戻っていった。

「十兵衛！　信長は姉川の勝利ですこぶる上機嫌であった！　密書のことなど全く知らぬようだったぞ！」

十兵衛が二条御所の義昭の居室に入ると、直ぐに近づいて来て嬉しそうに言った。

「ご心配に及びませんでしたな。祝着至極に存じます」

十兵衛はぬけぬけとした笑顔で言った。

「良かった、良かった！」

義昭は自分の命が助かったと思い、繋がった首筋の辺りに何度も手をやった。

十兵衛は言った。

「拙者、戦支度をするよう信長様から命じられましたので、暫く御所を留守に致します。どうか武運をお祈り下さい。そして織田軍の勝利を祈念して頂きたく存じます」

義昭は「そうかそうであったか」と頷き、手柄を立てて参れと十兵衛を送り出した。

密書の不安が払拭された義昭はこれに懲り、暫くは信長におとなしく従おうと強く思うのだった。だが喉元過ぎれば熱さを忘れるのが小人、義昭でもあった。


「明智さま」

十兵衛が二条御所を出た時、後ろから声を掛けられた。

蜂須賀小六が立っている。

十兵衛は驚いた。

「蜂須賀殿!!　木下殿と共に近江横山城に入られたとお聞きしましたが？」

小六は微笑んだ。

「御所でのお仕事がありまして……」

あっと十兵衛は思った。

信長からの指示で早速、秀吉が小六を京に送ったのだ。

「そうでございましたか、随分お早いですな」

そう言ってしまい、笑った。小六も何とも言えない笑みを浮かべている。

その場で余計な話は何一つせず「では」と言うと次の瞬間、小六の姿は消えていた。

「全てが速い。これが信長軍の強さだ」

十兵衛は改めてそう思った。


十兵衛が屋敷に戻り居室にいると妻の伏屋が外から声を掛けた。

「近江の商人がお目通りを願っております」

「近江の商人？（……草だ！）」

玄関に出ると笠を目深に被った男がいた。

「こちらを」

十兵衛に文を渡すとさっといなくなった。文は越前にいる弟、竹次郎からのものだった。

蜂須賀小六配下の草、新月を介し十兵衛はずっと竹次郎とやり取りをしていた。新月からの報告で、近江での戦いに竹次郎は従軍していないことを知っていたので安否を気遣ってはいなかった。

「文を託せるということは……越前が姉川の大敗で混乱し統制が緩んでいるな」

十兵衛はそう理解して文を開いた。

間者としてのものだから、誰から誰宛かは当然記されてはいない。しかし、中に出て来る人物名は極めて詳細かつ具体的に書かれている。

そこには大敗を喫した朝倉家内の奉行や武将の中で、信長に寝返りそうな人物の名前が可能性の大小を添えて記されていた。

信長の軍略に資する重要な情報だ。

「竹次郎、よくやった！」

十兵衛は声をあげた。

元亀元（一五七〇）年七月二十一日、三好三人衆と阿波衆を合わせた軍勢、一万三千が海を渡り摂津中島天満ヶ森（てんまがもり）に陣を構えた。

「将軍義昭、信長もろとも討ち滅ぼす！」

三好三人衆は檄を飛ばした。

その軍勢の中に信長を殺すことに異常なほどの執念を燃やす男がいた。

「信長ッ！　必ずやその首を掲げ美濃に戻ってみせるぞ!!」

斎藤龍興だった。

信長によって美濃を追われた後、三好三人衆と行動を共にしていたが満を持して畿内に入ったのだった。軍勢は大坂石山本願寺のすぐ西にある野田・福島に砦を築いた。

その三好三人衆の動きに同調して、近隣の反信長勢力が動いた。摂津の三守護の一人、伊丹忠親に対して同国の池田重成が攻めかかり、淡路からは三好一族の安宅信康が尼崎に上陸し陣を張った。

そして嘗て大和の国主であったが、信長らによって追い落とされ逼塞していた筒井順慶も兵を率いて攻め上って来た。


「なにっ!?　三好三人衆がッ!!」

義昭は報告を受けて色をなした。将軍であった兄、義輝を弑逆した軍賊が、今度こそ自分を殺そうとやって来るのだ。義昭の恐怖は尋常ではない。

「す、直ぐに信長に知らせるのじゃ!!」

この時ほど信長が味方であることを頼もしく思えたことはない。

「密書の件、信長に知られなかったこと本当に助かった!!」

そう思い込んでいる義昭だ。

だが信長が駆けつけるには時間が掛る。

義昭は畿内の守護たちに逆賊三好三人衆を討伐するよう呼びかけた。

信長に与している河内半国の守護、三好義継は和泉家原城に兵を入れて迎え撃つ支度をし、大和の松永久秀も信貴山城に入り抗戦態勢を取った。

「よくもまぁ……これだけ揃ってこの信長に歯向かおうとするものよ」

三好三人衆に合わせ、どんな敵がどのように動き、味方もそれにどう反応するか……。美濃で見定めていた信長が岐阜城を発ったのが八月二十日だった。

三日後、京に入った。

宿舎とした下京四条西洞院の本能寺で十兵衛は信長を待っていた。

「十兵衛、兵は揃っておるな？」

信長は三千の兵を引き連れていた。

「はっ！　京近郊に既に先発の織田軍団、総勢四万が揃っております」

「此度は将軍義昭様にも御出陣頂く。その準備整っておるな?」

「万事抜かりなく」

信長は満足げに頷いた。

十兵衛はこの戦での京に於ける信長家臣軍・幕府軍の兵站を含めた軍勢の管理を信長に命じられていた。

そして、様々な敵味方の軍勢の情報を一手に集め、逐一美濃の信長に連絡していたのだ。

信長は十兵衛のそんな能力を高く評価した。

美濃にいても十兵衛の書状によって、畿内全土の敵味方の動きが見えるようだったからだ。

二十五日、信長は京を出陣、淀川を越えて枚方に本陣を置き、二十六日に野田・福島の敵方砦の南方に位置する天王寺に陣を張った。

先陣である信長正規軍と畿内守護の三好義継、松永久秀、和田惟政、そして幕府奉行衆には敵陣近くにずらりと陣取らせ、天満ヶ森、川口、渡辺、神崎、上難波、下難波および海岸沿いにも兵を配置して攻撃態勢を敷かせた。

信長はこの総力戦も朝倉攻めの時と同様、天下布武への〝催し〟と考え、畿内全土に前もって大々的に布告していた。

その効果は祭りの様相で現れた。信長本陣に大坂、堺、尼崎、西宮、兵庫から有力町衆が大勢、南蛮渡来の品や各々の地の物産品を携えて信長に挨拶にやって来る。

そして、布陣の様子を一目見ようと大勢の群衆で溢れ返っていった。事前布告をも担当した十兵衛はその様子を見ながら信長の〝天下布武〟に、あらゆる者が巻き込まれ渦のように動くのを感じた。

敵方三好三人衆の軍は総大将を細川昭元とし、三好長逸、三好康長、三好政勝、安宅信康、十河存保（そごうまさやす）、篠原長房、香西越後守、長井道利、そして斎藤龍興を含めた総数八千が野田・福島の砦に立て籠った。

「さぁ、出て来い！　勝負してやる！」

信長の四万の軍勢は砦を完全に囲んだ。

信長は事前に敵側への調略を仕掛けていた。

既に三好政勝と香西越後守からは信長に寝返る約束を取りつけてあり、砦を出て合戦となれば三好衆を欺いて行動することになっている。

だが三好衆は慎重だった。接近して来た織田の大軍勢を目にして数的不利を悟ると砦から出ようとしない。そして砦内に信長と内通している者がいないかを探り始めた。

（まずいッ！）

三好政勝と香西越後守は八月二十八日の深夜、闇に紛れて砦を抜け出し天王寺の信長の本陣に駆けこんで来た。

　信長は軍略を再考せざるを得なくなった。

　三好衆は長期の籠城戦を決め込み、一兵たりとも砦の外に出してこない。

「攻城戦か……。将軍も加えての逆賊討ち、よし、文字通りの総出で派手に攻めようぞ‼」

　信長は将軍義昭に出陣を要請、八月三十日に義昭は十兵衛らと共に二千の兵を率いて京を発ち、九月三日に摂津中島の細川藤孝の城、中島城に入った。

「大坂は京に比べると蒸し暑いの」

　義昭は扇でしきりとあおぎながら十兵衛に言った。

「京も暑うございますが、大坂は川や沼が多うございます故、湿気がある分、嫌な暑さに感じます」

　十兵衛もまとわりつくような暑さは苦手だった。

　その嫌な暑さは嫌な予感を十兵衛にもたらした。

「もし、この攻城戦の最中にあそこが動けば……どうなる？」

　石山本願寺のことだ。

「法主の顕如に対しては中立を守るように伝えてあるが……大丈夫だろうか？」

　そう思って義昭を見た。

十兵衛は複雑な思考を巡らせなければならなかった。義昭は本願寺に対し過去に信長追討の密書を送っている。つまり顕如は幕府・信長連合は、決して一枚岩ではないと認識している。

「もし顕如が幕府軍はどこかで信長軍に反旗を翻すと思っていたら……」

戦況を見て本願寺が攻めてくる可能性があると思える。

「しかし、顕如も馬鹿ではない。この信長軍の大軍勢を見れば……」

怖気（おじけ）づくと考えたいが、一向一揆の戦いを知っている十兵衛は、もしそうでなければ大変なことになると思った。

「一揆軍に軍略は通用しない。顕如が号令を掛ければイナゴのような大群が死を恐れず飛び出し、襲って来る」

それを想像するだけでゾッとする。

問題は顕如が今何を考えているかだ。

十兵衛は何度か顕如と書状のやり取りをしている。

「顕如は頭が良い。今の信長軍を見て何か仕掛けようとはしない筈だ。しかし、ここで三好三人衆が討ち滅ぼされ、大坂が信長様の完全支配を受けることになると考えれば……」

本願寺が信長の干渉を受け、これまでのように武力を維持し続けることは危うくなると考えるのが自然だ。

その時、十兵衛のもとに草の新月が越前の竹次郎からの文を持参して現れた。

「何っ!?」

十兵衛はその内容に目を剝いた。

「本当か？　しかし、さすがにこれは信長様にお伝えする前に確認せねばならん」

信長は重大な情報は、複数筋からの確認を伴わないと納得しない。

十兵衛は新月に更なる探索を依頼した。


九月八日、信長は攻城戦を開始した。

まず石山本願寺の十町ほど西にある楼岸に砦を築き、大坂の川向こうの川口にも砦を造り、家臣たちを配備した。

そして翌日、本陣を天満ヶ森に進め、諸隊に命じて敵城周辺の入江や堀を埋めさせた。

九月十二日、野田・福島の北にある海老江に本陣を移し、将軍義昭の幕府軍を迎えた。十兵衛の軍勢もそこに加わっている。

そこからは先陣や後続が昼夜を問わず先を争って土塁を築き、敵の砦の塀際へ詰め寄り、物見櫓を建て攻撃準備を急速に整え終えた。

信長は檄を飛ばした。

「よいかッ！　鉄炮や大炮を休みなく撃ちかけ、奴らの度肝を抜いてやれ!!」

信長軍は五千丁の鉄炮と五十門の大炮を揃えている。

「放てッ!!」

合戦史上最多数の鉄炮による銃撃と大炮の炮撃が重なる爆裂音は凄まじい。

「何じゃ!?　この音は!?」

三好衆の軍勢は耳をつんざく地獄の轟音に驚愕する。

途轍もない銃撃、炮撃は一昼夜続いた。

「……これでは戦えん」

三好勢は完全に戦意を喪失し和睦を申し入れて来た。

それを聞いた信長は声を荒らげた。

「何を寝ぼけたことを!!　もうひと押しで砦は落ちるのだ。敵将の首は全て落とす!!」

信長は三好方の申し出を蹴ると、直ぐに最終攻撃の準備に入った。

その夜だった。

「明智十兵衛様、火急の知らせとのことです」

「十兵衛が？」

直ぐに信長は十兵衛を通した。

そしてその十兵衛の報告に驚愕する。

「本願寺と浅井・朝倉が共闘、同時に織田陣営を攻める約束とのこと。複数筋より確認致しました。確かな模様です」

その対処を信長と考える最中、本願寺の鐘が狂ったように打ち鳴らされた。

信長と本願寺顕如との長い戦い、石山合戦が始まったのだ。

この時、信長三十七歳。

本願寺顕如、二十八歳だった。

第六章　光秀、理想から現実を考える

浄土真宗、俗称一向宗は、日の本最大の仏教教団で大坂石山本願寺はその総本山だ。

現法主の顕如は天文十二（一五四三）年、十世法主証如の長子として大坂に生まれた。幼名は茶々、十二歳で得度し法名は顕如、諱を光佐という。

病を得た父、証如の容態悪化によって、顕如の得度式は慌ただしく行われた。

童体の顕如は白素絹の法衣に袈裟衣を着けて式に臨んだ。西の方向に親鸞真向影像が掛けられ、そちらに合掌したまま顕如は髪を全て剃り落とされた。その翌日に父が逝去、顕如は若くして本願寺を継職した。

父証如はその遺言で、自らの母であり顕如の祖母に当たる慶寿院に後見を託した。

辣腕の祖母は顕如を見事に補佐していく。

十五歳で結婚、妻に迎えた如春尼は幕府管領細川晴元の養女で、近江の大名六角義賢の猶子として嫁した。如春尼には二人の姉がいて一人は細川晴元に、もう一人は甲斐の武田信玄に嫁いでいた。

永禄二（一五五九）年、十七歳で正親町天皇の勅許により本願寺門跡となる。

門跡とは皇族や摂関家が継承する院家、つまり貴種の子弟が出家して入る寺の称号であり、本願寺がそうなることはあり得ない。しかし、顕如は元関白九条稙通の猶子となっていた為にそれが実現された。

本願寺はその財力と慶寿院の政治力で没落貴族から権威を買っていたのだ。そうして朝廷とも結び付きを強めていった。

顕如は十九歳で親鸞三百回忌という大法要儀式を務めあげ、法義を体現する第一者としてその存在感を高めていく。

非僧非俗（出家僧でもなく、俗人でもない）を標榜し、妻帯を公然と認める本願寺は、浄土三部経を根本聖典とし親鸞の主著『教行信証』を宗義の基礎とする。

〝南無阿弥陀仏〟の念仏を唱えることを中心に阿弥陀如来の本願力による絶対他力を教えとして説いている。

「一度でも念仏を唱えれば極楽に行ける」

その教えを固く信じる門徒衆を全国各地の末寺で数限りなく生んでいった。

死を恐れない集団、兵力武力となればこれほど凄まじい力を発揮するものはない。

一向一揆という武力闘争は、各地で大名や国衆たちを苦しめ続けていた。

そんな門徒衆にとって本願寺法主とは、現世での絶対的指導者であり、武力集団となる門徒衆の総大将だった。

総大将のいる総本山・大坂石山本願寺は巨大な要塞都市となっている。

元々は京にあった総本山・山科本願寺を、天文法華の乱で法華の武装勢力によって寺内町共々焼き払われた為に、大坂石山の地に今の本願寺は築かれたのだ。

前例を二度と踏まぬよう、法敵を含めあらゆる存在から自らを守ることの出来る堅固な寺が造営された。

広大な敷地を有し、深い堀を巡らせ、高い石垣が聳（そび）えるその寺の規模は城郭として天下一とされている。

そして寺内には兵力となる門徒衆が万に近い数で揃っている。本願寺は大勢の人間が暮らし田畑も有する都市だった。僧だけでなく農民も商人も地侍もおり、門徒という一点で皆、兵力となり命を懸けて戦う準備を怠っていない。全国門徒衆からの寄進による莫大な財力にものを言わせて武器を揃え、刀や槍、弓は勿論、二千丁の鉄炮、十門の大炮も持っている。

その戦力の強さは兵としての門徒衆が死を恐れないことを加味すれば、信長正規軍に匹敵するとも考えられている。

だが石山本願寺は天文法華の乱の後、畿内の政治には関わらず、兵を挙げて争うことをこれまで避けて来ていた。

「争いは避ける。争いの火種は拾わぬ。政争にも戦にも総本山は関わらず。それが本願寺が栄え続ける本道を示す」

辣腕の女傑、慶寿院の方針だった。

地方で盛んな一向一揆は、全て戦端を時宗門徒衆が開き本願寺の末寺に流れ込んでなし崩しで共闘しているもので、総本山・石山本願寺が挙兵の指令を出したものはない。

だがそれを変更したのが顕如だった。

そこには信長という存在があった。

顕如は祖母慶寿院の前に座り、頭を下げた。

「将軍義昭並びに織田信長の軍勢四万、三好三人衆らの籠る野田・福島の砦に対し攻城戦を開始した模様にございます」

慶寿院は目を瞑り黙っている。

顕如は続けて言った。

「ご承知の通り将軍義昭からの密書が私宛に送られて来ております。『信長は幕府を無きものにしようと企む者、それを皆と共に討伐して欲しい』とのこと」

慶寿院は目を閉じたまま薄く笑った。

「足利将軍がこの石山本願寺に泣きついて来たということか？」

「御意。しかし、将軍義昭は信長の力を借りてこの石山本願寺と義絶した者、法敵と考えます。これを易々と許すわけには参りません」

元々、本願寺は室町幕府の過去の様々な内紛時には将軍家と敵対する関係にあり、三好三人衆はそんな本願寺を保護していた。

信長が義昭を奉じての上洛直後、本願寺に対し義昭との連名で五千貫もの矢銭を要求したことに顕如は怒り、信長同様、義昭も本願寺に敵対する者として明確に考えていた。

その顕如が言った。

「ただ義昭のその旨には理があると存じます。信長は今は義昭を支えると見せかけておりますが、三好三人衆や浅井・朝倉を滅ぼした後は、将軍を弑逆し幕府を滅ぼすこと必定と思われます」

慶寿院は目を瞑ったまま口だけ開いた。

「信長はその後、この本願寺をも無きものにしようとする。そう考えるのだな？　光佐」

顕如は大きく頷いた。

「本願寺と姻戚にある六角、武田、そして浅井・朝倉も信長討伐へ共闘を願い出ております。もし信長が天下を制すれば、信長の保護する切支丹が日の本にはびこるのは必定、それは絶対に避けねばなりません」

　これまで石山本願寺が畿内の政治に関与せず戦を避けて来たのは、慶寿院の強い非戦の方針あってのことだった。

　五千貫もの矢銭を義昭、信長から要求された際、怒る顕如を説得し応じさせたのも慶寿院だ。

　しかし、その慶寿院も切支丹を持ち出されると話は違った。頭脳明晰な慶寿院は、伝え聞く切支丹の教えが本願寺に通じるものがあることを知っていた。それが万民を切支丹門徒に変える可能性があることを悟り恐れていたのだ。

「織田信長……」

　慶寿院は呟くように言った。

「三好三人衆を滅ぼし、六角や浅井・朝倉を滅ぼし、幕府をも滅ぼし、そしてこの本願寺も滅ぼし、切支丹門徒の世を創る。そう言うのだな？　光佐」

　顕如は、その通りでございますと強く言った。

「既に六角、浅井・朝倉には共闘への了承を伝えております。そして、畿内近国の惣門徒中に向け将軍義昭の義絶と信長追討の蜂起を発令しております」

　門徒指導層に反幕府・反信長一揆の蜂起を命じる檄文を顕如は出したと言うのだ。

慶寿院も腹を固めていた。

かっと目を見開いた女傑は武将の顔つきになっている。

「勝てるか？　光佐」

眼光鋭くそう訊ねて来た。顕如は一瞬、その言葉の強さに気圧されたが、きっぱりと言った。

「信長からは将軍臣下である明智十兵衛を通し、三好衆攻撃に際して本願寺は中立を守るようとの要請があり、了承の旨を伝えております。野田・福島の砦攻めの間、本願寺は門を固く閉ざし、ただ念仏を唱えておると思っております」

慶寿院は微笑んだ。

「油断しておるというのか？」

顕如は頷くと、さらに加えて言った。

「そろそろ浅井・朝倉の北近江奪還の軍勢が、攻撃を仕掛ける頃でございます。そして近江全土では門徒衆による大々的な反信長一揆が蜂起致します。信長は一度に多方面から攻められている状態を知って大慌てとなる筈。そこへ信長本陣の目と鼻の先の石山本願寺が、攻めかかるとなると……」

「ひとたまりもない、ということか？」

「御意」

慶寿院は深く頷いた。


「なんだ!?　あの鐘は？」

九月十二日の夜、野田・福島の砦を囲んでいた信長の軍勢はその音に驚いた。

本願寺の鐘が、それも深夜に早鐘が鳴らされるなど尋常ではない。

バンバン!!　バンバン!!

次の瞬間、あり得ない方向からの銃撃を受け、さらに驚愕する。楼岸・川口の砦を守っていた信長の将兵は、次々に銃弾に倒れていく。

「ど、どこの軍勢からの攻撃だ？」

皆が慌てふためいた。

「まさか!?」

そこで早鐘の意味を悟った。

「ほ、本願寺が攻めて来た!?」

その情報は衝撃となって信長の軍勢の間に広がり、三好三人衆は息を吹き返した。

九月十四日、本願寺から大軍勢が出撃し、信長軍精鋭部隊である馬廻り衆が守る天満ヶ森を物凄い数の一揆軍が襲う。

「ここを落とされては三好勢に逃げられる。絶対に死守するぞッ!!」

馬廻り衆は決死の防戦で砦を守り、淀川の春日井堤まで反撃、押し戻しに成功、そこで一揆軍との凄まじい戦闘になった。

一向一揆との戦いが初めての者ばかりの馬廻り衆は敵の戦いぶりに驚愕する。

「なんだこいつら!?　一切ひるまず次から次へと襲い掛って来る!!」

南無阿弥陀仏、南無阿弥陀仏と唱えながら死を恐れずどんどん迫って来る門徒衆の姿は、途轍もない恐怖を信長軍に与えた。

それでも馬廻り衆は奮戦し、一揆軍を退却させることに成功した。

だが三好三人衆への攻撃継続は難しくなった。信長は戦闘を一旦中止する。

「本願寺に使者を出し和睦を申し出る」

九月十六日に信長は本願寺と和睦交渉に入った。しかし決裂、二十日からまた戦いが再開された。

そこからの信長軍は一揆軍に押れ、海へと追いやられかねない状況となる。

信長は退却を考えざるを得なくなった。

十兵衛は義昭の幕府軍と行動を共にしていた。二十二日、海老江の陣を引き払った信長と合流、天満ヶ森に戻った。

「形勢が逆転!?」

十兵衛はこの戦いが、一気に難しいものになったことに顔をしかめた。

ふと義昭を見ると薄く笑っている。

(こやつ!!　自分だけは本願寺が守ってくれると思っておる!!)

そして信長軍に追い打ちを掛けるように、浅井・朝倉軍の近江での反撃の知らせが届いた。

「やはりか……」

唇を嚙む信長を義昭は目尻だけに笑みを浮かべて見ていた。

姉川の戦いの前から琵琶湖南岸の城々に、信長は浅井・朝倉に対する防御線として有力武将を配置していた。

その中の一つ、京との動線に位置する宇佐山城には、森可成と弟の織田信治を入れ三千の軍勢を置いていた。

「何っ!?」

信長は天満ヶ森の陣中で両名の死を知り、拳を握りしめた。宇佐山城を落とした浅井・朝倉軍に一向一揆が加わった大連合軍が京に向かっている。

「二条御所が危ないッ‼」

信長は柴田勝家と十兵衛に京へ急行し御所を守れと命じた。直ぐに動いた十兵衛は、自軍の兵を整えながら冷静に考えていた。

「浅井・朝倉軍……そう簡単には京の中心に入って来ようとはしない筈」

実は十兵衛は、大坂にいながら京での防衛活動を行わせていた。浅井・朝倉軍と本願寺が連合するとの情報を竹次郎から受けた時から、対応を検討して実施していたのだ。

「信長様は浅井・朝倉軍の入洛を絶対に阻止しようとなさる筈」

それを前もってやるにはどうするか？

十兵衛は草を通じて蜂須賀小六と連絡を取った。そして小六が京に配置している草に、「信長の大軍が既に大坂を発ち、明日にも京に戻って来る」との偽情報を、近江から京への街道で広く流させていたのだ。

これで浅井・朝倉軍の足が止まっていた。

敵は山科と醍醐の近辺に火を放っただけで本隊は動かさず、陣を近江の坂本に置いた。

十兵衛は柴田勝家よりも先に無傷の二条御所に入り、周囲の警護を万全に固めた。

遅れて到着した勝家に十兵衛は状況を説明した。

「そうかッ!!　奴らが坂本に本陣を敷いたとなれば時間はある。直ぐ殿のもとに戻り、急ぎ京に戻って頂くとしようぞ！」

そう言って大坂へ取って返した。

その勝家の報告を受けて信長は大坂からの即時撤退を決めた。

九月二十三日、信長は野田・福島の砦の囲みを解き、全ての軍勢を天満ヶ森に集めた。

退却の時ほど敵を威圧しておかなければならないことを信長はよく承知している。

その大軍勢を見て三好勢も本願寺軍も追撃に出る様子はなかった。

信長は淀川を渡るまでは余裕を見せるようにゆっくりと軍勢を進め、全軍が渡り切るや否や、猛烈な勢いで馬を飛ばした。

その日の夜、信長も義昭も京に戻った。

「あぁ、えらい目におうた」

二条御所に戻って軍装を解き、十兵衛と二人きりになった義昭は安堵のため息を漏らした。強行軍でくたくたに疲れている。その義昭に十兵衛は訊ねた。

「信長に三好衆を討たせ、その後に本願寺一揆軍に信長を討たせる。そうお考えだったのでしょうか？」

義昭はぎょっとした。

(声が大きい!!)

そう目配せしてから義昭は首を振った。

「そんなことは考えておらなんだ。本願寺には以前に密書を送ったきり……。まさかあそこで一揆軍を出すとは考えも及ばなんだ」

十兵衛は質問を変えた。

「浅井・朝倉と連絡は？」

それにも義昭は首を振った。

「姉川の戦い以降、音信は通じておらん」

それは草からも十兵衛に伝えられていた。

これで義昭が今回の黒幕でないことは分かった。

しかし、義昭による信長討伐の密書あっての浅井・朝倉と本願寺の連合ではある。

(ここからの戦、顕如が核ということか……)

「一体これからどうなるのかの……」

欠伸(あくび)をしながら義昭は言った。

「疲れた、余は休む」

寝所に向かう義昭に十兵衛は頭を下げた。

「そうか、顕如の仕掛けということか……」

その深夜、宿舎の本能寺で信長は十兵衛から報告を聞いていた。

「石山本願寺が軸となっての戦い。全国末寺の門徒衆との一揆が重なって参りますな」

十兵衛の言葉に信長は難しい顔になった。

「やっかいだが……この際、奴らに目にもの見せて思い知らせる良い機会だ」

十兵衛はその言葉に背筋を伸ばした。

「いずれは相手にせねばならぬ連中、この機に一網打尽、根絶やしにしてやる！」

信長の戦闘意欲は途轍もない。

「十兵衛の知略のお陰で京は助かった。浅井・朝倉軍本体をよく近江に止めてくれた」

「全ては殿が命じられて京に置かれていた蜂須賀殿配下の草の働きにございます」

信長は十兵衛のそんな物云いを好む。満足げに頷いてから信長は言った。

「明日、近江に出陣する。まずは浅井・朝倉の殲滅だ！」

信長は疲れることを知らない。大坂から京へ強行軍で退陣した翌日、近江へ出陣した。

京に於いての十兵衛による兵站準備が行き届いていることが、大軍勢の素早い出陣を可能にしていた。銃弾、玉薬、刀槍、弓矢、食糧が十分に補給されている。

「何事にもそつのない男よ」

信長は十兵衛の能力の高さに改めて感心していた。その十兵衛は幕府軍として奉行衆と共に参陣した。

信長軍が逢坂を越えた時、物見から連絡が入った。

「長政らが逃げた!?」

坂本に着陣していた浅井長政、朝倉景健の軍が信長との合戦を避けて比叡山に上っていったというのだ。

「くそッ！　兵を分散され峰々に陣を張られると厄介だぞ」

既に峰ヶ峰、青山、壺笠山（つぼかさやま）に陣取っていると報告がなされた。信長は山攻めの難しさを知っている。

「延暦寺が後援しておるのか？」

「はッ、でなければ僧兵たちが追い払う筈でございます」

下坂本に陣を敷いた信長は延暦寺に使者を送り、僧たちを呼び寄せた。

延暦寺からは十人の僧が信長のもとを訪れた。

現実にのみ価値を置く信長は、昔から僧侶という存在が嫌いだった。

「物事の本質を弁えんくせに、仏の教えと偉そうにぬかし、ありもしない目に見えぬもので凡人たちをたぶらかす。だがその本質は私利私欲に駆られる俗物、それが僧侶だ」

信長はやって来た僧たちの顔つきを、ジロリと見回してから呟いた。

「人相の悪い奴ばかりよ」

そして冷たい笑みを浮かべて言った。

「ここまでの浅井・朝倉軍への支援、それを咎め立てはしない。今より延暦寺が信長の側につき忠誠を尽くせば、儂の領国内にある延暦寺の元の所領は全て返還しよう」

信長はこれまで自分が支配した地域の延暦寺領地は、全て差し押えていた。自分の味方になれば全部返してやろうと言うのだ。

僧たちは木彫りの人形のような顔つきで何も言わない。

信長は刀の鍔を強く打ち合わせた。武士の誓いの印だ。

信長は続けて言った。

「儂も出家の道理は弁えている。どちらか一方に与することは出来ぬと言うなら……それもよい。であれば、浅井・朝倉にも味方せず中立を保て！」

信長は言い渡した内容を朱印状にしたためて手渡した。それを持って帰ろうとする僧たちに向かって信長は言った。

「もし、これに違背したなら、延暦寺の根本中堂、日吉神社を始めとする比叡山全山を焼き払う。この信長、一切容赦せん。しかと心得よ」

僧たちはその信長をよどんだ沼のような目で見詰めたまま、何も言わずに去って行った。

信長は返事を待った。しかし、何の回答もないまま日が過ぎた。


「比叡山へ、ですか？」

信長は十兵衛を呼び寄せ、延暦寺へ回答の催促に行くよう告げた。

「あの喰えん奴ら、十兵衛ならどうすべきと考えるか……見て来い」

そうして十兵衛は単身、比叡山に入った。

前もって信長の使いで訪れることは知らせてある。厳重な警備がされた門前には迎えの僧が待っていた。

「織田信長の使いか？」

「明智十兵衛光秀でござる」

そうして十兵衛は僧兵たちに囲まれて延暦寺への道を上っていった。

比叡山、延暦寺。

伝教大師最澄によって平安時代に開闢(かいびゃく)された天台宗総本山は、王城鎮護、麓に広がる京の都を守護するように聳えている。

比叡山は三塔十六谷によって広大な修行の場が構成されている。塔や谷とは修行の行政区域を表し、塔が郡に谷が町に当たり、それぞれが集落を構成し競って修行を行うようになっていた。

比叡山は最澄が語った修行の理想の場、『論湿寒貧』を具現化させたものだった。

湿気が多く寒さの厳しい環境と清貧の中で、天台宗根本経典、妙法法華経の論議に心血を注ぐ……。入山するだけでそれを可能とする理想の場所を最澄は選んだのだ。

だがそのような開祖の理想から時が経ち、応仁の乱・天文法華の乱を経た後、その様相は大きく変わっていた。

世のあらゆる所に弱肉強食がはびこる戦乱の世。法敵である法華衆、一向宗門徒との争いや大名や国衆との領地を巡る戦い。その現実が比叡山を変えていたのだ。

「キャハハッ！　アハハ！」

十兵衛は驚いた。

女人の嬌声がする。見ると遊び女と兵たちが酒を呑みながら戯れている。明らかに浅井・朝倉の兵だ。

（敵兵を寺域内に入れておるッ!!）

だがもっと十兵衛を驚かせる光景が、その先に進むと繰り広げられていた。

僧兵が遊び女と昼日中から木陰で交わっているのだ。それも一人や二人ではない。酒を呑んでいる僧も数え切れぬほどおり、むさぼるように何か食べている。鳥の肉を焼く匂いが鼻をついた。

（酒池肉林とはこのことではないかッ!!）

十兵衛は僧たちの醜い姿に心の奥底から不快を覚え、怒りのあまり吐き気がした。そこには仏道の戒律など微塵もなく、ただ欲のまま生きる獣と同じ姿がある。その様子は狐狸(こり)どもが僧の姿に化けているかのようだ。

（こやつらッ!!　絶対このままではおかん!!）

それは美を好む十兵衛には、絶対に受け入れられない光景だった。

そうして十兵衛は根本中堂に案内された。抹香が焚かれ僧侶たちによる読経が行われている最中だ。

天台宗の僧侶の長である座主(ざす)は正親町天皇の弟である覚恕(かくじょ)法親王が務めているが、実際に比叡山の政務を担当するのは探題だ。

　十兵衛の前に探題は現れた。

「明智十兵衛光秀と申します」

「探題を務めます正覚院豪盛でございます」

　十兵衛が頭を下げると豪盛も慇懃に挨拶を返した。

（この男はまともな修行僧だな）

　十兵衛は豪盛を直感的に信頼できると思った。

「織田弾正信長様の命により、先日差し上げた朱印状への御寺のご回答、頂戴に参りました」

　豪盛はじっと十兵衛を見て訊ねた。

「明智殿は幕臣であられるか？　織田殿の家臣か？」

「将軍足利義昭様、並びに織田信長様、お二人にお仕えする身にございます」

　そう言ってもう一度頭を下げた。

　豪盛は豪盛で、その心眼から十兵衛を信用できると見た。

　豪盛は訊ねた。

「たった一人で参られた明智殿を信用してお訊ね申す。当寺は今年如月、将軍義昭様より信長を討てとの密書を拝領致した。信長はいずれ幕府を倒すことを考える逆賊とありましたが……これをいかに考えればよいのかな？　我々は将軍の命に従い同様の密書を受けた浅井・朝倉についているまで……そう申したら？」

十兵衛は不敵な笑いを見せた。

「その密書は偽書でございます」

豪盛は無表情で何も言わない。

十兵衛はニヤリと笑って続けた。

「と、申したいところでございますが、将軍義昭公がお出しになった書状に間違いはございません。残念ながら……」

今度は豪盛がニヤリとした。

「それで？　我々は将軍に従えば宜しいのですか？　それとも……」

十兵衛は大きく頷いた。

「密書のことはお忘れ下さい。そして、ここは信長様に従われること。それ以外に比叡山が生き残る道はございません」

豪盛は笑った。

「明智殿は将軍に仕えながら、その命令をないがしろにせよと？」

十兵衛は頭を下げた。

「その通り。足利幕府は信長様あってのもの。その命令は将軍の命令を超えております」

ほう、という表情を豪盛は見せた。

十兵衛は続けた。

「信長様というお方、口にされたことは必ず実行されます。もし比叡山がこのまま浅井・朝倉への支援を続ければ全山灰燼に帰すこと必定となります」

その言葉で豪盛は十兵衛を睨んだ。

「そのようなこと……絶対にさせません！」

十兵衛はきっぱりと言った。

「いえ、やります。信長様が比叡山焼き討ちの命令を出された時、この明智十兵衛光秀、軍略立案と実行を買って出て取り仕切る覚悟にございます！」

豪盛は十兵衛の気に呑まれた。

十兵衛は続けた。

「この根本中堂まで上って来る途中、目にしたくない有り様をこの目でしかと見ました。女人禁制の山に遊女が溢れ、僧たちが酒池肉林に耽って（ふけって）いた。あれは狐狸の類が化けての所業、王城鎮護の霊場などとんでもない。比叡山は化け物の巣窟、全山火の海に致すことに何の躊躇もございません」

十兵衛の背後で蒼白い炎が不動明王のように揺らめくのを豪盛は幻視し震えを覚えた。

「おいッ!!」

豪盛が声を掛けると薙刀(なぎなた)を持った五人の僧兵が駆け寄り、十兵衛の周りを刃で囲んだ。

十兵衛は涼しい顔をして言った。

「最澄伝師の教えの砦、根本中堂。ここでの殺生はもってのほか！　どうか堂外で」

その時、豪盛の修行僧としての心が、十兵衛の態度と言葉に仏の真(まこと)を見た。

豪盛も比叡山は腐っていると思っていたのだ。


信長はじっと目を閉じていた。延暦寺から戻った十兵衛の報告を聞き思案していた。

結局、延暦寺は回答しなかった。無回答は宣戦布告と同じだ。信長は重い口を開いた。

「義昭の密書がこうも効いているのか……それが分かったのは僥倖(ぎょうこう)。だが比叡山、どうしたものか……」

十兵衛は信長が躊躇しているのを感じた。

信長は神仏など信じていない。目に見えない神仏の御利益や祟(たた)りなど、理に適わないものは微塵も取り合わない。

ここで信長は延暦寺を利用しての戦略的効用を考えていたのだ。

戦略的効用がなければ焼き払ってしまう方が天下布武を大きく示せる良い機会となる。

神仏を超えた信長の行動指針が万民に伝わる。皆は信長を恐れるだろう。

だが同時に強い反発も予想される。

信長を四方から囲んでいる敵に、仏敵となった信長討伐の士気を高めさせる可能性はある。

信長への恐れと反発……それがどう働くか……その見極めが今は大事なのだ。全ての敵を打ち払うつもりでいる信長だが今は冷静に戦局を考えなくてはならない。

十兵衛はそんな信長の心の裡を察した。

こんな場合には自分の判断を交えず、情報のみを提供することが最良だと分かっている。

「比叡山はその広大な領地からの寄進で相当な蓄財をしております。根本中堂の中に金塊や銀塊が山のように供えられているのをこの目で見ました。それが兵力の維持増強に使われ、僧兵三千と傭兵一千の常備軍を擁し、鉄炮も数百丁あると思われます。山上にいくつか坊舎を見ましたが、あれらを使えば万に近い兵を長期に亘り駐屯させることが出来ます」

信長は言った。

「残しておけばいつでも要塞化し京を大々的に攻撃することが出来るということだな。味方にならんのなら必ず潰さねばならんが……それが今か否か」

十兵衛は情報を続けた。

「浅井・朝倉軍は急いで比叡山に逃げ込んでおりますので兵糧は限られております。そして織田軍が山を囲んでからは補給が断たれております。その上、もう既に十月」

信長は頷いた。

雪の降る前に越前に戻れないと朝倉軍は退路を断たれてしまう。

「とすれば勝負はここからひと月かふた月、奴らは決戦に及ぼうと山を下りて来るか？」

信長はその可能性が高いと見た。

十兵衛は越前にいる弟、竹次郎のことを考えた。情報を待っていたからだ。

朝倉義景とその正規軍はまだ越前にいる。それが援軍としてやって来るかどうかが決戦の鍵となる。

「越前の間者からの知らせを待っております。朝倉義景出陣となればこの地で合戦に及ぶことになろうかと……」

信長はそれで雌雄を決してやろうと思った。

「よし！　浅井長政、朝倉景健に使者を送り決戦を催促してやろう！　比叡山の焼き討ちは奴らとの決着をつけてからだ」

翌日の夜だった。

「明智さま」

新月が十兵衛の宿舎を訪れた。竹次郎からの書状を持っていた。十兵衛は新月の目の前でそれを開いた。そこには朝倉義景と朝倉正規軍二万の出陣が記されていた。

「竹次郎もか……」

朝倉家奉行の前波長俊の家臣、服部七兵衛尉の組の鉄炮隊長として出陣するとある。加えて竹次郎は朝倉家中で調略活動を行っていて、前波長俊が織田方への寝返りまであと一歩のところだと記していた。

十兵衛はそれを読んで新月に言った。

「竹次郎に、合戦となれば直ぐに織田方に寝返る者を連れて投降せよと伝えてくれ。ここに織田方が今度の合戦で使う符丁の一覧がある。この符丁を織田の将に告げれば保護して貰える」

そう言って暗号表を渡した。

「それでだ。もし竹次郎が投降した場合、新月殿に越前の竹次郎の家族を堺の『ととや』まで逃がして欲しいのだ」

十兵衛は新月に頼むと頭を下げた。

「心得ました。全ては竹次郎さまの動き次第ということですな？」

「その通りだ。合戦にならなければ、竹次郎にはそのまま朝倉家に残って越前で諜報を続けて貰わねばならん」

新月は頷くと直ぐに姿を消した。


「よし!! 朝倉義景、遂に来るか！」

十兵衛の報告に信長は奮った。信長は次々に指令を出し合戦の準備を進め、宇佐山城に陣を張った。

朝倉義景が率いる正規軍二万は比叡山の麓に集結した。

「さぁ、来いッ!!」

だが義景は動かない。完全に信長を誘っていたのだ。

信長が出て来たところを比叡山にいる浅井・朝倉軍と延暦寺兵力の連合軍が、下山急行して挟み撃ちにするのが見えている。そうなると近江一向門徒衆の一揆軍が現れ出て来て襲って来るのも確実だった。

信長軍三万、対する浅井・朝倉、延暦寺、一向門徒衆の連合軍は五万近くになる。

さすがの信長もこれでは動けない。堅田での小競り合いはあったものの、本格的合戦には程遠いものだった。

じりじりと時間だけが過ぎていった。だが時間は信長に不利に働く。比叡山に敵が着陣している限り信長は動きを封じられている。

しかし、石山本願寺の法主顕如の出した信長追討の檄文によって、畿内近国の本願寺勢力が怒濤の動きを見せる。

本願寺門徒軍が山城の山崎に陣を張り、御牧城を落とした。それを聞いた浅井・朝倉軍の一部が比叡山を下りて京の一乗寺近辺に火を放ったのだ。都は混乱に陥った。

そして琵琶湖の南、観音寺城に籠っていた六角承禎の兵も出張って来た。

「くそッ!!」

信長は行き詰まった。

徳川家康らの援軍を得たが、敵は千日手のように比叡山から攻め下りて来ては引くを繰り返し、あちらこちらから南無阿弥陀仏を唱える本願寺勢力が湧いて出て来る。

「何だとッ!?」

遂に信長の国許、尾張の長島で一向一揆が勃発した。その勢力は織田軍の城、小木江城を襲い、守っていた信長の弟、信興を自害させた。信長は八方ふさがりとなっていた。

「かくなる上は……」

思案の末、信長は十兵衛を呼び寄せた。

「信長めを追い詰めております!! ここで一気に葬り去りましょうぞ!!」

比叡山坊舎で浅井長政は朝倉義景に迫った。

義景は何も言わない。長政は一刻も早く信長を亡き者にしたい。

比叡山麓にいる全勢力に信長軍を攻めさせ、時を見て山から連合軍全軍が駆け下りて総攻撃を加えれば絶対に勝てる。

「この機を逃せば信長は必ず我らを滅ぼそうとしますぞ!!」

長政は信長が恐い。対して義景は信長を憎んではいるが直ぐにでも抹殺したいという強い心はない。その差は大きかった。

「もう直ぐ師走（しわす）……」

義景はポツリと言った。

(雪が恐くて帰りたいのかッ!! 臆病者ッ!!)

長政は心の裡で叫んだ。

朝倉義景は武将に戻り切れていなかった。愛妾のもとに帰りたくて仕方がない。そこへ長政の家臣がやって来た。

「殿、お話が……」

聞くと兵糧がもってあと十日という。信長軍は膠着状態に置かれているとはいえ、大量の兵糧を比叡山に運び上げさせてくれるほど甘くはなかった。長政は浅井軍単独での攻撃も考えたが、いかんせん数が限られている。

「兄信長を殺しなされ!! さもなくば必ずや兄は殿を殺します!!」

市の声が耳の奥で響いた。

だが、

「和睦……」

その言葉が何故か口をついて出てしまった。

義景は聞き逃さなかった。

「浅井殿!! 今、和睦と仰ったか?」

嬉々とした義景の声に長政は顔をしかめた。

「ここで信長を取り逃がすのか……」

自身に力がないことを、長政はこの時ほど悔いたことはなかった。そして、それは後に大きな悔いとなって返って来ることになる。

「クク、ククク……ハー、ハハハッ!!」

足利義昭は笑いが止まらない。信長からの浅井・朝倉との和睦仲介を依頼する書状を読んだからだ。

届けたのは十兵衛だった。幕臣たちと共に信長の陣を離れて二条御所に戻り、信長の書状を義昭のもとに持参したのだ。

十兵衛は狂ったように笑う義昭をじっと見詰めていた。

「この書状を読んだ時の義昭の様子をよく見ておけ。十兵衛」

信長はそう言って『天下布武』の朱印を押すと十兵衛に手渡した。

(予想通りの反応だな)

そう思っている十兵衛に義昭は言った。

「信長の奴、余に泣きついて来おったわ。将軍あっての天下、全てはその道理なのじゃ!!」

義昭の勝ち誇った姿に薄く笑みを浮かべながら十兵衛は言った。

「如何致されます? 浅井・朝倉、延暦寺、石山本願寺、六角、それに武田、上杉に対して今こそ皆で総攻めに出て信長を滅ぼせと下知を発せられますか?」

義昭はウッとなった。そして暫く考えてから言った。

「ど、どうするかの……。いや、それは止(よ)そう。信長もこれに懲りたであろうしな。それに

「……」

「それに？」

十兵衛の問いに義昭は正直に語った。

「浅井・朝倉からも和睦の要請が来ておる。早う越前に帰りたいのであろう」

（そうだったのか……）

それを知った十兵衛は、直ぐに飛脚でその旨を信長に伝えることを考えた。和睦の条件が楽になる。義昭は信長からの書状を、憎々しさ半分面白さ半分という調子で読み上げた。

「なになに『此度の動乱、天下の不祥事と候える』だと、自分が乱を起こした張本人ではないかッ！　『将軍たるもの宜しく、朝廷の綸旨を奉請し、和睦の儀はかられたく候』、何が将軍たるものだッ!!　余に泣きついておいて偉そうに書きおって!!」

義昭は密書の件が露見し信長に命を奪われるのではないかと思ったことが杞憂に終わり、さらにこうして信長から頼りにされたことで一気に威勢を取り戻した。

自分は足利将軍として、真に天下に君臨する者であると思い直したのだ。

（浅はかな御仁よ。信長様は窮地脱出の方便として将軍や朝廷を利用するのみ。それが分からんで将軍面を振りかざせば……次は消される）

十兵衛は義昭を見てそう思っていた。

将軍・足利義昭は十一月二十九日、三井寺にまで出向いて正式に両者に和睦を勧告した。

十二月十三日、正親町天皇の綸旨が下った。

——天下安穏の為、和融を勧告す。

これを信長も、浅井長政、朝倉義景も謹んで受け入れた。同時に一揆軍も汐が引くようにいなくなった。

まず互いの帰陣の保証の為、重臣の子が人質として交換された。そして十四日、信長は琵琶湖を越えて勢田の城まで軍勢を撤退、それを確認した浅井・朝倉軍が十五日早朝、比叡山を下って退却し大雪となった帰路を粛々と北に進んでいった。


岐阜への帰陣の途についた信長は雪を見ながら考えていた。

この三ヶ月の戦はこれまでの信長の戦いで、最も苦しいものになった。

「何が問題だったのか？」

信長はその明晰な頭脳で一つ一つ整理していく。

浅井・朝倉は単なる敵で循環の中で現れてくるものに過ぎない。

信長にとって大事なのは、〝天下布武〟という構造の大転換だ。

天下布武を進める上で、循環で現れる敵と構造的な敵を見極めておかなくてはならない。

そのように思考をするのが信長だった。

構造と循環、そこには政治と軍事がある。

政治構造が循環的な敵を生み出している場合と軍事構造を循環的な敵が利用している場合、という風に整理をする。

すると明確に二つのものが問題を創り出す存在となっていることが分かる。

幕府と仏教教団勢力だ。

この二つの構造的な敵が循環的な敵を創り出している。

幕府という存在、足利将軍という武家の棟梁としての政治力が隠然と発揮されるのが、義昭の密書で分かった。

信長追討の密書は、あっという間にバラバラな敵を反信長勢力として纏め上げた。

そして石山本願寺という存在、日の本最大の仏教教団の法主である顕如の信長追討の檄文で数限りない門徒衆が武装集団の一揆軍となって襲ってくるのは教団が政治・軍事の構造を持っているからだ。

幕府そして本願寺という二つの政治構造は循環的な敵を創出し続けることになる。

「政治構造である幕府は壊滅させる。本願寺の政治・軍事構造は破壊する」

信長は誓った。そして軍事構造として、今回絶対的威力を発揮したのが比叡山延暦寺だ。

京を見おろし要塞として数万の兵力を蓄えることが出来るその構造は、都を支配する者にとって常に脅威であり続ける。

「比叡山という軍事構造は使い物にならぬようにする。必ず全山焼き討ちにする」

そう決心した。そうして十二月十七日、岐阜に帰陣した。


信長は天下統一による政治構造の大変革を狙っていた。最終的に、自らが全てを支配できる構造を創ろうとした。その障害になる構造を一つずつ潰していかなくてはならない。

この時代、政教分離がなされていないため、宗教が政治に大きく関わり、軍事面でもその存在は構造的脅威だった。

信長は宗教を信じない。非合理的な思考は取らず、神罰、仏罰、祟りなどというものを馬鹿にしていた。

しかし、宗教の脅威は誰よりも理解している。万民の心を操るマインドコントロールの恐ろしさは深く理解している。

信長は、宗教が政治や軍事から分離されたものであれば無害なものとして存在を認める。

それ故に日本で初めて政教・軍教分離を思いつき、徹底的に推し進めたのが信長だった。

信長は宗教の巨大構造……人の命も心も財産も生活そのものも支配できる脅威を認識していたからだ。

宗教によって心を支配されている者が、兵力として結集して戦うほど強力なものはない。古今東西、宗教をベースにした戦争ほど、大規模で長期に亘り凄惨になるものはない。宗教の構造を破壊する。『政教分離』『軍教分離』を徹底して行っていく。

世界の多くの国と異なり、日本で政教分離が実現されているのは信長の思想のお陰だ。

「宗教教団の構造を破壊すれば、循環的に現れてくる敵もいなくなる」

宗教に政治的権威が備われば、それを争いに利用しようとするものは跡を絶たない。

全国に信者を持つ巨大教団、大坂石山本願寺は、幕府以上の規模で統治力を持っていた。信長にとってその構造解体は至上命令だった。

そして京都という政治の中心地を見おろし、いつでも攻め込める位置にある比叡山延暦寺の軍事的構造。平安の昔から僧兵に、為政者たちは手を焼いていた。その一掃を信長は、全山焼き討ちという徹底性で行おうとする。

構造の破壊・変革に徹底性は、不可欠だ。少しでも構造の本質が残れば必ずまた再起して来る。旧構造は、完全に消滅させなくてはならない。

十兵衛は二条御所で幕臣としての務めを果たしながらも、信長の今後の政治・軍事の戦略に自分がどう貢献していけばよいかを考え続けていた。

十兵衛の思考のあり方も信長と同じような理に適ったものだったが、油屋伊次郎こと帰化人のイツハク・アブラバネルから学んだことが大きい。

猶太の民である伊次郎は、商いや戦に関することを始め様々な知識を十兵衛に与えてくれたが、最も大きなものは二元論という知恵だ。

「猶太の民がそれほど大切にする神とはどのようなものなのだ」

十兵衛は、他の南蛮人から嫌われ宣教師たちからは無き者のように見られながらも猶太の教えを守る伊次郎が不思議だった。それほどの神とは、どのようなものなのか知りたいと思ったからだ。

「猶太の神、ヤハウェーは唯一絶対の存在です。この世の全てをお創りになったのです」

十兵衛は訊ねる。

「ではその神を信じれば万民は救われるというのか？」

「いえ、救われるのは猶太の民だけです」

十兵衛は驚いた。切支丹の教えとは全く違っている。

「猶太の教えは猶太の民だけのものです。自分たちが戒律を守り、その子孫が戒律を守って生きていけば、いつの日にかこの世を救って下さるメシアが現れるのです」

「メシア？」

「この世を救って下さる、この世を神の国にする存在です」

十兵衛は分からない。

「切支丹の言うイエスはメシアではないのか？」

「違います。もしイエスがメシアなら我々はもう神の国に生きている筈です。しかし、争いも病気も貧困もこの世に蔓延っている。これはイエスがメシアでない証拠です」

十兵衛には分からない。

「では猶太の民は、現世でただ祈り戒律を守ることで救われるのか？」

伊次郎は頷いた。

「いずれ神の国が現れる。その為に我々は生きているのです」

神の国と人の国、それは全く違うものとして存在し人はひたすら神の国を想って現世で祈りを捧げ戒律を守るのだと言う。

「全く違う二つの国、二つのもの、理想と現実、それを常に考えることで、様々な新たな有り様を考え出す。それが猶太の民、二元でものを考える……二元論ということか」

十兵衛はそう理解した。

日の本の人間にとっては常に今が一番大事であり、先は今に続いていると考える。しかし、猶太の民は将来や理想というものを今とは全く違うものとして考えている。

「そこに新たな解釈や知恵が生まれるということか」

そこで十兵衛は理想から逆に現実を考え、どうすれば理想を現実化できるかという二元論から派生した思考を身につけた。十兵衛は信長もまた二元論でものを考えていると思った。天下布武とは今現在にあるものの延長ではない。全てを根底から覆す、全く新たなものだ。

「その信長様が次に行われること」

十兵衛は、比叡山を信長は絶対に潰すと見た。明らかに軍事要塞としてあれほど危険なものはない。そして十兵衛がその目で見た化け物の巣窟としての比叡山がある。あの有り様は十兵衛の美が許さない。

「比叡山焼き討ち。その軍略立案と実行はこの明智十兵衛が必ず行う！」

十兵衛は固く決心した。そうしてその戦略を着々と練っていく。義昭との雅な連歌の会を行いながらも、十兵衛の冷徹な頭脳は働き続けた。

第七章　光秀、信用を作る

元亀元（一五七〇）年暮れ、十兵衛は堺を訪れた。

浅井・朝倉と和睦し岐阜に戻った信長から直ぐに書状が届き、新たな仕事を命じられたからだ。それは信長による銭の支配に関わることだった。

信長の非凡な能力の一つに、戦の緊張の中で様々なことを思いつくということがある。緊張すればするほど、興奮すればするほど頭が回る。様々なことを戦の中で複合的に思いつき考えを巡らすことが出来るのだ。

今度の戦いは四面を敵に囲まれる苦しいものだった。その途轍もない緊張の中で、信長は頭脳を物凄い速さで回転させていたのだ。

天下布武を成し遂げるため、今この状況から何が必要なのか。

「銭が要る。もっと銭が要る。銭の力で圧倒的でないと、これだけの敵を相手に勝つことは出来ない」

これからの戦の最大の基盤は、銭だという信念が信長にはある。特に長期となる戦いを勝ち抜く上では、確固たる銭の基盤を持っておかなくてはならない。

十兵衛が命じられたのは、信長にとっての新たな銭の基盤作りを考えることだった。

その第一として、十兵衛が向かったのが堺だった。


「あの時、明智さまのお言葉に従うてほんま良かったですわ」

莫大な富で栄える堺納屋衆、その住まいが建ち並ぶ中でも最大の豪邸、今井宗久の屋敷。

その居間には、明渡来の黒漆塗りに鳳凰の螺鈿の装飾が施された丸い高脚の机と南蛮の椅子が備えられ、床には波斯絨毯が敷かれている。

そこは、南蛮人や宣教師たちをもてなすのに使う部屋でもある。

義昭を奉じて上洛した信長から、矢銭二万貫を差し出すことを命じられた堺が反発。与していた三好三人衆に、本圀寺にいた将軍義昭を襲わせて反意を示した。それを知った信長が堺に最後通告、堺も武装強化し信長と一戦を交える覚悟をした危機の時、十兵衛の説得によって堺は信長に降った。

「あの時の明智さまの言葉通り、信長様に与したお陰で堺の商いは増える一方でおます」

宗久はしみじみと言う。

堺納屋衆の筆頭として一時は信長と対立したが、今では信長から堺五ヶ庄の知行を与えられる存在となっていた。

宗久は硝子(ガラス)の酒器に入った南蛮渡来の葡萄酒を十兵衛に差し出した。

十兵衛も葡萄酒に目がない。

『ととや』にいた時から嗜んでいる。

葡萄酒を一口飲んで十兵衛は言った。

「宗久殿は以前から但馬(たじま)の銀には深く関わっているな?」

但馬にある生野(いくの)銀山で採掘され、精錬される銀のことだ。

宗久は頷いた。

「南蛮や明、安南(ベトナム)との商いの決済に銀は欠かせまへんよってな」

当然の話と言ってから宗久も葡萄酒を口にした。

「但馬の銀山、今は信長様が押えてらっしゃるのは知っておるな?」

「そら、知っとります」

信長は昨年、上洛の勢いに乗って木下秀吉らを但馬に派遣し生野銀山を占領していた。

銀が南蛮からの鉄炮、鉛や硝石を購入する際に必要なものだからだ。

「但馬の銀が何か?」

そう言いながら宗久は十兵衛に酒器を差し出した。十兵衛はそれを受けて口をつけてから言った。

「宗久殿に生野銀山の管理を任せるよう信長様に進言しようと思うのだ」

宗久は驚いた。

「何で私に？」

十兵衛は不敵な笑みを浮かべた。

「天下に銀をばら撒いて欲しい」

その言葉に宗久は驚いたが、優れた商人として直ぐ意味を呑み込んだ。

「南蛮交易で使てるように……銀をこの日の本のあらゆる商いの決済に使えるようにせえということでんな？」

十兵衛は頷いた。これが十兵衛の考えた信長による銭支配の強化だ。銭は皆が銭と思うものであれば銭になるが、どれほど貴重なものであっても流通できずにいればそれは銭にはならない。

「この国では高額の取引決済の貨幣は米だ。それを銭で、つまり銅や銀や金などの金属でどのような決済も出来るようにしたいのだ。その為の第一歩として宗久殿に銀を製造から管理して貰い流通の促進をして貰いたいのだ」

宗久は頷いた。

「分かりました。そやけど簡単やおまへんで」

十兵衛もそれは分かっている。

「信長様は撰銭令を出されたが、その効果は現れていない。銭の流通は人の心だ。だが金や銀は見て触ればその価値は人に伝わる。但馬の銀を高価な貨幣として流通できるようにすれば、どれほど商いが増え富を蓄積できるか計り知れん」

その通りだと宗久も思う。撰銭とは複数種の貨幣がある中、特定の貨幣の受け取りを拒否することで、それにより円滑な商い・流通の妨げとなる。

過去、日の本では渡唐銭という明の銅貨が、銭として使用されて来ていた。発行は交易を統制する明王朝が支配しその価値を保証していた為に、日の本でもその権威によって銭として流通していたのだ。

しかし、明でも他国との交易の深まりから銀が決済に多用されるようになり、王朝が銅銭の価値の保証をしなくなってしまった。

すると何を銭とするかは人の心によるようになった。それが撰銭に繫がったのだ。

その結果、米が高価な銭としての価値を高めていくことになった。

信長は人の心の支配には、銭の支配が重要だとずっと考えている。

そして金属の貨幣が持ち運びに優れ腐ることもなく、銭として流通に最も適していることを重視していた。

信長は『打ち平め』『南京』と呼ばれ撰銭対象とされた悪貨十枚を良銭一文分と交換する命令を出し、何とか金属通貨の流通量を増加させようとしていたのだ。

　十兵衛は言った。

「交易で他国から入って来た物品、生糸や薬、茶器などは必ず金か銀で決済を行わせるとの発令を信長様にお願いしようと思っている。それを宗久殿に堺から実践して貰いたいのだ。銀の生産と流通、双方の管理を宗久殿に握って貰い、それを拡大させて欲しい」

　宗久はそれは悪くないと同意した。

「まずは金や銀を銭として広く使わせること。そこに尽きまっさかいな」

　その言葉に十兵衛は大きく頷いた。


　古今東西、国の支配に成功した者は経済を支配している。

　いやこれは逆で、経済を支配できないと国の支配の継続は不可能だ。

　経済とはヒト・モノ・カネの回転に他ならない。

　信長は戦国時代、最も経済の本質と重要性を理解していた武将だ。

　尾張という商業の盛んな地に生まれ育ったことが大きいが、本質を捉える点は天才的と言える。

それまでの武将は経済を搾取と捉えていた。

既存の農・商・工の業者が獲得したものを、出来る限り収奪することだけを考えた。

武力を有する武将だけでなく寺社もそうだった。宗教の権威を使って搾取を行ってきた点で同じだ。

信長や光秀は全く違う。

経済をどう拡大させるかを考えた。

ヒト・モノ・カネの回転を、どのように大きく速くすることが出来るか。

楽市楽座の制定や関所の廃止はヒトやモノの動きを円滑にして回転を速める。

そして、カネ＝通貨を握ることが経済を握ること。貨幣経済の重要性を理解していた。

モノやサービスの対価として、支払いの決済の際用いるものは通貨だが、通貨が通貨であるためには、人がそれを通貨であると認めることが必要になるのだ。

何を通貨として認めさせるか？

貴金属であっても通貨にはなり得ない。「認める＝流通する」ことなしには通貨ではないのだ。通貨とは流通貨幣を意味する。

銀を通貨にしようと、光秀は画策する。生野銀山で産出される銀を、貴金属として得るだけでなく通貨としても使う。それも高額の通貨として使用することを考え、堺の代表者である今井宗久を銀の生産・流通の責任者として推挙する。これはまさに流通あっての通貨であることを理解してのことだ。

商業の中心地・堺から高額決済に銀貨の使用を推し進めれば全国に流通し、通貨として使用されるようになる。

重要なのは、その通貨に付随して、信用というものが生まれて来ることだ。通貨使用を支配者が担保することで信用が生まれ、経済支配力をさらに強めることが出来る。

これこそが真の錬金術で、それは最終的には紙切れを通貨に出来るところまで進む。通貨は通貨であると人が思うから通貨であるということ……『通貨』という概念を人々に植え付けることが出来れば、どんなものでもカネに換えることが出来るのだ。

天下統一の遂行は総合力がものを言う。

信長軍の強さは、経済・金融を含めた総合力に秀でていたことがその理由として挙げられる。

周りを敵だらけにしながら着実に歩みを進められたのは、軍事力だけでなく、経済・金融力、政治力を意識的に〝総合して〟使っていく強さにあった。

どんな存在（国・組織・個人）であっても、強い存在とは総合力を持った存在だ。

〝総合〟という概念を意識することでその機能は生まれ、様々な強さを複合的に創り出すことに繋がっていく。〝総合〟によって客観的に周囲を見ることが出来、〝総合〟によって利用の可能性があるもの全てを試そうとする。

唯一絶対にすがると脆い。それが失われれば致命傷となる。水が方円の器に従うように、〝総合〟という器を使うと、あらゆるものを取り込む柔軟な強さが生まれる。

〝合理〟と共に〝総合〟という概念を持ったことが、信長軍の強さだ。

新しい理念や概念。それを持った者だけが新しい時代を切り拓くことが出来るのだ。

十兵衛は今井宗久の屋敷を辞すると直ぐに、『ととや』の田中与四郎を訪ねた。

体調を崩し臥せることが多くなったと聞いていた。

「具合はどうなのだ？」

与四郎はその美意識から病床を出て、髪や着物をきちんと整えて十兵衛と会っていた。

それでも十兵衛は、一目で与四郎の状態が良くないのが分かった。

「おかしな咳が出るようになりましてな……それからどうもあきまへん」

痩せて言葉も枯れた感じがする。

「明智様は益々のご出世、嬉しい限りですわ」

そう言う与四郎に十兵衛は小さく首を振った。

「全ては与四郎殿のところでの商いを通し学んだ結果。これからその恩返しをせねばならん」

与四郎はその言葉に涙を流した。涙もろい男ではなかったが病が心を弱くさせているのかと十兵衛は思った。

与四郎は十兵衛をしっかりと見詰めて言った。

「そしたら明智さま。竹次郎さまを越前から呼び戻してくれまへんか。今直ぐにでもお願い致します。竹次郎さまにこの『ととや』を継いで貰いたいんだす。それを早う！」

与四郎は力を振り絞ってそう言った。

十兵衛は難しい顔をした。

「すまん、与四郎殿。まだ暫く竹次郎には越前でやって貰わねばならんことがある。そこは辛抱してくれ」

その言葉に与四郎はうな垂れた。

「そうでっか……そしたら、わても簡単には死ねまへんな」

十兵衛は笑った。

「そうだ。与四郎殿に死んで貰っては困る。頼むから気弱にはならないでくれ」

与四郎は頭を下げた。

「そうでんな。明智さまの出世も見届けたいし、竹次郎さまにこの店を継いで貰て、もっと大きうして貰うのもちゃんと見たい。せいぜい高麗人参飲んで精つけますわ」

「その通りだ、与四郎殿。銭は唸(うな)るほどあるのだ。高価な高麗人参でも山ほど買える。それが『ととや』主人の意地の見せどころではないか！」

十兵衛はそう言いながらも早く竹次郎を越前から戻すことを考えなくてはならないと思っていた。

信長が浅井・朝倉攻めを再開することが分かっていたからだ。

元亀二（一五七一）年正月、岐阜の信長は状況を打開する手立てを考えていた。

和睦はしたものの、浅井・朝倉、三好衆、六角、石山本願寺、比叡山延暦寺を敵に回したままだ。

決着を一日でも早くつけたい。

「今年中に全て葬ってやる！」

そう思うと直ぐ行動に移すのが信長だった。正月、松が取れると信長は、自ら和睦を破って出た。琵琶湖の北、姉川河口から南、朝妻の港にまで至る琵琶湖の水路を封鎖させたのだ。

浅井・朝倉の兵站動線を断つためだった。

これで反信長勢力がまた一斉に動き出した。信長は冷静にその動きを観察する。

「さぁ、どこがどう出る！　出て来た奴から潰していってやる!!」

だがそんな信長を不安視する味方もいた。


大和信貴山城の城主である松永久秀は正月、岐阜の信長に挨拶を済ませ大和に戻った。戻った直後、信長の和睦破りを知る。

「全くもって疲れを知らぬ御仁よ。だが、あまりに拙速、強引ではないか……」

久秀は冷静に信長が置かれている状況を考えてみた。

商人の出である久秀は人一倍計算高い。その人生は機を見るに敏、状況を見定め、どう動けば得かを即座に考え行動する。そこに既存秩序や権威への配慮は一切ない。

「強い方が勝って支配する」

それが判断の核だった。

久秀は阿波の生まれで、管領細川氏の執事三好長慶に祐筆として仕えた。豊かな教養と数寄者としての高い感性を備えていた。

天文十九（一五五〇）年、長慶に従って上洛、検断職に処せられた。長慶はその後、主の細川氏を滅ぼし、将軍に義輝を据えてその権勢を誇った。

しかし、長慶は久秀より一回り年下であるにも拘わらず健康に恵まれなかった。直ぐ疲労の表情を露わにする。そんな弱い主を見て久秀は思う。

「下克上の機会、必ず訪れる！」

そうして久秀は主家である三好衆と戦えるだけの力を蓄えていく。

永禄三（一五六〇）年、久秀五十一歳となったその年、長慶が管領に任ぜられると臣下である久秀は弾正少弼（しょうひつ）となった。

そこから久秀はその野望に向かって邁進（まいしん）する。

「まずは大和、奈良。そして京を支配してやる！」

久秀は長慶をそそのかし河内畠山氏を滅ぼさせて、隣国の安全を確保すると直ぐ大和に攻め入った。土豪たちとの戦いを数年の間繰り返しながら、北部を平定し信貴山に城を築く。天守に櫓を設けた美しい城で、久秀の武人と数寄者、双方の感性を象徴するものだった。そして奈良の眉間寺にも多聞山城を築いた後、その勢力を山城、河内、和泉などへ広げていく。

そうして遂に主家、三好家を滅ぼすことを画策する。

長慶と弟実休とを仲違いさせ、長慶の子で将来を嘱望されていた義興を毒殺させる。

永禄七（一五六四）年、三好長慶が四十三歳で死去。跡目は弟の子、三好義継が継ぎ、久秀はその後見となる。

三好長逸・三好宗渭・岩成友通の三好三人衆と久秀の共同天下となったのだ。

その後、「天下の執権」を自称するようになった久秀に目障りとなる存在があった。

それが十三代将軍足利義輝だった。

勇猛果敢な義輝は傀儡に飽き足らず将軍家の実権を取り戻そうと画策する。

「あやつ、誅してやる！」

そう決心した久秀は義輝の従弟で阿波にいた義栄を担ぎ出し義輝を攻め殺したのだ。

そうして義栄を十四代将軍に就けた後、久秀は公然と三好三人衆に対し敵対姿勢を取るようになった。

久秀は後見する三好義継を味方につけて連合軍を結成、奈良を舞台に三好三人衆の軍勢との戦闘に明け暮れるようになる。

永禄十（一五六七）年五月、三人衆の軍勢が久秀の多聞山城に迫り、興福寺・東大寺周辺一帯に火を放った。般若寺、文殊堂、観音院が焼け、戒壇院の授戒堂、南大門、北大門など由緒ある建物が焼失した。

怒った久秀は三人衆が陣を張る東大寺大仏殿を焼き討ちにしてしまう。劫火に包まれる大仏殿を東大寺の僧たちは呆然と見ながら口々に叫んだ。

「おのれッ!!　仏敵、松永弾正ッ!!　必ずや地獄に落ちるであろうぞッ!!」

当の久秀は涼しい顔をしていた。

炎の中で灰燼に帰す大伽藍を馬上から見詰めながら呟いた。

「形あるものはいずれは消える。命あるものは必ず滅する。だが鈴虫でさえ上手に飼ってやれば三年生き永らえる。こうなったら儂は百二十五歳まで生き延びてやるわ！」

大仏殿を焼き払う久秀の豪胆さに三好三人衆は怯み、久秀はこの戦いに勝利する。

その後、久秀は大和、河内、摂津を完全に支配下に置くことが出来た。

久秀の治世は苛烈を極めるために領民となった者たちは大変な苦労をすることになる。米や銭の徴収、労役での難儀を重ねなければならなくなるのだ。

その年の暮れ、久秀は自らの城、多聞山城を大々的に修築する。その費用や労働力も領民から徴発したものだった。

城には後々まで多聞櫓として有名になる壮麗な櫓が設えられた。多聞櫓とは、土塁の上に築いた二つの隅櫓を互いの側から延ばして繋げ、長い走り櫓としたもので、久秀はここに兵を常駐させた。美しさと機能性を兼ね備えた櫓は久秀の感性の賜物だった。

そして城の内部にも数寄を凝らした。

内部は書院造りにし、庭も茶人の趣が隅々まで行き届いた見事なものだった。

だがそんな久秀の畿内支配は長く続かなかった。信長の登場だ。久秀が将軍・義輝を弑逆した直後、一度は拉致したものの取り逃がした義輝の弟義昭を信長が奉じて五万の大軍を率いて上洛して来た。

鋭い洞察力の持主である久秀は信長の強さを半端なものではないと悟った。

弱兵で知られる尾張の衆を率い強兵揃いの美濃衆を破り、上洛に当たっては甲斐武田や三河徳川、近江浅井と縁組をして背後の安全を固める周到さを備えている。

そして何より財力にものを言わせて優れた武将や兵、武器を集めている。

「まともに戦って勝てる相手ではない」

久秀は早々に信長に使者を送って、恭順の意を仲間の三好義継と共に表明したのだった。

そして信貴山城から上洛し、清水寺にいた信長を訪ねた。

初対面となるその時、久秀は身を切る思いで己の命とも呼ぶべき品を信長に献上した。

大名物茶入『付藻茄子』、別名『作物』『九十九髪』、茄子形の唐物茶入だ。

「織田信長様の臣下に侍らせて頂きますお印に、どうかお納め下さいませ……」

白地金襴の仕覆を久秀が美しい所作で外して取り出し信長の前に差し出した瞬間、信長に名物を欲する狐が憑いた。

茶道具の目利きとなる近道は真に良い道具を手元に置くことだが、『付藻茄子』は名物中の名物、その由緒は深く、近江の守護大名、バサラ大名として知られる佐々木道誉が所持。その後、山名氏清、朝倉太郎左衛門らへと伝わった後、久秀が一千貫で購入、二十年もの間、秘蔵して来た逸品だ。

小壺ながら形は平たくどっしりとしている。土は粗めで釉薬は赤黒く、くすんだようにも華やかにも見える。少し肩がつき帯はひとすじあるが腰高にならず、どこまでも落ち着いている。清浄感に満ちていて位の高さが伝わって来る。山名氏清はこの茶入を具足の袖につけて合戦に出たとも言われている。

信長は何も言わなかったが一目で魅了されたのが久秀には分かった。

久秀はこの他に名刀『吉光』をも信長に差し出していた。

信長は『付藻茄子』を手に取り、無表情で暫く掌で弄んだ後に言った。

「大和一国、弾正の切り取り次第に任せる」

久秀はさっと頭を下げた。

「有難き幸せッ！」

その後、久秀の見立て通り、信長の破竹の勢いは止まらなかった。但馬、伊勢を平定し越前朝倉を攻めるところまで……全ては順調だった。

しかし、妹婿の浅井長政の寝返りによって金ケ崎から命からがらの退却となる。その際、朽木谷の難所を越える時に信長を助けたのが久秀だった。浅井方の領主、朽木元綱が久秀の旧知であったことから説得、信長を安全に通過させ京に戻らせたのだ。

「あの時、信長を殺しておけば……」

久秀は後悔していた。朽木谷から一年、信長は今、浅井・朝倉、三好衆、六角、石山本願寺、比叡山延暦寺を敵に回す状態となっている。

「この状況で勝てるのか？」

冷静に考えるとその目は小さい。

「信長を裏切るか……」

そう呟くと久秀の心の奥深くに眠る下克上の毒が、再び血潮に乗って巡るように思えた。

「信長を亡き者にすれば『付藻茄子』を取り戻せる!!」

数寄者である久秀に憑いている茶道具名物　蒐集（しゅうしゅう）の狐が鳴いた。

久秀はこの時、信長への反旗を翻す決意をするのだった。

元亀二（一五七一）年五月、信長は松永久秀と三好義継が背き、三好三人衆や阿波衆、武田信玄、そして本願寺とも同盟して兵を挙げたことを知った。河内の守護で信長方の畠山昭高の高屋城を攻めたのだ。

信長は義昭を通して幕府軍を畠山救援に差し向けたが、自らの軍は動かさなかった。久秀の動きを畿内での内紛と解釈し、明確な信長への反逆とすることを避けたのだ。信長としては珍しい曖昧な態度だがそこに内心があった。

「あの老人の所持する名物の数々、全て無傷で手に入れたい！」

松永久秀が蒐集した茶道具名物、中でも最高位とされる『付藻茄子』を手にしてから信長の名物狩りは始まった。

信長は自身が名物に魅了されただけではなく、それを戦略に大いに利用することを考えていた。家臣への褒美や同盟・調略の際の道具に使える。土地や城の代わりに名物を与えることで済んでしまう。実に便利なものなのだ。

そして久秀が所持する名物には別格がある。

茶釜『平蜘蛛』だ。

「そのあり様……妖気めいた魅力で茶室を満たします。何とも見事な釜でございます。それ以外にも松永さまの御道具は逸品揃い」

嘗て多聞山城での久秀による朝茶会に招かれた今井宗久が信長にそう話した。

今や信長の茶頭となった宗久の言葉には心を動かされる。

「どんなことがあっても『平蜘蛛の釜』は手に入れる。『付藻茄子』同様、あの老人から差し出させる！」

下手に久秀を攻めれば、『平蜘蛛の釜』を筆頭とする名物の数々が戦火に没するかもしれない。

信長の久秀への特別な配慮は、茶釜のためだったのだ。

松永久秀の反逆が明らかになった頃、伊勢長島の一向一揆が再び頭をもたげて来た。

石山本願寺法主顕如が発した信長追討の檄文によって起こった大々的一揆である長島一向一揆は、本願寺の有力一族寺院である願証寺を中心に門徒衆が蜂起したものだった。

信長が弟信興を置いていた小木江城を襲い、信興を自害に追い込んだ。

信長はその鎮圧を決意する。

十兵衛は岐阜に呼ばれた。

松永久秀に攻められた畠山昭高支援の幕府軍派遣を差配した後、信長のもとを訪れた。

「松永老人や一向一揆、うるさいことばかりよ」

信長は吐き捨てるように言いながらも、どこか楽しそうに見える。戦闘意欲に満ちている。

十兵衛はここでは信長の戦局観を弁えることが重要だと思った。

「お味方であった松永弾正の突然の反逆も本願寺が後援している由。長島一向一揆と同根。やはり本願寺顕如を止めませんと、ここからの天下布武への推進は難しいかと」

信長は頷いた。

「石山本願寺……。一揆を扇動する難敵。顕如の奴のどこをどう攻めるかは問題だが、まずは長島の一揆を根絶やしにしてみせ、この信長には絶対に敵わんと思い知らせること肝要」

十兵衛はさっと頭を下げてから進言した。

「御意。ただ、殿が一揆勢を根絶やしにされている最中に浅井・朝倉軍に出て来られると難儀。昨年のように比叡山に上られて陣を敷かれ、もしそこへ武田軍が攻め上って来ることがあれば、大変なご苦戦と相成ります」

軍事戦略構造として比叡山は途轍もなく危険なまま存在しているのだ。

信長は暫く考えた。

「やはり早期に比叡山を攻めるか？」

「御意。浅井・朝倉軍を比叡山に上げぬように止め置き、その間に比叡山全山を焼き討ちに致すのが最良と存じます」

全山焼き討ちの言葉に信長は黙った。十兵衛は続けた。

「比叡山延暦寺三塔十六谷の全山を焼けば京からその劫火が見えます。一向宗も法華宗も禅宗も……あらゆる仏教教団がその炎に震えあがる筈でございます。当然、顕如も殿の行いの徹底ぶりに恐れをなします。一向一揆という戦を根絶やしにすると同時に比叡山という軍事施設をも壊滅させる。宗派を問わず仏に仕える者は、念仏を唱え仏を祈る修行に専念させ、戦からは手を引かせる。それを示すことが天下布武への開闢と存じます」

その言葉に信長は奮った。

「分かった！　天下布武への開闢、気に入った！　坊主どもに儂の姿を見せしめ知らしめてやろう‼」

十兵衛はその信長に不敵な笑みを浮かべて言った。

「比叡山全山焼き討ちの戦略戦術、立案して参りました」

懐から書付を取り出すと信長に差し出した。信長の目が読み進むうち爛々と輝いていく。

「よし、十兵衛！　お前に比叡山焼き討ちの指揮を任せる‼」

「はッ！　有難き幸せ！」

信長はまず長島の一向一揆との戦いに向かった。信長にとっては初めての大規模な一揆勢との戦いだった。

全国の一向一揆を殲滅させるという大きな戦略を持っている信長は、ここでは慎重だった。

「あくまで前哨戦とする。どのような戦い方を一揆軍がするのかを見極める」

長島は河内長島と呼ばれ、木曽川、長良川、両大河の河口の三角州に浮かぶ島だった。

五月十二日、信長は三方からの攻撃を考え、自身は津島に陣を張った。

中央からは佐久間信盛らの軍勢、西からは柴田勝家軍が攻めかけた。

信長からは慎重にとの指示が行き届いている。戦術的に一揆攻めが難しいことの一つに、草を送り込んで敵の情報を収集したり内部を攪乱させたりすることが出来ないことがある。

一向門徒衆は門徒でない者を一瞬で見抜く。門徒衆特有の〝気〟のようなものを共有しており、どれほど手練れの草でもこれを真似ることは出来なかった。

宗教の力、信仰の力というものがそこにあったのだ。

「どこからどう出て来るか見当がつかんな」

手練れの武将たちも、何とも勝手が違うという調子で兵を進めていった。

深い葦に覆われた水辺から飛び出して来たかと思うと、あっという間にいなくなる。少人数と見せかけておいて、攻めかかられると大変な数になって反撃して来る。全ての動きが変則的で流動的なのだ。

信長は刻々入って来る物見からの情報で頭を回転させていく。

「接近戦は危ない。常に相手との距離を保ち、まずは火を掛けられるところから掛けていけ！」

遠巻きで小出しの戦術だ。信長にとって不本意であったが前哨戦と決めていた為、腰の引けた戦い方に終始した。

にも拘わらず一揆軍の神出鬼没の攻めによって有力武将を含め多くの兵を信長は失うことになる。

だがこれで一揆勢との戦い方を悟った信長はここで撤退を決めた。

「次の戦いでは必ず根絶やしにする。それまでは徹底的な一揆狩りだ！」

一揆狩りとは美濃、尾張、伊勢の全ての村で一揆に加担した者を探索させ、見つけては即座に殺すというものだった。

家臣たちにも配下の兵でその親族が一揆に与したとされる者を探させ処分させた。

徹底した反一揆恐怖態勢を信長は敷いた。

「次は比叡山延暦寺!!　全山焼き討ち、いよいよ実行に移す!!」

元亀二（一五七一）年、七月。

十兵衛は近江の宇佐山城に入った。

比叡山焼き討ちに向け、戦略戦術の詰めを近隣の最新状況を踏まえて行うためだ。

「水も漏らさぬ完璧なものとせねばならん。天下布武の開闢、信長様による天下支配がこの焼き討ちに掛っている」

軍事的脅威の構造を持つ比叡山延暦寺を壊滅させると同時に、仏教教団に属して戦を行うことの価値や意味を消滅させることもこの焼き討ちに掛っている。

十兵衛が最も考えを巡らせたのは、焼き討ちを実行する武将や兵たちの心をどう纏めるかということだ。

彼らの心にある信仰、それをどう跳躍させて僧侶たちを皆殺しにし、仏堂や神社などの宗教施設を焼き払わせるか……。

そのために十兵衛は、信長が将兵に命令を下す際の檄の草稿をしたためていった。

――比叡山の山上、山下にいる僧侶たちは、延暦寺が本来、王城鎮護のものであるにも拘わらず、修行を疎かにして仏道から外れること久しく、天下の笑い物となっている。しかもそれを恥じず、天道仏道に背くことの恐ろしさを考えず、色欲に耽り、生臭いものを食べ、金銀の欲に溺れている。その所業の数々をして比叡山は狐狸の化身の巣窟と言える。その上あろうことか、浅井・朝倉に加担し天下騒乱を助長する勝手気儘(きまま)な振る舞いをした。到底許しおくことは出来ない。ここで信長は天に代わって比叡山延暦寺を成敗することとする。

――成敗に当たっては、あらゆる僧侶、僧兵、俗人、女人、童に至るまで、比叡山に巣くう者たちを全て例外なく、なで斬りとする。根本中堂、日吉神社を始め、仏堂、神社、僧坊、経堂、一棟も残さず全て焼き払う。その際、もし躊躇する心あれば、その時こそ信長を想え。この信長が全てを引き受ける。信長を唯一絶対の力と考え、己自身が信長であると想え。比叡山焼き討ちこそ信長の天下布武の開闢である。手柄を挙げ出来得る限りの褒美を受けよ。


十兵衛は筆を走らせながら、油屋伊次郎こと帰化人、イツハク・アブラバネルから聞いた唯一の神というものを思い出していた。

猶太の民が崇める唯一絶対の神という考えに、途轍もない力があることをこの檄文をしたためながら感じるのだ。

「皆が信長様を唯一絶対の力と信じ天下布武へ邁進する。そこでは日の本の神々も仏も恐れる必要はない」

そして十兵衛は、比叡山全山が灰燼に帰す姿を想像してみた。

「比叡山が炎に包まれ、過去から続いた伽藍の全てが無になる。無から信長様による天下布武という未来が立ち現れる」

そこに明快な美があることを思うと、十兵衛は震えるような陶酔を覚えた。

「既存の信仰の徹底的な壊滅、既存の世界の徹底的な破壊。その先に全く新たな美しい未来を創り上げる。それが唯一絶対を信じることから可能になる」

今の腐った世の延長ではない、全く新たな美しい未来がそこにある。その二元論の持つ強さをひしひしと感じるのだった。

元亀二（一五七一）年八月十八日、信長は岐阜を出発し琵琶湖の北へ向かった。

そして木下秀吉を置く横山城に入った。

秀吉は横山城での守りについてから、八面六臂（ろっぴ）の活躍で小谷城にいる浅井長政の軍勢の度重なる攻撃を防いでいた。

敵地の中に取り残された形の横山城を守り抜くことが出来た理由には秀吉の才能、人たらしがあった。地元坂田郡の有力国衆で鎌刃城主である堀秀村らが、秀吉を慕い与力として支えてくれたからだ。信長にとっても、浅井攻めの最前線である横山城を確保できていたことは戦略上大きい。

「ひ、比叡山全山焼き討ちでございますか!?」

信長の言葉に秀吉は驚いた。

「此度は浅井攻めに見せかけ、真の狙いは延暦寺だ。我が軍総出で比叡山を壊滅させる」

秀吉は信長に勿論反論などしない。

「軍略はどのように？」

「後日、明智十兵衛から説明させる。あやつが立案致した」

「明智殿が!?」

明智十兵衛のことは底の知れない男だと思っていたが、ここまで徹底したことを考えるとは秀吉は思ってもいなかった。

「秀吉、浅井・朝倉を攻めて陽動し北に止め置いてから、直ぐ比叡山に向かう。その準備をしておけ」

「はッ！」

八月二十六日、信長は横山城を出ると、越前との国境付近に火を放ってから再び横山城に戻った。それを知った小谷城の浅井軍は信長迎撃態勢を強め城に籠った。朝倉軍、浅井軍共にこれで完全に動きを止められた。

信長は二十八日に出陣、小谷城を攻めると見せかけて急転、南へと軍を進め、丹羽長秀が守る佐和山城に入った。

ここで全武将を集めての軍議となった。

「比叡山全山焼き討ち!?」

信長の言葉に全員が絶句した。柴田勝家などは「さすがに、それは……」と信長を諫めようと発言した。

そこで信長は十兵衛が作成した檄を飛ばしたのだった。

――延暦寺は狐狸の化身の巣窟。

――信長を絶対的な力と想え。

――天下布武への開闢。

それらの言葉を聞きながら、武将たちは腹の底に新たな力が入る思いがした。

そして皆が驚いたのは、総攻撃の軍略説明を行った明智十兵衛だった。

その内容は微に入り細を穿ち、水も漏らさぬ行き届いた内容で、聞くだけで比叡山全山焼き討ちが貫徹されていく思いがしたのだ。

軍議が終わって武将たちが持ち場に散っていく中で、秀吉が十兵衛に近づいて来た。

「驚きましたぞ、明智殿。途轍もない軍略、あれでは蟻の這い出る隙もござらん」

十兵衛は頭を振った。

「皆様方のお力あってのことでございます。何卒宜しくお願い申し上げます」

どこまでも謙虚な態度だ。

「最初に殿の口から比叡山全山焼き討ちと聞いた時は恐ろしい思いが致しましたが、今日の殿の檄を聞いて目から鱗が落ちました。天下布武への開闢、これに尽きますな！」

秀吉はさすがだと十兵衛は思った。

その時、十兵衛はあることを秀吉に頼んだ。

「承知致した。小六に伝えます」


九月一日、信長はまず江南に配備させた佐久間信盛、柴田勝家、中川重政、丹羽長秀の四重臣に小川城、志村城を攻めさせた。

二つの城とも没落した六角義賢に従っていた国衆のもので未だに信長に与しようとせず、浅井・朝倉にも通じていた。この攻撃も比叡山焼き討ちへ向けた陽動作戦の一つだった。

九月三日、信長は常楽寺に留まり、一向一揆の拠点である金ヶ森城を攻めさせ、これを落としてからじわじわと比叡山に近づいていく。全軍には南へ移動するよう指示を出していた。

九月十一日、常楽寺を出て、瀬田川を渡り、三井寺に陣を張った。

九月十二日、小雨の降る中を早朝に出陣、軍勢三万を率いて近江坂本に入った。

「何や？　この軍勢は？」

坂本は近江で最も栄える町で、延暦寺とは縁が深くその堂舎も沢山立ち並んでいる。

坂本にいる僧侶や住人たちは、信長軍の将兵の異様な雰囲気に気味が悪くなった。

皆が押し黙っていて甲冑（かっちゅう）や刀、槍が擦れる音が足音と共に響くだけなのだ。足軽たちは朝にも拘わらず何故か皆、火の点いた松明（たいまつ）を担いでいる。

「掛れッ！」

その合図で一斉に坂本の町に火を放った。

劫火に包まれる坂本を後にして、信長軍はあらゆる山道に分かれて比叡山に上っていく。

各隊の将は兵に向かって叫んだ。

「よいかッ！　これから山道で出逢う者は全て狐狸の化身ッ！　人ではないッ！　僧兵、僧侶は勿論のこと、俗人、女人、童に至るまで全てなで斬りにせよッ!!」

そこから言語に絶する殺戮（さつりく）になった。

三万の将兵は比叡山の三塔十六谷に素早く散らばり、人を見れば斬り、建物を見れば火を放っていく。

薙刀を持って応戦して来る僧兵たちは次々に鉄炮で蜂の巣にされ、逃げた者たちの集まりには無数の矢が放たれた。

どのような助命も聞き入れられない。

阿鼻叫喚の中、僧兵、僧侶、学僧、俗人、女人、童……。あらゆる種類の死体の山が出来上がっていく。そして根本中堂、大講堂を含めあらゆる堂舎が燃え上った。

それはこの世に出現した地獄だった。約七百八十年前に最澄によって開闢された、王城鎮護の聖域の全てが炎に包まれていく。死者の数は、十二日だけで三千人を超えた。

翌十三日、東塔から横川に掛けて殲滅作戦が実施され、十五日まで比叡山での焼き討ちは続けられた。死者は四千近くに上った。

「やった……」

燃え落ちる根本中堂を見詰めながら十兵衛は呟いた。

「新たなる美しい世界、天下布武への開闢。それがここから始まる！」

十兵衛は陶酔に浸っていた。この陶酔が一体どこから来るのか、それは未来だけが知っていると十兵衛は考えるのだった。

第八章　光秀、選択する

「ひッ！……ヒッ、ヒェー!?」

二条御所から比叡山が燃え盛るのを見た将軍足利義昭は声をあげた。

腰が抜け座り込んでしまった。

「あァ……あァァ……な、何と恐ろしいことを……信長、本当にやりおった……」

〝仏罰〟〝仏敵〟や〝地獄に落ちる〟という言葉が義昭の頭を巡る。

針の山を歩かされ釜茹で地獄で悶え苦しむ自分の姿が頭に浮かぶ。

「余は知らん!!　このようなこと命じておらん!!　知らん!!　知らん!!　知らんぞッ!!」

そう狂ったように口にすることで大罪とは無関係との浅はかな心を曝した。

「あ、あやつを生かしておいてはいかん。殺さねばならん。信長を討たねばならん！」

信長を明確に敵とすることで己の無実を示せると強く思った。

「信長追討の密書じゃ。また発することにせねば。信長と敵対する全ての武将、寺社に向けて出さねば……」

比叡山焼き討ちに義昭は無関係、直ちに信長を討ち滅ぼすため皆すべからく決起すべしとの密書を次々に書いていった。

翌日、義昭は驚愕する。信長が小姓と馬廻り衆だけを連れて入京、義昭に報告に訪れたのだ。

義昭は平静を装ったが小刻みに身体が震えてしまう。

「上様におかれましてはご機嫌麗しく」

信長は涼し気に挨拶した。何も言わない義昭に、信長はニヤリと微笑みかけた。

「昨夜は如何でございました？　比叡山の山焼き、とくとご堪能頂けましたか？」

義昭は顔を引きつらせながら口を開いた。

「み、見事な眺めであった」

信長は冷たい目になって言った。

「王城鎮護などもっての外、狐狸の化身の巣窟と化しておりました比叡山延暦寺全山、綺麗さっぱり焼き払って参りました。これで京の都の静謐は安泰、末代までこの信長が守って参ります」

義昭は唖然としながら口を開いた。

「そ、そうか……頼もしいことじゃ。頼りにしておるぞ」

信長はさっと頭を下げると出ていってしまった。

二条御所を後にした信長は、その日の宿舎とした妙覚寺に公卿たちを招いて歓談した。

信長は敢えて焼き討ちの話は公卿たちにはせず、当たり障りない茶道具名物の話などで座を保っていた。

だが公卿たちの目には、信長が恐怖として映っているのは明らかだった。

（まぁ見ておれ。邪魔者を全て滅ぼした後、京の都にこの世の極楽を創り出してやる！）

そう信長は心の裡で呟いた。


「何だと!?」

石山本願寺の顕如は耳を疑った。

「比叡山延暦寺三塔十六谷、全山!?」

啞然とする顕如に従僧は続けて言った。

「山上の根本中堂、大講堂は勿論、山下の日吉神社まで……。経堂、僧堂、宿坊の全てが焼かれ、僧侶、僧兵、学僧、俗人、女人、童まで……。合わせて四千人、比叡山におった者、全て皆殺しとなった由にございます」

顕如は手にしている数珠（じゅず）を握りしめた。

長島の一向一揆で信長軍に目にもの見せたと報告を受け喜んだのが僅か三月前のことだ。

信長の動きは顕如の想像を超えている。

「比叡山全山を焼き討ち……」

その時、顕如の頭に浮かんだのは祖母、慶寿院鎮永尼の姿だった。

慶寿院はこの二月に没していた。

「勝てるか？　光佐」

あの時の祖母の言葉が耳の奥で響く。

現実に戦となってから、慶寿院は心労からか急速に体調を崩し亡くなったのだ。

「慶寿院さまがこの信長の所業をお聞きになったらどれほど衝撃を受けられたことか……。この世に第六天魔王が出現されたと思われたことだろう」

顕如はそう思った。石山本願寺にとって比叡山延暦寺は宗派の争いを重ねた敵ではあるが、共に仏に帰依している立場は変わらない。

「信長が敵となる仏教教団を葬り去ること、これではっきりした」

仏罰など一切恐れぬ信長の意志の強さはこれで明確になった。そしてその組織された軍事力の強さも明らかだ。

その上、信長は実利も取る。比叡山は要塞だった。それを完全に殲滅しているのだ。

焼き滅ぼした延暦寺が持っていた寺領は没収、つまり全て奪い尽くしていた。それでさらに財力を得て武力を高めていく。

そんな相手と、どう戦う。聡明な顕如は考えを巡らせた。

「武将集団による信長包囲網を作り、そこへ本願寺門徒衆の一揆を併せての一斉攻撃しかない。周到な準備と命令系統の整備が必要になる」

だがそれは早急には難しい。

完璧な陣営で信長総攻撃を可能にするには何が必要か。

それを考えると核となる武将が明確になる。

「武田信玄、かの武将が攻撃に加われば確実に信長を仕留めることが出来よう」

信長が義昭を奉じての上洛後、信玄は信長に敵対的な動きを一切見せていない。信玄には上杉・北条という敵が背後にいるからだ。

顕如はここで策を巡らせることを考えた。

「信玄と上杉・北条、まずはこの関係融和に本願寺が動こう。そして……」

長年に亘り、本願寺とは陰に日向に敵対を続けて来た足利将軍家を利用することを考える。

本願寺と幕府、双方合意での信長討伐、幸い義昭は本願寺に秋波を送り続けている。

「義昭に信玄に対して信長討伐の命令を出させ信玄の上洛の大義名分とさせる。信玄は満を持しての上洛を待ち望んでいる筈」

　こうして顕如は行動に移していった。


　信長は軍事的脅威であった比叡山延暦寺を取り除くと、近江の支配体制を新たに敷いた。延暦寺の寺領となっていた近江の地域を、臣下の武将たちに与えたのだ。佐久間信盛、柴田勝家、中川重政ら古くからの重臣と、新参者明智十兵衛がその栄誉を得た。

　中でも十兵衛は破格の扱いを受ける。

　滋賀郡と宇佐山城を与えられた上、坂本に新たな城を築くことを命じられたのだ。

　これまでの信長の家臣にそんな者はいない。

　十兵衛は信長家臣団の出世頭に躍り出たことになる。禄高はそれまでの三千貫文から五万石へと跳ね上がった。

　比叡山焼き討ちの立案者であり、作戦遂行と後処理でも非凡な働きをした十兵衛に対しての信長による最大の評価と褒美だと皆は思った。

　十兵衛は焼き討ちに際して後々で問題とならないよう様々な手を打っていた。

　延暦寺、天台宗総本山の座主は正親町天皇の弟覚恕法親王が務めていた。

まずその覚恕法親王を前もって比叡山から下ろしておいた。信長に貴人、それも帝の弟殺しの汚名を着せるわけにはいかない。

そして、比叡山の政務を担当する僧侶の長、探題である正覚院豪盛を信長の了解を得て助け出していた。

焼き討ちの最中に蜂須賀小六配下の草たちが救い出してくれていた。十兵衛が秀吉を通して依頼してのことだった。

延暦寺を壊滅させた後、旧寺領を治めることを考えるとその詳細を正確に知る者が必要になる。適任者は探題であり十兵衛は豪盛は信頼できると会った時に思ったからだ。その豪盛からの情報によって旧寺領支配は円滑に進んでいた。

あらゆる方面にまで神経の行き届いた仕事ぶりを信長が査定しての十兵衛への報賞だったが、中でも将軍義昭を操る十兵衛の能力を信長が高く評価して加点していたことは、他の武将たちは誰も知らないことだった。

十兵衛は焼け野原となった坂本の地と琵琶湖の穏やかな広がりを築城工事の高台から眺めながら思っていた。

「一国一城、それも新たな城の主。禄高五万石は大名になったのと同じだ」

そして呟いた。

「僅か三年……信長様にお仕えして三年でこの出世だ。やはり天下布武に賭けて間違いはなかった」

だが十兵衛は浮かれてはいない。

「全ては信長様あってのこと。天下布武の邁進あっての未来だ」

そして今の情勢を冷静に考えていた。

「浅井、朝倉、六角、松永、三好衆、そして本願寺一揆軍……。全てが敵なのだ」

そこに将軍義昭も繋がっている。

「ここからが正念場。今の敵も将来の敵も、全て駆逐しないと天下布武はない。俺の未来もない。まだ何もかも絵に描いた餅」

十兵衛はどこまでも冷静に、天からの目で自分を含めた全てを見ようとした。

「やはりまず、浅井・朝倉を潰すことだ」

そこでの自分の役割が何かは分かっている。

「必ずや天下布武を成し遂げる」

湖面には夕日が大きく映えていた。

「信長様はやっぱりちゃうな‼」

京童の間で信長の評判は大きく高まった。

比叡山焼き討ちで恐怖に震えたのも束の間、そんなことあったのかと皆は二ヶ月後の十月には綺麗さっぱり忘れてしまっていた。何故ならあっという間に懐が豊かになったからだ。

それも十兵衛が信長に具申し実行させた施策だった。

「人の心を摑むには富に勝るものはない」

比叡山焼き討ち、後処理の一環だった。

都での信長の評判を落とさない手立てまで十兵衛は考え抜いていた。それも上と下、宮中と庶民の心を同時に掌握するものだ。

信長は京の民に米を貸し与えたのだ。一町につき五石の米を配り（貸付）、それを永代預けの元米（元本）とし、来年正月から毎月一斗二升五合ずつ進納米（利息）として禁裏御蔵に差し出させるという仕組みだった。

これによって庶民と宮中の双方が潤う。

信長の評判が京中で上るのは当然だった。

十兵衛は貸付、元本や利息の仕組みを油屋伊次郎こと、帰化人のイツハク・アブラバネルから教えられ理解していた。南蛮で猶太の民が行っている最強の商い、銭貸しの仕組みでもある。

「多くの者への貸付は少々の取りはぐれがあっても貸した者が必ず得をするように出来ている。今回は年三割もの利息が生まれる。銭が毎月動いてくれる。何もせずとも銭が動く。利息とは凄い仕組みだ」

それを庶民と禁裏に対して応用するというのは、京の都の政に幕臣として関与している十兵衛ならではの銭の使い方だった。

だが幕臣として二条御所にいる時の十兵衛の最も重要な仕事は義昭の諜報だ。

「お前は城持ちになったそうじゃの？」

義昭は十兵衛に言った。

十兵衛はさっと頭を下げた。

「全ては上様のお力あってこそ。近江坂本の地を上様をお守りする砦とするつもりでございます」

「ふむ、殊勝な心掛け。これからも励めよ」

「ははッ！」

何の力もない義昭に対する露骨な世辞であったが、義昭はそれを世辞と思わず額面通りに自分の力が世の全てを動かしていると思い込む浅はかな男だった。

その意味で義昭は十兵衛にとって与しやすい将軍であり、利用できるところまで幕府を利用しようと考える信長の意を汲む十兵衛には使い勝手の良い道具としか思えない。

十兵衛は草を通じて義昭に送られてくる書状、そして義昭が出している密書の全ての内容を掌握していた。

中でも石山本願寺法主顕如からのものは重大だった。

本願寺と幕府が共に手を携え、武田信玄に対して信長討伐を命ずるというものだ。

十兵衛は既にそのことを信長に伝え、信長も信玄対策を秘密裡(ひみつり)に進めていた。

義昭の前で十兵衛は声色を変え小声になって言った。

「信長は比叡山焼き討ちで気を良くし油断しております。上様が今、各武将にお命じになればあっという間に討ち取ることが出来ると存じますが?」

不敵な笑みを見せながらそう進言する十兵衛に義昭もニヤリとしてみせた。

「信長包囲網……。既に各武将には密書を出してあるし、石山本願寺とも共闘が叶っている。信長の命運は尽きておるわ。比叡山全山焼き討ちへの仏罰が下るのは時間の問題よ」

目の前の十兵衛が延暦寺殲滅の軍略を描いたとも知らずに義昭はそう言う。

十兵衛はわざと苦い顔を見せて言った。

「山上山下焼き討ち後の地獄の掃除を命ぜられて、それを致しております。焼け野原の坂本の地には僧侶や門徒の死骸がまだ散乱しております」

義昭はぶるっと胴震いをした。

「そ、そうか……お前も信長から大変な仕事を押し付けられているのだな」

十兵衛はその腹の裡とは正反対の何とも悲し気な表情を見せて言った。

「この身にも仏罰が下ることは必定。剃髪して仏門に入ることでせめてもの罪滅ぼしをしようかと考えております」

義昭は驚いた。

「おいおい、十兵衛！　早まるでない」

十兵衛は頭を振った。

「いえ、この穢れのまま上様にお仕えしていては、上様にまで仏罰が及ぶやもしれません」

その言葉で義昭はウッとなった。小心な義昭には、十兵衛への嫌忌の感情が一瞬で湧いたのだった。

これが十兵衛の狙いだった。

幕臣を辞す潮時と考えていたのだ。

義昭への諜報網は既に整えられ、十兵衛がいなくても稼働している。

ここからは信長の天下布武へ向けて全力で当たりたい。四方を敵に囲まれている今の信長を勝たせるには、信長の家臣としての仕事に集中したいと真剣に考えていた。

信長から滋賀郡を任され、宇佐山城を貰い、そして坂本城を新築している。信長家臣団で出世頭となった自分には、やるべきことがあると強く思ってのことだ。

そして、十兵衛は一番大事なことが分かっている。

「信長様は早晩、足利幕府を壊滅される」

従順な傀儡とならず、いつまでも謀略を巡らす義昭を信長が許す筈はない。そして幕府という政治軍事機構も実態は空で、信長の指示命令で機能しているに過ぎない。

「信長様の天下布武のために自分が最大限の力を見せられるようにしておきたい」

滋賀郡の統治、坂本の地の再建、そして信長に敵対する大勢の武将、本願寺との戦いに専念したいのだ。

その十兵衛は信長からあることを頼まれていた。

松永久秀は信貴山城にいた。

武田信玄と通じ、本願寺顕如からの呼びかけに応じる形で不倶戴天の敵であった三好三人衆と結ぶことを決意し、信長に反する兵を挙げた。

信長に与していた畠山昭高に勝利したものの、宿敵である筒井順慶の軍に大敗を喫してしまう。多くの将兵と十に及ぶ数の砦を失い命からがら信貴山城に戻って失意の中にいた。

そして比叡山全山焼き討ちを知ったのだ。

「織田信長……儂の東大寺大仏殿焼き討ちをも上回る魔王の如き所業！」

その織田方である摂津の守護和田惟政を、久秀は池田重成や荒木村重と共闘して滅ぼし、久秀による援軍もまだ摂津に置いている。

「信長は儂を許しはしまい。信貴山城を囲み、一気に討ち果たしに来るに違いない！」

そう思って死を覚悟した久秀のもとにやって来たのが、意外な男だった。


（ほう！）

十兵衛は松永久秀の点前を見て感心した。

武野紹鷗門下の茶人である久秀は、今井宗久や田中与四郎などと兄弟弟子であるということがその洗練された点前から納得できる。

信貴山城内の茶室。久秀は信長からの使者として訪れた十兵衛に対し茶でもてなそうと考えた。

「自分の命を助けるものがあるとすればそれは茶である」

　久秀の粋の心がそう思わせている。

「明智十兵衛、信長の臣下で幕臣でもある。高い軍略と共に教養も深く身につけていると聞く。ここは一つ……」

　持てる最高の道具で茶を披露してやろうと思ったのだ。

　六畳の茶室、床に牧谿の『遠寺晩鐘』を掛け、『円座肩衝』の茶入、台子に『平蜘蛛の釜』、餌畚の水指、合子の水翻、筩の柄杓立、それらを見事に飾っている。茶碗は只天目で、蓋置は火舎という豪華さだ。練り上げた濃茶を飲む十兵衛を見て久秀は思った。

（こやつ只者ではない）

　茶人は茶人を知る。久秀の高い感性が十兵衛の深い趣を見抜いた。十兵衛は久秀による華美な茶は決して好きではないが、あり方として究められていることに深く感じ入った。

　十兵衛は用件をここで述べることにした。

「信長様は畿内の内紛にはご自身の軍で介入されない方針。収めるところでお収め下さい。であれば……逆心とはお捉えになりません」

　久秀は助かったと心の中で小躍りした。

「直ちに摂津から兵を引き、その後、高槻城にお入り頂き静謐をお守り頂ければ結構」

　高槻城ならば地理的に久秀への睨みが利く。

そう言って十兵衛は頭を下げた。

そして『平蜘蛛の釜』に目をやった。

十兵衛自身の茶の趣味には全くそぐわないが信長が欲しがるのはよく分かる。

十兵衛は久秀に言った。

「いずれ折を見て信長様にその『平蜘蛛』、献上なさるのがよいかと……」

久秀は何も言わず視線も合わせない。

その表情から十兵衛は久秀に憑いている蒐集の狐が、牙を剝くのを見たように思った。

「この老人、死んでも渡さんな」

十兵衛は苦笑いをした。


階級が重要であった社会では教養で所属階級が明らかになり、上流階級では常に教養が競われ磨かれていた。教養とは知識（主に文化）によって構成されたアイデンティティーの重要部のことだ。

現存する日本独自の教養アイテムの殆どは室町時代にルーツを持つ。中でも戦国時代にその質実を成長させたのが茶の湯だ。茶の湯は今でいうインスタレーションアートで、様々な要素で構成されている。

茶室、道具、亭主、客、点前、作法……。

戦国時代に茶の湯は武将の間で教養としての地位を確立する。

多くの武将が茶の湯を好み、政治的な利用もしている。特に茶道具は重要だった。

恭順の意を示す際に名物を献上したり、家臣に褒美として与えたり……城や領地、金銀財宝と同等、或はそれ以上の価値を持つものと名物茶道具は見なされていた。

松永久秀は茶人、数寄者、名物蒐集家として戦国時代を代表する武将だ。

将軍を弑逆し東大寺を焼き払うなど常識では測れない行動をすると同時に、深い教養と高い審美眼を有して茶の湯を愛し、その美意識を居城や茶室の設えに通わせ、ある種の天才をそこに見ることが出来る。

この松永久秀、何度も信長を裏切るのだが、信長はこれを許している。

信長は自分と同じものを松永久秀に見て、好いていたのだと思う。特に茶の湯に関しては一目も二目も置いていたと考えられる。

洗練された美意識と深い教養を備えた松永久秀から、名物茶道具だけではなく得るものは多いと思っていたのだろう。

松永久秀が備えていた教養が身を助けていたということになる。

元亀三（一五七二）年に入り信長は四面楚歌の状態で、半年に亘り小競り合いだけを繰り返していた。

決定的な合戦に浅井・朝倉側は及ぼうとせず、六角承禎や三好三人衆らの不穏な動きも治まらない中、じりじりとした緊張だけが続いていた。

信長の敵は皆、ある一点を待っていた。武田信玄の上洛だ。

信長討伐包囲網は本願寺顕如と将軍義昭が画策してのものだが、核は信玄だった。

信玄の上洛によって信長討伐が実現されると皆考えている。信玄が来なければ包囲網は画龍点睛を欠き、一丸での信長攻撃は難しいという暗黙の了解がなされていたのだ。

「信長は恐ろしい。どう動くか分からん」

比叡山延暦寺全山焼き討ちは、信長の敵の心深くに恐怖を刷り込んでいる。

夏、その信長が大きく動いた。

嫡男奇妙丸を元服させ信忠とした初陣の戦いで、大々的な軍勢を組んで江北を目指した。

「此度、必ず浅井を潰す！　朝倉も出てくれば同様に潰す！」

七月十九日に岐阜を出陣。総勢五万、信長正規軍がほぼ全て動員され、十兵衛の軍も加わった。

「今度こそ決戦に及ぶ!!」

信長はこの時期であれば武田信玄が進軍して来ないと踏んで行動した。

一月も経てば農繁期がやって来る。信玄の半農半軍勢力は大規模に動くことが出来ない。

信長は信玄に対して徹底した諜報活動を行っていた。

この年の一月には本願寺顕如が信玄に太刀を贈り信長討伐を促している。そして、将軍義昭も五月に信玄に書状を送り同様の催促をしていた。それらを信長は全て摑んでいた。

「信玄が出て来ぬ間に浅井・朝倉を殲滅する。信長包囲網、ここで潰す！」

信長は横山城に入った。

攻撃目標は浅井長政軍のいる小谷城だ。

要害として優れた城で難攻不落とされて来ていた。

徹底した小谷城への攻撃内容が、軍議で信長によって指図された。

軍議が終わると十兵衛と秀吉が信長に呼ばれた。

「十兵衛、朝倉の間者による調略の進捗はどうだ？」

「はっ。朝倉の重臣、前波長俊は戦が始まれば投降して参ります。あと富田長繁、戸田与次、毛屋猪介(いのすけ)などが前波が降りたのを確認の後に続く由にございます」

信長は大きく頷いた。

「秀吉、あれは手に入れたか？」

「はっ、ここに」

懐から取り出したのは、浅井長政の戦時使用の花押が入った書状だった。蜂須賀小六配下の草が手に入れていた。

信長はニヤリとした。

「これで偽の書状を作れる。朝倉義景をおびき出せるぞ！」

翌日から小谷城攻撃が開始された。

七月二十一日。雲雀山、虎御前山に軍勢を上らせると同時に、佐久間信盛、柴田勝家、木下秀吉、丹羽長秀、蜂屋頼隆の主力五軍に命じて小谷の町を徹底的に破壊させた。

そこから四軍が先鋒として進行して陣を敷き、分かれた秀吉軍が山本山城を攻撃した。麓を焼き払うと足軽隊が城から打って出て来た。それを秀吉軍は切り崩し、五十余りの首を取った。

七月二十三日。軍勢を越前との国境近くまで進め、与語、木本の有名な地蔵坊、堂塔や伽藍などがある一帯を焼き払った。

七月二十四日。草野の谷に火を放つと、近隣の農民たちは皆、大吉寺に立て籠った。山なみに僧坊が五十も建ち並ぶ堅牢な寺院だった。

その深夜、草に先導された秀吉軍の兵が闇に紛れて山伝いに進軍し寺院に一斉に攻め込んだのだ。立て籠っていた僧や農民は次々と切り捨てられていく。

信長軍は神出鬼没の一揆軍の攻撃を真似ていた。長島の一向一揆で得た経験を、信長は活かしていたのだ。

そして信長はこの戦いでは徹底的な全面攻略戦を行っていく。

湖からの攻撃だ。琵琶湖の湖面には多くの信長の軍船、囲い船が浮かんでいた。

それらが浅井の支配する北近江の海津浦、塩津浦、与語の地に漕ぎ寄せては火を放っていくのだ。一揆軍が寄せている竹生(ちくぶ)島には軍船に搭載されている大炮、鉄炮、火矢が容赦なく浴びせられた。

物凄い轟音が湖面を渡っていく。

火だるまになった敵兵や一揆勢が我先に琵琶湖に飛び込み、無数の死体が湖面に浮かぶ様子は地獄絵図そのものだった。

これら多方面に亘る攻撃で浅井軍は散り散りとなり、その力は急速に削がれていった。

七月二十七日。戦況の有利を見て信長は、虎御前山に城を築くことを命じた。

そして同時に、予定していた朝倉への行動を開始した。

浅井長政から朝倉義景に対しての偽書状を草を使って送ったのだ。

越前で朝倉義景は例によって出陣に逡巡していた。

「此度は相当な数で信長が北近江に押し寄せておる。下手をすれば返り討ちに遭うぞ！」

浅井長政は小谷城に籠城しさえすれば簡単に落とされることはない。武田信玄が上洛して来るまで待てば必ず活路は開ける。

そう思うと出陣に踏み切れないのだ。

「殿っ!!　浅井長政様からの書状でございます！」

それを読んだ義景の顔が明るくなった。

「尾張の河内長島で一向一揆が大規模に蜂起し近江から尾張・美濃への動線を断ったと!!　織田勢は兵站を失い窮地に陥っている。今、朝倉軍が出陣すれば信長を討ち取ることが出来るとなッ!!」

義景はこれを好機と捉えた。

「よしッ!!　出陣致す!!」

そうして七月二十九日、朝倉義景は一万五千の兵を率いて出陣した。まんまと信長の策略に掛り、おびき出されてしまったのだ。そして、小谷に到着して驚愕する。

「こッ!!　これは!?」

びっしりと信長軍に囲まれている小谷の様子を目にして直ぐに虚報と分かり、大嶽(おおずく)山に急遽上って陣を敷いた。信長は草と若武者たちを使って山に陣を張った朝倉軍を攪乱し続けた。一揆軍の戦術をまたもここで使ったのだ。

草むらに隠れ、闇に紛れながら突然現れては少人数を殺して隠れ、また何度も襲ってくる。これを続けられると緊張から兵士たちの疲労が濃くなり士気が落ちていく。

そこへさらに追い打ちが掛った。

「なにッ!?」

朝倉義景は耳を疑った。

重臣の前波長俊父子が自軍と共に信長に降ったのだ。そして翌日にはさらに三名の武将が、指揮下の兵士と共に信長に降った。

「グッ……」

義景は口惜しさから言葉が出てこない。

味方の武将たちの離反は、一気に朝倉軍の士気を落としていく。

だが信長もそんな朝倉軍を攻めあぐねていた。

「山に陣を構えた敵を一気に攻めることは難しい。何としても義景に下りて来させねばならん」

小谷城を攻めるための虎御前山の築城は順調に進んでいるが、早期に決着をつけたいと望む信長は焦って来た。

時間が経てば信玄が出陣して来ることが分かっているからだ。

「信玄を迎え撃つには美濃・尾張でなければ勝てん。その為には全軍をここから動かさねばならん」

信長は義景に決戦を求める使者を送ったが義景は黙殺した。

朝倉義景は信玄を待っている。

浅井長政も信玄を待っている。

浅井・朝倉軍と信長軍が対峙する緊張の中で最も大きな存在となっていたのは、武田信玄だったのだ。

虎御前山の城普請が完成すると、信長は横山城との間に中継となる砦を二つ築き築地（ついじ）も整備して小谷城攻撃の動線を完璧なものにした。

九月十六日、信長父子は横山城まで戻り、兵を引き上げた。

それを見た浅井・朝倉軍が信長の築いた砦を破壊しようと出て来たが、木下秀吉の軍勢によって蹴散らされてしまった。

横山城で信長は武田信玄が動く可能性が高いと知った。

「風林火山の旗印……遂に山が動くか!!」

信長はその戦いへの備えに岐阜に戻らねばならなかった。信長対信長包囲網、その核が動き出した。


「兄上、見事な眺めでございますなッ！」

完成間近の坂本城、その天守に上った竹次郎が声をあげた。

朝倉家の重臣たちを信長方に寝返らせる間者の役割を全うし、十兵衛のもとに戻ったのだ。家族は新月らの助けで越前を脱出、全員無事に堺の『ととや』に入っていた。

「お前のお陰で持てた城だ。よくやってくれた！　心から礼を言う」

十兵衛の言葉に竹次郎は首を振った。

「これだけの城持ちになられたのは全て兄上の才覚の故、信長様にお仕えしてのご出世、本当におめでとうございます！」

今度は十兵衛が首を振った。

「いや、ここからが正念場。浅井・朝倉は弱ったとはいえまだ健在、六角や三好三人衆、そして石山本願寺と……倒さねばならぬ敵は嫌というほどいるのだ」

竹次郎は頷いてから訊ねた。

「武田信玄も動くと聞いておりますが？」

十兵衛は難しい顔をした。

「今この状況で信玄が上洛して来れば……場合によっては我ら皆、討ち死にすることになるかもしれん」

それは本音だった。

「だが、この危機を乗り切れば信長様の天下布武実現が見えて来る。そうなれば滋賀郡だけでなくさらに大きな国を治めることにも相成る」

これも十兵衛の冷静な見立てだった。その十兵衛に竹次郎が心配顔で訊ねた。

「それにしても……信長様に敵対する者たちの多さとあり様……誰かが纏めているように見えますが？」

十兵衛は頷いた。

「石山本願寺、そして……」

「そして？」

「いや……それは。だがこのままでは苦戦が予想される」

将軍義昭の名を十兵衛は口にしなかった。

だが信長の義昭に対する堪忍袋の緒が切れるのは時間の問題と、十兵衛は思っていた。

実際、信長は岐阜に戻って直ぐに義昭を叱責する意見書を突きつけていた。

――朝廷の保護を怠り衰退させている。

――不吉な『元亀』年号の改元を費用を出さず遅らせている。

――御内書を勝手に諸国に送っている。

――恩賞が恣意的である。

――兵糧を売って金銀を蓄えている。

信長は徹底的に義昭その個人を攻撃した。京の都の静謐の確保、秩序の維持に関し、能力も姿勢も欠如していると弾劾したのだ。

十兵衛はこれは信長の義昭に対する最後通牒だと捉えた。

「上様がお怒りになり信長様に敵対姿勢を見せれば、宣戦布告され上様を討つおつもりなのだ」

信長は真の敵を全て明確にする時が来たと思っている。

だが信玄の上洛によって反信長勢力が士気を上げて結集し一気呵成に襲って来れば……。

敗北という形を取るかもしれない。

信長は危ない綱渡りをしようとしていた。それが分かっている十兵衛は死を覚悟している。

そのような状況下で竹次郎を越前から脱出させることが出来たのは、僥倖だと十兵衛は思っていた。

　黙っている十兵衛に竹次郎が訊ねた。

「私は間者として越前におりました身。これからも過去を知られることなく無として生きていくことが必定となります。身の振り方は兄上にお任せ致します。どうぞこの命、いつでも使い捨てになさって下さいませ」

　十兵衛はその竹次郎の気持ちが嬉しくも不憫にも思えた。成行きとはいえ、自分がそのような境遇に弟を置いてしまったことへの悔恨がある。

　十兵衛は明るい口調になって言った。

「竹次郎、俺はここからの難しい戦で死ぬかもしれん。だがお前には生きて貰いたい」

　えっという表情を竹次郎は見せた。

「お前には刀を置き、商人になって貰いたい。『ととや』を継いで欲しいのだ」

　竹次郎の顔がぱっと明るくなった。その言葉を待っていたかのようだった。

　敵陣にあって間者としての長い生活で、心身共に倦んだように感じていた。どこかで心機一転することを望んでいたのだ。

　竹次郎は涙を流し頭を下げた。

「兄上、ありがとうございます。竹次郎、明日より商人として生きて参ります」

十兵衛は頷いた。

「これでいい。『ととや』を大きくして与四郎殿を喜ばせてやってくれ」

こうして竹次郎は堺に移った。

『ととや』の主人、田中与四郎はほどなくして亡くなり、竹次郎は田中与四郎の名と『ととや』を継いだのだった。

竹次郎の素性を隠蔽する為、与四郎が生きているかのように全ては取り仕切られた。

その差配と同時に、十兵衛は堺で武田軍攻略に向けたある秘密行動に出ていた。

「武田信玄、武田騎馬軍団は強い。それをどうすれば壊滅できるか」

十兵衛はこれが正念場だと思った。

疾如風、徐如林、侵掠如火、不動如山
疾（はや）きこと風の如く、
徐（しず）かなること林の如く、
侵掠（しんりゃく）すること火の如く、
動かざること山の如し。

元亀三年十月三日。旗印、風林火山をなびかせ武田信玄が甲斐の躑躅ヶ崎の館から二万五千の軍勢を率いて出陣した。

山動く。

その知らせは、浅井・朝倉、石山本願寺、三好三人衆、そして将軍・義昭を狂喜させ、朝倉義景は出陣に動いた。

信玄の上洛には大義名分がある。

足利将軍からの信長討伐の依頼に応えるということだ。

信長は信玄を恐れていた。

信長は上杉謙信に同盟を求めたが、色よい返事はない。さすがの信長も焦りを覚えていた。

信長は自分が信玄であればどのように上洛戦をするか考えた。

「徳川家康はいるが……三河・遠江を蹴散らすのは容易い。だが、美濃・尾張はそう簡単には落とせん」

上洛を果たすには、地の利のある強力な信長正規軍と戦わなくてはならない。

その場合、兵站線が延びてしまうため、さすがの信玄もかなりの苦戦が予想される。

「暫くの間は三河・遠江を支配しておき、戦力を蓄えるのが必定。だが、もし……」

家康を蹴散らした後で一気呵成に美濃・尾張へ侵攻すると同時に、浅井・朝倉、六角、三好三人衆、そして石山本願寺の一揆軍が信長軍を一斉に襲えば、信長を討ち取ることは出来る。

信長は自分を取り巻く状況を客観的に見て、かなりの危機であることが分かっていた。

「どうする……その場合、どうする？」

信玄は軍勢を南に進め、遠江に入り二俣城を一ヶ月かけて落城させた。

既に師走に入っている。信長は江北に陣取って浅井・朝倉に睨みを利かせていた。

「信玄がこのままの勢いで家康を蹴散らし、三河を武田軍が抜ければ岐阜城が危ない。それに長島の一向一揆が呼応して美濃へ侵入されると万事休する」

信長は懸命に考えた。

「浅井・朝倉と信玄……どちらが恐い？」

この時、朝倉義景は一万五千の軍勢で信長と対峙している。

「師走……義景がどう動くか？」

信長は賭けに出た。

「全軍、撤収する。急ぎ岐阜に戻る！」

信長は信玄を恐れた。

撤退する信長軍を朝倉義景が全軍挙げて追撃して来れば、そこで自分の命運は尽きるかもしれないと思ったが、それよりも信玄を恐れたのだ。

「何だとッ!?」

三河への攻撃準備を進めていた信玄は、信じられない知らせに驚愕した。

「あ、朝倉義景が越前に帰ったァ!?」

義景は信長が江北から撤退すると同時に、自らも全軍を率いて越前に引き上げたのだ。

「もう師走……雪は恐い。越前への帰路を断たれれば終わりだ」

信長の賭けが当たった。

「愚か者がッ!! 信長を壊滅させる千載一遇の好機を捨て去りおって!!」

信玄は怒り狂ったが、三河を制圧することが先決だと考えた。

そうして徳川家康の居城、浜松城に迫った。

信長は家康への援軍として、佐久間信盛と平手汎秀(ひろひで)ら重臣を送った。だが家康はその数を聞いて愕然とする。

「さ、三千?」

真の援軍ならその五倍は送る筈だ。信長は完全に全軍を美濃・尾張での戦いに温存しようとしているのが分かった。

佐久間や平手は、家康が信玄に寝返らないかどうかの監視に送られて来たのが明らかだ。

家康は自分が捨て駒にされたのが分かったが、もし自分が信長であれば同じことをするだろうと死を覚悟した。

信長の援軍含め一万一千の軍勢しかない。

「これが戦国の世、強くなければ生きてはいけん!!」

家康は腹を括った。

「何っ!?」

その家康を驚かせる知らせが届いた。

信玄が浜松城を素通りし三河へ向かっているというのだ。戦への気持ちに昂っていた家康は馬鹿にされたと怒り、全軍を率いて追撃に出陣した。これこそ信玄の策略だった。

武田軍二万五千、遠江国敷知郡三方原で家康を待ち構えていた。

「行けっ!! 三河侍の意地を見せよッ!!」

家康軍一万一千は決死の激突に出た。

「さぁ、とくと拝見しよう」

佐久間信盛は、信長からじっくり信玄の戦いぶりを観察して報告するように言いつけられている。初めから戦う意思などない。

激しい戦闘になったが、戦の天才である信玄に数でも劣る家康の敗北は見えていた。

一千人以上の将兵を失い、家康は命からがら浜松城に逃げ帰った。

大敗北だった。

家康は死の恐怖を真に実感した。

「強くなくてはならん……どんなことをしてでも強くならねばならん。力をもっと蓄えなければ……もっともっと、あらゆる力を蓄えなければ生きてはいけん!!」

震えが止まらない中でそう呟いた。

信長は佐久間信盛から三方原の戦いの戦況報告を受け、信玄の凄さを改めて知った。

「武田軍の損害は殆どございませんでした。騎馬軍団は見事に統率が取られ、その機動性は途轍もないものでございました」

決して戦下手ではない家康がこれほど一方的に負けたことに信長は衝撃を受けた。

だがこの報告で武田騎馬軍団との戦い方は頭に叩き込むことが出来た。

しかし、危機は迫っている。

信玄は遠江の刑部（おさかべ）で陣を張って年を越し、正月中旬、三河に入り野田城を囲み、二月中旬に開城させた。

信長はずっと信玄のそんな動きを見ていて思った。

「遅い！　何故ここでこんなに遅い？」

風林火山の旗印、動かない山が動き出せば、次は『疾きこと風の如し』の筈である信玄の動きが遅々としている。

そのために信長討伐包囲網も動くに動けない状態を作り出していた。信玄が合戦に出れば動き出そうと皆は考えていたのだ。それほど信長は恐ろしい存在だった。

鋭敏な信長は、何か重要なことが信玄の身に起きていると読んだ。

「病か傷を得たのではないか？」

信長が放っている草は常に信玄の動きを探っていた。その草から連絡が入った。

「三河の鳳来寺にて留まる。医師薬師らしき者の出入り頻繁にあり」

信玄は肺の病を拗らせ病状を悪化させていたのだ。

そんなことを全く知らず、信玄が三河徳川に大勝し野田城をも落としたとの知らせに狂喜していた男がいた。

将軍義昭だ。しかし、その義昭も反信長陣営が動き出さないことに業を煮やしていた。

「ええいッ!!　こうなったら余が自ら信長討伐に討って出る!!」

二月半ば、義昭は北山城や摂津、伊丹の国衆を配下に信長討伐に動き出した。

信玄の動向が不透明な中、そんな義昭に対して信長は「ここはなだめすかしておこう」と和議に動き臣下としての誓書を送った。が、義昭はこれを破り捨てた。そして義昭は伊賀・甲賀の土豪を参集させ今堅田に兵を入れ近江石山に砦を構えたのだ。

そんな義昭に対し明智十兵衛は勿論のこと、幕臣重鎮の細川藤孝、有力国衆の荒木村重らが離反、信長方についた。

「おのれ十兵衛、この義昭をたばかっておったのかぁ!!」

義昭は怒りの声をあげたが後の祭りだ。

十兵衛は抜かりなく有力武将の反義昭人脈を二条御所にいる時に固めていた。

岐阜で義昭の挙兵を知った信長は柴田勝家に近江石山の砦の攻略を命じ、坂本城にいる十兵衛に急遽、今堅田の砦を攻めさせた。二月二十九日のことだ。

「まこと……己を弁えぬ愚かなお方」

十兵衛は坂本から兵を率いて砦を万全の形で囲むと溜息まじりにそう呟いた。

こうして将軍義昭と敵対することになった自分を思うと、十兵衛は不思議だった。あの越前での連歌三昧だった日々が、懐かしく思い起こされる。

「大人しく傀儡将軍でおればよいものを……」

十兵衛はあっという間に砦を破壊して無害化してしまうと、何事もなかったかのように静かに坂本城に戻った。

「後は信長様がお決めになる」

信長は十兵衛からの報告を読んで、自分が上洛し義昭を追放しなければならないことを決心した。

この時もまだ信長は信玄を恐れていた。

三河を動かない信玄の身に尋常ではない何かが起こっている確信はあるが、もし美濃・尾張に攻め込まれたら……。それを考えると、なかなか岐阜城から動けなかった。

しかし三月二十五日、遂に義昭追討の為に岐阜を出た。武田軍の動きを窺いながらゆっくりとした行軍で京を目指したのだ。


義昭は信長討伐の声をあげさせた砦が、二つとも破壊されたと二条御所で報告を受け、怒りを増幅させていた。

自ら挙げた兵はあっという間に信長軍に蹴散らされてしまう。子供から玩具を取り上げるようにしてさっさと信長軍は去っていく。

「二条御所におる余を襲い、一思いに討ち果たせばよいものを……」

自分が虚仮にされているのを感じ信長への怒りはさらに増す。

力の差は明らかなのだが、自尊心だけは強いのが義昭の不幸だった。

そこへまた報告が来た。

「信長が岐阜を出ました!!」

いよいよ信長自身が迫って来る。

「信玄はどうなった？　浅井・朝倉は？　六角や三好衆は？　本願寺は信長討伐の一揆を起こしておらんのか？」

信長包囲網の核、信玄が動かないことが全てを停止させていた。

義昭は自分が兵を挙げれば皆が動くと思っていた。しかし、誰も義昭の力など信じてはいなかったのだ。

三月二十九日、信長は京に入り知恩院に陣を張った。

そして、四月三日。

「なにッ!?」

義昭は京の郊外が信長によって放火されたのを知って驚愕する。賀茂、嵯峨を始め都の四方が火の海となっているというのだ。その攻撃を指揮しているのが、明智十兵衛と細川藤孝だと知り義昭は怒り心頭に発した。

そこへ信長からの和議の使者が現れたが、憤怒の塊となっている義昭はそれを拒否した。

すると翌日、今度は上京に火が放たれ信長軍は二条御所を囲んだ。

義昭が信長討伐の密書を送った者は、誰一人駆けつけて来ない。

「ぐッ……これまでか」

義昭は唇を噛んだ。

この時、信長は正親町天皇を動かし勅使を義昭のもとに遣わさせた。

ようやく義昭は和議に応じたが、信長への怒りは治まることはなかった。


「信玄が撤退致します」

三河に留まっていた武田の軍勢が、甲斐に引き返していくとの報告を受け信長は安堵した。

そしてその後直ぐ信玄死去の情報を得た。これで最大の危機は去った。

義昭の挙兵を鎮圧できた上に、この朗報は信長の闘争心を大いに鼓舞した。

やれる時に一つでもやるべきことをやる。

ここから信長包囲網の破壊開始だ。

まずは六角一派、六角承禎の軍が立て籠る鯰江（なまずえ）城を佐久間信盛と柴田勝家に攻撃させ、六角や一向一揆に与した百済寺の全伽藍を焼き討ちにした。

そうしてから岐阜に戻った信長は次の標的を義昭に置いた。本願寺と共に信長追討勢力という茎や葉を生む根を取り除くことが最も重要だからだ。

「あやつは愚か者。必ずまたこの信長に牙を剝く。次は息の根を止める！」

その時、信長の頭にあったのは岐阜から少しでも早く京の都に移動する方法だった。

あらゆる敵との闘いの接点は京に帰結する。それであれば一日、いや半日でも早く京に軍勢を入れる手立てが欲しい。

その答えを十兵衛が示した。

信長はそれを見せられた時、これを持てば自分の戦いを大きく変えられると狂喜した。

それは十兵衛が油屋伊次郎から入手していたもので南蛮人が秘中の秘として来たものだ。

巨大船の設計図だった。

信長は琵琶湖の要港がある佐和山で丹羽長秀に命じて造船に掛らせ、長さ三十間（約五十四m）、幅七間（約十三m）の巨大な船を十三隻建造した。これによって軍勢を素早く移動させることが出来る。

七月三日、信長の予想通り義昭が再び信長追討を叫んで挙兵した。

義昭自ら二条御所から出陣、南山城の宇治にある将軍家支城、槇島城に籠城した。

信長は巨大船団を使ってあっという間に大軍を率いて琵琶湖を渡り京に入った。

この時、信長は義昭側が禁裏に和睦の綸旨を取りつけられないよう、将軍御所から禁裏御所までの町筋を焼き払い行き来が出来ないようにした。完全に義昭を追い詰めるつもりだったのだ。

　そんな信長の動きを見て、義昭に代わって将軍御所を守っていた幕府奉行衆と武家昵近公卿衆は皆、戦うことなく降伏した。

　そして信長は六万の大軍を宇治に進め槙島城を遠巻きにした。宇治川によって形成された巨椋池の中に立つ槙島城は水城として難攻不落と言われ義昭も固くそう信じていた。

「ここに籠城しておれば間違いない！　浅井・朝倉、三好衆、そして本願寺一揆軍が皆揃って来て信長を討ち果たす!!」

　義昭はまだそんなことを思っていた。しかし、信長の攻撃は途轍もない規模と速さで義昭の夢を打ち砕いていく。

　数万の兵たちが土嚢を担いで集まると、あっという間に川の流れを堰き止め、城への攻撃路を築いた。そうして城を囲んでしまうと大炮、鉄炮、矢であらん限りの攻撃を加えた。

　ほんの一刻（約二時間）で雌雄は決した。

「上様、御腹を召されますか？　拙者が介錯致します!!」

　側近に言われ義昭は震えあがった。

「い、いや……こ、このまま城外に出る」

義昭は二歳の息子を人質として差し出すと降伏した。

そうして義昭は信長の前に引き出された。

並みいる信長軍の将兵たちの目に、足利将軍はその惨めな姿を曝した。

義昭は何も言わず馬上の信長を睨みつけた。

信長は馬を降りて義昭に近づいた。

そして腰の太刀をスッと抜いた。

「ヒッ、ヒー!!」

義昭は腰を抜かし悲鳴をあげた。

信長は冷笑し刀を収めると義昭に告げた。

「将軍足利義昭！　その数々の悪行愚行、万死に値するものであるが、この信長の情けを以て追放とする！」

これほどの恥辱を受けた将軍はいない。義昭は近習に支えられて立ち上がった。

そのまま河内の普賢寺に護送されると剃髪し謹慎の身となった。

信長は義昭を殺さなかった。比叡山全山焼き討ちに次いで将軍殺しの汚名を着ることは避けた。

槇島城攻撃に参戦し、全てを見ていた十兵衛は思った。

「己を知ること。己の力の本質を知ること。それこそが戦国の世で一番大事なこと。それを欠いていた将軍義昭様……この結果はその事実以外の何ものでもない」

十兵衛は一切感情を交えず、ただ冷静にそう思っていた。

第九章　光秀、好かれる

元亀四（一五七三）年七月、義昭を追放し、岐阜に帰陣する途中で信長は近江高島郡の木戸・田中の両城を攻め落とすとそれらを十兵衛に与えた。これで十兵衛は滋賀郡に続き高島郡内をも支配することになった。

十兵衛は京の政務に義昭追放後も関わり、幕府滅亡後の都の再建を所司代に任命された村井貞勝と共に行っていた。加えて延暦寺旧領であり十兵衛の治める北山城の様々な案件処理も速やかに行わなくてはならない。

それらを十二分にこなす優れた十兵衛の能力を理解しての信長の差配だった。

「大変などと言ってはおれない。信長様は直ぐ、浅井・朝倉攻略戦に動かれる筈」

信長の天下布武は始まったばかりなのだ。

義昭という信長包囲網の核を潰した今、浅井・朝倉という仇敵を葬れば信長の畿内近国での支配力が大きく増す。

「今は石山本願寺が静かにしてくれている。大きな戦に打って出る好機だ」

前年の十一月、本願寺顕如は信長と和議を結んでいた。その真意は武田信玄の上洛戦を援護する目的で顕如が信長を油断させようとしてのことだった。その為に顕如は信長に本願寺の宝と言える大名物の白天目茶碗を贈っている。

しかし、信玄の死去や続く将軍義昭追放など、顕如の目論見とは逆の結果となってしまった。だがここで信長の動きを静観するには、和睦状態は都合が良い。

そんな顕如の心の裡を、信長も十兵衛も十二分に見抜いている。狐と狸の化かし合いだ。

「信長様はいずれ本願寺を攻められる。その時の軍略を今から考えておかなくては……」

十兵衛の体も頭脳も休むことを知らない。

足利幕府が滅亡して年号が改められ、元亀四年は天正元年となった。

八月、義昭追放の一月後、信長は浅井・朝倉攻めに動いた。

かねてより調略を掛けていた浅井家重臣、山本山城城主で有力国人である阿閉貞征(あつじさだゆき)が信長に寝返ってくれたのだ。阿閉氏の支配地域は浅井郡から伊香郡と広く、越前に通じる北国街道を支配している。

「この機を逃さん!!　直ちに出陣致す!!」

信長は速やかに軍勢を率いて、浅井長政のいる小谷城下に入った。

「浅井方では次々に離反者が出ている模様にございます」

信長はその知らせで今回こそ長政を仕留めることが出来ると確信した。

まず信長は小谷城を見おろす大嶽山の北、山田山に佐久間信盛と柴田勝家に陣を張らせ、自らは本陣を麓の高月に敷いた。

大嶽山は小谷城にとっての詰めの砦となるため軍勢数百が常駐している。前回はここに朝倉義景の軍勢が詰めた為に、信長は動きが取れなかったのだ。

今回、朝倉義景は北近江に出陣して来てはいたが、まだ大嶽山には入れていない。

信長は大嶽山を即座に奪う決意を固め、大雨となった十二日の夜、自ら馬廻り衆を率いて攻め上った。

「続けーッ!!　直ちに攻め落とすッ!!」

信長が先陣を切ったことで将兵たちは鼓舞された。その勢いによって敵方は抵抗らしい抵抗をせず降参、あっという間に大嶽山を落とすことが出来た。

「えッ!?　宜しいのでございますか?」

信長に付き従っていた馬廻り衆は驚いた。大嶽山を守っていた敵の将を信長が殺さずに逃がしてやれと命じたからだ。

続いて小谷城の麓の丁野山(ようのやま)城を落とした後も守将を逃がしてやる。

「よいかッ!　逃がした将から砦が次々落ちたことを知らされ義景は必ず逃げる。それをすかさず追撃し朝倉全軍を討ち滅ぼすのだッ!!」

義景の性格を見抜いた信長の作戦だった。

予想通り義景は全軍退却を命じる。

こうして追撃戦が始まった。

逃げる者と追う者……戦う気力は追う者の方が何倍も強い。追撃戦は相手に追いつきさえすれば必勝となる。

朝倉軍にとっての退路は二つあった。

椿坂を通って中河内を経由し越前へ向かう右の道と愛発関（あちらのせき）から刀根を抜ける左の道だ。

足軽を囮（おとり）にする道と本隊が逃げおおせるための道、どちらかを選ばなければならない。

ここでも信長は義景の性格を見抜いて、躊躇なく追撃指示を出した。

「よいかッ!!　朝倉の本隊は必ず味方の城がある道を行く。疋壇（ひきだ）城や敦賀城がある左だ!!」

こうして駆けに駆けた信長軍は、朝倉の主力軍に刀根で追いついた。

そこからの戦いは壮絶だった。が、合戦と呼べるようなものではなかった。逃げようとする朝倉の将兵を次から次へと信長軍が斬り伏せ、槍で突き殺していくだけだ。

朝倉軍の名だたる武将は次々と討ち死にしていった。挙げた首級は千を超えた。

そのままの勢いで信長は敦賀城を落とし、遂に越前に入る木の芽峠を越えた。

「やっと越えたか……」

珍しく信長は感慨に耽った。

浅井長政の裏切りで命からがら京に逃げ帰ったのが、昨日のことのように思い出される。

それだけ信長にとってこの三年は血の滲む苦労の連続だったのだ。そして今はそれを晴らす戦いの最中だった。


朝倉義景は総崩れとなりながらも僅かな近臣と共に越前、一乗谷城に逃げ帰った。

一族の朝倉景鏡らが信長に降伏、家臣たちも雲散霧消し万事休している。

「殿〜っ、これからどうなりますのぉ？」

愛妾の小少将が甘い声で義景の胸にすがって来る。

「お前と過ごす時は何ものにも代えがたい！　儂はお前と共に生き延びるぞッ!!」

義景の生きる目的は小少将だけだった。そしてそれが義景を窮地に追い込んだ。

激烈な武将の人生を歩んでいた義景を色によって骨抜きにしてしまった小少将は、楊貴妃の如き傾城の女と言えた。

「生きたい！　儂は小少将と生きたいッ!!」

その義景の願いも空しく、信長方に寝返った朝倉景鏡が一乗谷に攻め込んで来た。

そして城下は火の海となったのだ。

「これまでか……」

逃げ場を失った義景は一乗谷郊外の賢松寺で腹を切った。

越前守護として五代続いた朝倉氏はこれで滅亡した。


「朝倉義景ッ！　自害し果てました由！」

その報告を受けて信長は、己の軍勢に対し急ぎ近江へ向かうよう命令を発した。返す刀で浅井長政を討つのだ。

朝倉方から早々に信長へ寝返った前波長俊を越前の守護代に任命し、丹羽長秀に朝倉家の者の処理を行うよう命じた。

「長秀、近う寄れ」

信長は長秀の耳元で囁いた。

「捕えた朝倉家の者は全て殺せ。特に近親たちは……義景と関係したことを後悔させるような仕置きで殺せ」

そう言うと風のように近江に向かった。

その後、丹羽長秀は朝倉義景の生母高徳院と愛妾小少将、四歳の息子愛王丸を捕えた。

「我らは一体どうなるのでしょうか？」

「岐阜へ送られるそうでございます」

朝倉家の女たちはそう告げられていたが道中、とある辻堂に押し込められた。外から扉を打ちつける音がする。

次の瞬間、

「う、うわぁー!!」

火が放たれ、朝倉家の三人は生きたまま焼き殺されたのだった。

近江に取って返す信長の頭の中では、一つの言葉だけが繰り返されていた。

「浅井長政ッ!! 待っておれ!!」

信長は物凄い速さで虎御前山に戻って陣を張ると、小谷城を囲んだ。周りの浅井の城や砦は全て落としている。

落城を悟った浅井長政は妻の市に、「降伏し義兄である自分に忠誠を誓えば大和一国を与える」と信長が伝えて来たがどう思うかと訊ねた。

市は薄く笑った。

「兄はそんな甘い男ではございません。必ず殿を殺します」

長政は頷いた。

「では、お前と娘たちは信長のもとに帰す」

市はかっと目を見開き長政を睨みつけた。

市の心が長政から離れた瞬間だった。

その目は、何故一緒に死ねと言わないのだと告げていたのだ。

「殿のご命令ならば兄のもとに戻ります」

そう冷たく告げる市に、長政は己が見限られたことを悟った。

「儂はここまでの男ということか……」

そうして市と三人の娘を信長の陣に送った後、長政は切腹して果てた。


十兵衛は京で忙しく政務をこなしていたが、浅井・朝倉滅亡の急報に武者震いを覚えた。

「信長様という〝現れ〟の凄さ……〝天下布武〟これで成る！」

そして、自分がここからどう信長に仕えていけば最高の結果を残せるか考えた。

軍略、政務、兵站、銭の調達、どんなことでも信長から求められた以上のものを披露する準備は出来ている。

そして十兵衛は、信長の好悪全てを受け入れ従っていく心構えを整えようと思った。

「どのような非道を言われようと、満座で足蹴にされようと、信長様についていく」

油屋伊次郎から教えられた猶太の神と民の関係のように……。信長という〝現れ〟を唯一絶対のものとして従うことを決意していた。

そしてこの自分の思想を天下布武の核として万民に広めることこそが、己の果たすべき道だと十兵衛は固く思ったのだった。


信長はその戦後処理能力を高く評価している十兵衛を越前に派遣した。

十兵衛が嘗て詰めていた越前北庄（きたのしょう）の旧朝倉館で、信長の代官として政務を取り仕切ることになったのだ。

「こんな形でここに戻って来ようとは……」

越前に地脈・人脈共に持っている十兵衛は様々な問題を手際良く処理し、共に政務を担当している羽柴秀吉と滝川一益（かずます）を感心させた。

「いつもながら見事なお手並みですな。明智殿！」

そう声を掛けて来たのが秀吉だった。

秀吉は信長から小谷城を与えられ、浅井の旧領である江北の三郡を任されていた。

「浅井・朝倉を討ち滅ぼされた羽柴殿や滝川殿のご活躍、大変なものであったと聞き及んでおります」

これは十兵衛の社交辞令だった。

秀吉は薄い頭を撫でながら苦い顔をして言った。

「実は……此度の朝倉攻めでは殿に我が軍の全武将が大変なお叱りを受けましてな」

えっ、と十兵衛は驚いた。

秀吉の話によると信長は大嶽山の敵砦を落とした後、必ず朝倉義景が撤退を始めるから絶対それを逃がさず間髪入れず追撃せよ、と山田山から朝倉軍を監視していた全武将に何度もくどいくらいに命じていたというのだ。

「明智殿もお分かりになるかと思いますが、敵が退陣しているのかそうでないかの見極めは難しゅうございます。おまけに当夜は大風雨で視界も悪く……」

「それで遅れたのですか？」

秀吉は頷いた。

「それも何と、麓で陣を張られていた殿が馬廻り衆だけ伴われ朝倉軍を追われていることに気づいてから、我ら全軍が山田山を下りた始末……」

十兵衛には、信長が烈火の如く怒る様子が目に見えるようだった。

遅れて到着した柴田勝家、佐久間信盛、丹羽長秀、羽柴秀吉、滝川一益ら居並ぶ武将たちを信長は叱り飛ばした。

「あれほど儂が申しておいたものを……お前たちの油断は目に余る!! このような無能な家臣は誰一人いらんッ!! 全員、今すぐここで腹を切れッ!!」

鬼神のような信長に歴戦の武将たちも震えあがり、ただただ平伏するだけだった。

だがその信長に対して反論した者がいたというのだ。

そこで十兵衛はまた、えっという顔になった。それは信長に対する命取りだからだ。その場で手討ちにされても不思議ではない。

「佐久間殿が……そうは言われても我らに代わるような優れた武将は他におりませんでしょうと……」

十兵衛は驚いた。佐久間信盛は大変な失態を犯したと思った。

信長は鋭敏な頭脳と共に途轍もない記憶力も持っている。特に嫌な思いをさせられたこと、気に入らなかったことはどんな些細なことも忘れない。

十兵衛はそのことを足利義昭への叱責状の内容で強く感じた。

「よくもまぁ……これだけ事細かに義昭様のなさった悪行を列挙されるものだ」

重箱の隅をつつくような事柄の数々に十兵衛は呆れるより、そら恐ろしさを感じた。

「今後、佐久間殿が無事に信長様にお仕え出来ればよいが……信長様は老臣であっても全く評価に手心を加えられることはない。この失点を取り戻すには相当な仕事を佐久間殿がされないと……」

そう思いながら十兵衛は自分の気を引き締めた。そして、秀吉に言った。

「私は信長様は特別なお方と思っております。人ではなく天から遣わされた、全く我らとは違う〝現れ〟であると……」

秀吉は首を傾げた。

「何です？　その〝現れ〟とは？」

ここで十兵衛は持論を展開した。

頭の回転の速い秀吉は直ぐそれを理解した。

「そうかッ!!　信長様は全てを見通していらっしゃるということですな。絶対に間違うことなく、なされることがどれほど苛烈であっても、それは天下布武に通じている。そして、信長様に従っておりさえすれば間違いはないということですな！」

十兵衛は頷いた。

「天下布武とは信長様という〝現れ〟あってのこと。それに我らも民もただ従えばよいのです」

十兵衛の言葉に秀吉は大きく頷いた。

「いやぁ、明智殿は凄いですなッ！　そう思えば何も恐いものはない。比叡山焼き討ちをいささかも躊躇なく指揮されたのがこれで分かりました」

その時、十兵衛の頭に浮かんだのが本願寺のことだった。それを秀吉に言った。

「浅井・朝倉を滅ぼした今、次に殿がお攻めになるのはおそらく……」

秀吉もそれは分かっていた。

「一向一揆とその本家本元の大坂の石山本願寺ですな」

十兵衛は考えた。

「伊勢長島……。まずはあれを潰しに掛られると思います」

秀吉は頷いた。

二人の見立て通り信長は岐阜に戻ると直ぐに伊勢長島に攻め入った。

北伊勢の門徒衆となっている国人や土豪が長島の一揆勢の求めに応じて反信長で結束したと知らせがあったからだ。下手をすると北伊勢全土が一揆軍になってしまう。

　信長は船で長島そのものを攻めようとしたが数が集まらない。そこでまず、長島の西にある敵の城を攻めることにした。

近江からも丹波、佐久間、羽柴、蜂屋らの信長主力軍が参集して来た。

西の城を落とすことに成功して、本陣を東に移し、桑名から三重郡にかけての敵城を次々に開城させていった。

いよいよ長島を攻めようとしたが、まだ船が集まらない。信長の計算が狂った。

「一旦、陣を引く」

だがこれは鬼門を通ることになる。山と大河に挟まれた細い一本道なのだ。信長はこの段階で船以外での長島攻略の方法を考えついてはいなかった。

「命がけの退却になるぞ」

そう信長が思った時に声をあげた若武者がいた。

「殿ッ！　どうか殿を私にお任せ下さい！」

筆頭家老林秀貞の息子、新次郎だった。

「新次郎、よくぞ申した！　そちの隊に殿申しつける。見事死んでみせいッ!!」

「ハッ!!」

こうして鬼門の一筋に信長軍は退却の軍を進めた。

ここでの戦いに長けている一揆軍が、長島から大挙して現れ出て来る。中には伊賀や甲賀の手練れの炮術師たちも多く交ざっていた。

藪(やぶ)の中から猛烈な弾丸の雨が降って来た。

「応戦しろッ!!　鉄炮隊ッ！　走りながら放てッ!!　足を止めるな！　動き続けろ!!」

信長軍は懸命に行軍を進めた。

直ぐに豪雨となり、鉄炮は双方役に立たず刀と槍による白兵戦が繰り広げられた。

地の利を活かした一揆軍の攻撃は前回同様凄まじく、多くの信長方の兵の死体が大河に流れていった。

それでも信長本隊は逃げ切った。しかし、林新次郎の隊は大将以下ほぼ全滅となった。

「クソッ!!　長島の奴ら、必ず、必ず次こそは根絶やしにしてくれる!!」

信長の一向一揆衆への恨みは骨髄に達した。


この後直ぐ信長は京に入る。畿内で義昭に通じ信長討伐包囲網を形成していた者たちを一掃する為だった。

信長は京に留まって指揮をした。

まず佐久間信盛に命じて河内、若江城の三好義継を攻めさせ、自害させた。

次に佐久間の軍が向かったのが松永久秀のいる大和、多聞山城だった。久秀はまた信長に反旗を翻していたのだ。

信長は佐久間に命じていた。

「よいか。あの老人を説得し多聞山城を無傷で手に入れよ。決して兵を逸(はし)らせ城を焼いたりしてはならんぞッ!!」

信長の頭にはあの『平蜘蛛の釜』の他、久秀が所有する茶器の名物があった。そして、天下一美しいとされる多聞山城をも手に入れたかったのだ。

「信長、しぶとい男よ。信玄、将軍、本願寺、浅井・朝倉、そして三好衆や儂、周り全部を敵に回してここまでやれるのかッ!!」

久秀は降伏を決意した。

降伏の条件は多聞山城をそのまま綺麗に明け渡すことで、『平蜘蛛の釜』を差し出せと言われなかったことが久秀を納得させた。

「また信長の機嫌を取るか……まぁ、今度はゆっくり茶を教えてやろう」

久秀はそう呟いて城を後にした。

天正二（一五七四）年正月元日、畿内近国の公卿、大名、そして信長の家臣たちが信長の居城である岐阜城に年賀のため参見した。

それぞれに三献の作法で招待の酒宴が催されたのだった。

そして公卿や他国衆が退出し家臣たちとの宴席になった。

十兵衛はずっと笑顔を絶やさない信長の様子がいつもとは違うと感じた。

(異様な機嫌の良さ……これは何かある)

そう十兵衛は直感した。

将軍を追放し、仇敵の浅井・朝倉を滅亡させ、信長包囲網を蹴散らした後とはいえ、長島では苦杯を舐め、一向一揆が各地でまた起ころうとしている状況下だ。普段の信長なら正月とはいえ家臣たちの前では緊張を促す筈だったからだ。

その謎が直ぐに解けた。

大勢が歓談する酒宴の途中、信長が鋭く高い声をあげた。

「浅井長政らをこれへ」

全員が一体何のことかと訝った時だった。

三人の小姓が三方に載せられた鈍い黄金色のものを、恭しく掲げて宴席に運んで来た。

それを信長は皆に披露した。

その場の全員が息を呑んだ。

信長のもとに送られて来た浅井久政・長政父子、そして朝倉義景の首を綺麗に頭蓋骨に処理して漆塗りを施し、金粉で箔濃にされたものだったのだ。

凍ったような空気の中、皆は押し黙ったままだった。

信長はこれ以上ないような冷たい笑顔を見せて言った。

「この三年、こやつらに苦労をさせられたが、その甲斐あって良い〝盃〟が手に入った。新年の祝いはこれで締めようではないか！」

沈黙が続くと思われたその時、声をあげた者がいた。

「一献、頂戴致したく存じます」

落ち着き払って言ったのは十兵衛だ。

間髪入れずそれに続いたのが秀吉だった。

「私も頂戴致したく存じます！」

そしてその後に滝川一益が続いた。信長は満足げに頷いた。

「三人には儂自らが酒を注ごう。まず十兵衛、〝盃〟を取れ」

十兵衛は朝倉義景と名札が添えられた頭蓋骨を手に取って掌に載せた。

裏側は黒漆塗りのままで『朝倉義景』と朱で書かれている。十兵衛は信長の前に進んだ。

小姓が信長に銚子を手渡した。信長は十兵衛が差し出した〝盃〟と成り果てた朝倉義景に、何とも言えぬ笑みを浮かべながら酒を注いだ。

酒を受ける十兵衛の頭の中に一切感傷めいたものはない。嘗て越前で仕えた朝倉義景が今、自分の掌にあることも、追放された義昭のことも頭になかった。

ただ天下布武という言葉だけがあった。

「信長様は唯一絶対の〝現れ〟……それに従うのみ」

〝盃〟から漆の香がふと鼻先をかすめるのを爽やかに感じながら十兵衛は飲み干した。

次の秀吉は浅井長政の頭蓋骨を手に取った。

信長から注がれた酒を飲みながら、十兵衛には決して負けんという気持ちと同時に、やはり天下布武という言葉を反芻していた。

最後に滝川一益が浅井長政の父、久政の頭蓋骨で飲んだ。

その後は家臣全員に〝盃〟が回され、小姓たちによって酒が注がれていった。

「クッ……」

佐久間信盛は露骨に嫌な顔をして飲まなかった。それを信長が見落としていないのを十兵衛は分かった。

「何であろうと喜んで信長様に従うことだ。老臣・重臣の過去の手柄など信長様は何の重きも置かれない。この場で忠誠を尽くす姿を見せるべきなのに……」

信盛は信長の重臣中で筆頭となる存在だが、その信盛が大変な間違いを犯している。

上司に口答えすることだ。

組織は仕事の関係性で出来ているが、上司部下は〝人間〟の上下関係なのだ。

組織の中で設定されている上下関係は、精神的に（特に上の者には）絶対になる。

普段は温厚な人物であっても、部下の口答えは絶対に許さない。その場では顔に出さないかもしれないが、心の裡では決して許さない。それが人間というものなのだ。

佐久間信盛は満座の中で、それも偉そうに信長に口答えをしてしまった。

信長のプライド（途轍もなく高い）は傷つき、憤怒が心の奥底から湧いた筈だ。それは絶対に忘れない。

上下の関係が設定された中で、下の人間の態度は途轍もなく重要なのだ。

十兵衛は徹底的に信長という上司の気に入ることをする。気に入られようとはしていない。気に入ることを考え、それを常に躊躇なく実行に移す態度を身につけている。

頭蓋骨の盃が出てきた時、真っ先にそれで酒を頂戴したいと名乗り出る態度を、信長は絶対に気に入ると、日頃の信長のあり方を見て理解しているから取れるのだ。

阿る（おもね）、ゴマをするのではない。

受動的に気に入られようとするのではなく、相手が気に入ることを能動的かつ戦略的にするのだ。だからこれは強いし効果がある。

組織の中の上下関係は戦国時代も今も変わらない。

出世する人間には可愛げがあるとよく言われる。実はそれは、天性の戦略性を備えていると言い換えることが出来る。

誰もが気に入ることを常に考えておく。

それが「好かれる」という組織内での最強の武器になる。「嫌われ」たらお終いなのだ。


一月八日、松永久秀が赦免された礼を述べに岐阜城へやって来た。

天下に二つとない名刀とされる『不動国行』と『薬研藤四郎』の脇差、そして牧谿の掛軸『遠寺晩鐘』を献上した。久秀にとっての命とも言えるかけがえのない品ばかりだった。

だが命よりも大事な『平蜘蛛の釜』は、今回も持参していなかった。

信長は献上された品々を見た後で言った。

「老人の茶をいつか所望したいものよ」

「ハッ！　いつでもご準備させて頂きます」

信長は目を光らせた。

「その折には『平蜘蛛の釜』を見せて貰えるだろうな？」

久秀は即答を避けた。だがそんな場合に、信長に返す言葉を久秀は準備していた。

「まぁ……そうでございますな。ところで信長様。この正月、ご家来衆に珍なる盃で酒を振る舞われたと聞き及んでおります。出来ますればこの死にぞこないもその盃で一献頂戴したく存じますが」

ほう、という表情を信長は見せた。やはり久秀は面白いと思った。

直ぐに小姓に三つの〝盃〟を持って来させて久秀に見せた。

「こちらでございますかッ!!」

久秀は嬉しそうに目を輝かせた。そんな者は家臣にもいなかったと信長は思った。

松永久秀は他の人間とは全く違っている。

純粋に道具として興味を持っていたのだ。

数寄者としての久秀の真骨頂であり異様さとも言えた。

「仇敵の頭蓋骨を箔濃にしての酒器……。これは一興、何としても味わってみねば!」

「では……越前の〝盃〟で御酒を所望したく存じます」

久秀は三つのうち朝倉義景の箔濃された頭蓋骨を手に取った。思いのほか軽い。

「これはこれは!　名物でございますな!」

信長は満足そうな顔をして久秀に酒を注いでやった。そして、自分は浅井長政の頭蓋骨で酒を飲んだ。

「実に旨い!!　甘露甘露！」

久秀は笑いながらそう言う。

信長は愉快だった。人が見たら地獄で鬼が酒盛りをしているように見えるだろう。

誰ともこのような形で酒を楽しむことは出来ない。それだけでも久秀を生かしておいて良かったと思った。

将軍を殺し東大寺大仏殿を焼いた男。

比叡山焼き討ちの際、仏罰など片腹痛いと信長に思わせたのは久秀という先例がいることも少なからずあり、その久秀を超えてやろうと思った。

「どれほど悪行非業を行おうと、仏敵とされようと、堂々と生き永らえている者がいる」

信長が久秀を殺さない理由は、『平蜘蛛の釜』だけではなかったのだ。


その三日後の一月十一日、十兵衛は多聞山城に入った。

信長から城番に任ぜられたからだ。

十兵衛は松永久秀に城内を案内させた。

久秀が粋を尽くした城だけあってその華麗さは格別だった。

多聞櫓は機能と美の両方を備えている。

数寄者としての感性がまさにそこに生きていると、十兵衛は改めて久秀の一面に驚いた。

「それにしても……松永殿の処世のあり方、つくづく感心致します」

信長を二度も裏切りながら上手く切り抜けた久秀への皮肉だった。

そんなことは蛙の面に小便とばかり久秀は笑った。

「この城や名物の数々があったればこそ繋がっておる老いぼれ首でござるよ」

そう言って首筋を叩いた。

その久秀から城の詳細を聞き取っている時、十兵衛はある物のことを耳にする。

「蘭奢待（らんじゃたい）？」

久秀は東大寺大仏殿を燃やす時、それを手に入れておけばと後悔していると言うのだ。

蘭奢待――奈良時代に唐から伝来した香木で正倉院の宝物とされているという。

「最上の伽羅（きゃら）でしてな。六十一種ある名香の第二位に位置するもの。これを切り取った武将は足利将軍の義満、義教（よしのり）、義政のみ。その後、多くの将軍が是非にと所望したものの朝廷から許可されず今に至っておるのです。これを茶席で使ってみたいと思いましたが後の祭りでして……」

十兵衛はこれだと思った。

早速、十兵衛は動いた。

多聞山城に旧知の公卿、三条西実澄を招いて朝廷への根回しを頼んだのだ。

「この綺麗なお城で連歌をしたらどないや？　他の公卿衆にそこで明智が内々に話したらええやないか？」

そうして十兵衛は連歌の会を催し内諾を取り付けた。

信長に蘭奢待について連絡すると殊の外の喜びようだ。常に〝天下布武〟を考える十兵衛ならではの働きだった。

その信長から十兵衛に出陣の命令が下った。

武田勝頼が東美濃に侵入したのだ。

「武田騎馬軍との戦い。いよいよあれを使う時が来る！」

十兵衛は不敵な笑みを浮かべながら戦支度に入った。

信玄の跡を継いだ武田勝頼は、勇猛果敢で頭脳も明晰な武将だった。軍略に長け、武器にも詳しく、調略を盛んに行う。

武田軍の旗印、風林火山を体現しようと考えるあり方は信玄に引けを取らない。

「織田信長。足利幕府を滅ぼし、浅井・朝倉を滅亡させ、畿内近国の反信長勢力を一蹴した。このままするに任せれば信長に天下を取られる！　そうはさせん!!」

勝頼は信長の勢いを恐れた。今、武田軍が出てこれを挫かなければならないと考えた。

天正二（一五七四）年一月の終わり、勝頼は東美濃に侵入した。

武田方となっている岩村城を拠点に西への進出を図ったのだ。

信長自身も出陣すると同時に諸将にも発令を出した。

「岩村の南西にある明智城が武田軍に囲まれたとの知らせだ。直ぐ蹴散らしてしまえ！」

だが城の守将の一人が早々に勝頼に通じ、城内へ武田の兵を引き入れた為に城を奪われてしまったのだ。

信長は空しく岐阜に戻った。


「進捗はどうだ？」

岐阜城で信長は、十兵衛と今後の武田軍への攻めを話し合っていた。

「まだ七割という報告でございます。全て揃うまであと五ヶ月。やはり武田の騎馬軍団への必勝を考えますと……。完備してから決戦に臨まれるのが肝要と考えます」

十兵衛の言葉に信長が頷いた。

「夏以降に決戦ということだな」

信長は慎重だった。信玄が創り上げた武田の騎馬軍団が、最強であることが分かっているからだ。

しかし、秘策がある。

それも十兵衛が軍略を考え、その実現のためにずっと動いていたのだ。


三月になり蘭奢待切り取りの日取りが近づいて来た。

信長は上洛すると相国寺を宿舎とし、そこから朝廷に対して奈良東大寺に収蔵の香木蘭奢待を頂戴したいと正式に願い出る。

三月二十六日、朝廷からの勅使が許可する旨の綸旨を伝達、奈良へも勅使が送られ東大寺も綸旨を拝領した。

そして翌日、信長は十兵衛が守城する多聞山城に入った。

東大寺には佐久間信盛、柴田勝家、丹羽長秀、荒木村重ら主だった武将十名が蘭奢待の移送に派遣された。

三月二十八日、辰の刻に正倉院の扉が開かれ蘭奢待が収められている六尺の長持が運び出された。

それが多門山城に運ばれ、信長が待つ御成の間で開かれた。

十兵衛はその巨大な香木の姿に触れ、酔うような不思議な気分になった。

「古代からごく限られた者しか見たことがない。ましてやそれを切り取れる者は歴史を動かす者のみ」

信長は先例に倣(なら)って一寸八分を切り取らせ、家臣たちに見せてやった。

作業が恙(つつが)なく終了し蘭奢待が東大寺に戻された後、信長は十兵衛に切り取った香木を分け与えた。

「お前のお陰で面白いことが出来た。茶会で使え」

十兵衛は有難き幸せと頭を下げて拝領した。

信長は上機嫌だった。しかし、この信長の一連の行動が思わぬところを刺激した。

大坂、石山本願寺だ。

「信長が多聞山城に入りましてございます」

その知らせに顕如が反応したのだ。

「まさか……そのまま軍勢を大坂へ向け急遽この本願寺を襲うのではないだろうな？」

和睦はしているがそんなものは共に真に信じてはいない。互いに優位に攻撃できる状況と思えばやる。顕如も信長もそう考えていた。

「私が信長ならどうする？　やるか？」

顕如はここで自分から攻撃に出ることを決意する。

「動くなら先に動く！　本願寺を信長に囲まれてからでは打つ手は限られる」

顕如は動いた。

難波や福島などの砦を固め、四月二日、織田方の城である中島城、岸和田城を急襲して奪う。顕如に連携して三好衆の残党、三好康長らも信長攻撃に加わり、河内の高屋城に陣を敷いた。

「本願寺が動いた!?」

信長は知らせを受けた時、京にいた。自らが動くかどうか考えたが、武田軍の動きも気になる信長は細川藤孝と筒井順慶に高屋城の攻撃を命じ、大坂は荒木村重らに攻撃を任せて岐阜に戻った。

「本願寺本体との決戦はまだ先だ。その前に片付けなくてはならないものがある」

その一つが伊勢長島であり、あと一つが武田勝頼だった。

五月、その武田軍が再び動き今度は南遠江の高天神城を二万の大軍で囲んだ。

武田の侵入を防ぐ要害で、過去に信玄が攻め寄せたが守将の小笠原長忠が跳ね返している。

長忠は援軍の要請を浜松の徳川家康に送り、家康は信長に助けを求めた。

だがなかなか岐阜から出陣して来ない。

「何故だ？　何故信長様はこれほど遅いのだ？」

家康は訝った。

救援の要請を出してから信長が出陣したのは、なんと一月も後の六月十四日だった。

信長はそれが到着するのを待っていたのだ。

「武田の騎馬軍団を葬るためにあれは絶対に必要。待っておれ家康！　これで勝頼の軍勢を壊滅してお前を安心させてやる!!」

信長は家康を信頼していた。窮地となっても信長を裏切らず、どこまでも同盟者としての関係を守る者だと思っている。

だが信長が万全の準備を整え満を持して出陣した直後、高天神城の小笠原長忠が勝頼に城を明け渡したとの報告を受けることになってしまう。

信長はここでも空しく岐阜に戻らされた。

「明智城、高天神城共に勝頼にしてやられたが……これで準備は整った。次、合戦となった時には目にもの見せてくれるッ!!」

その勝頼との戦いの前に信長は、伊勢長島の一向一揆壊滅戦に取り掛った。

天正二（一五七四）年七月十三日、信長は一向一揆を根切にすると公言して出陣した。

根切、つまり根絶やしにするということだ。

「一向一揆そのものを伊勢長島の戦いで根切、撫切にして撲滅する。その様子を他国の門徒衆が知れば一揆など二度と起こそうという気が起きぬようにしてしまう!!」

信長は畿内を守らせる十兵衛らと越前を監視する羽柴秀吉、東美濃で武田勢の動きに備える河尻秀隆・池田恒興ら以外の武将を総動員して伊勢長島を目指した。

何本もの川筋と山を利用した堅牢な天然の要害である長島では、海上交通・流通の要衝に本願寺の末寺が建立され、その周りに寺内町が造られ三万の門徒衆全員がいつでも一揆軍へと変貌する。

信長は三度目となる今回の攻撃では完勝を狙っていた。その為の準備は整えてある。

攻撃は多方面から開始された。

柴田勝家、佐久間信盛らの軍勢を北西から中州に攻め入らせ、嫡男信忠の隊を北東に陣取らせ、自らは馬廻りと丹羽長秀の軍勢と共に北から攻め込んだ。

長島周辺の砦や一揆の陣地を次々と落とし、七月十五日に九鬼嘉隆、滝川一益が率いる水軍の安宅船が長島の南に到着、そして北畠具豊の大船軍団が加わった。

水軍の船団は、四方から中州に押し寄せて攻撃すると同時に完全に水路を封鎖する。

一揆勢は中州にある長島、篠橋、揖斐川を隔てた大鳥居、屋長島、中江の五ヶ所の城塞に立て籠り、信長軍がそこへ襲い掛る。

八月三日に大鳥居、十二日に篠橋が落ちた。

信長は落とした城や砦を守る門徒衆は全て殺させた。赦免を願い出ても一切容赦せず撫で斬りにさせた。

「よいかッ！　今後は赦免を願い出て来た者たちは全て奴らの城塞へ追いやれ！」

そうして残る三つの城塞は人で溢れた。

信長は籠城する者の人数を増やさせたのだ。兵糧の搬入経路は完全に断ってある。

「ひと月で大半が餓死寸前となる筈」

城塞の中はさながら餓鬼地獄となった。

九月二十九日。長島で餓死者の数が急増し降伏する旨を伝えてきた時、信長は冷たく笑って言った。

「いいだろう。逃がしてやれ」

そうして痩せ衰え亡者のようになった門徒衆が小船に分かれて退散しようとするところを今度は次々に銃撃していった。

助かると思っていた者たちは断末魔の声と共に信長への恨みを叫んだ。

それを知った長島に残る一揆衆千人近くが信長への怒り心頭に発し、衣服を脱ぎ捨て刀を手にして憤怒の形相で信長軍に襲い掛って来た。骨と皮だけの亡者たちの攻撃に信長の叔父や弟、そして多くの馬廻り衆が長島の城塞を落とす際に殺されてしまう。

それに対する信長の恨みは凄まじかった。

残った中江、屋長島の城塞の周囲に隙間なく柵を築かせ、一揆衆が逃げ出せないようにすると火を放つように命じた。

二万の男女が生きながら焼き殺されたのだ。

「地獄とはこのこと……」

炎の中で泣き叫ぶ無数の声を聞きながら信長軍の将兵たちは口々に呟いた。

信長は言った。

「そうよ。門徒なら門徒らしく念仏だけあげておればよいものを、信長に刃を向けるとこうなる。地獄は奴ら自ら創り出したものよ」

こうして信長は宿敵、伊勢長島の一向一揆を鎮圧した。いや、壊滅、殲滅させた。

根切、撫切の完全遂行だ。その徹底ぶりは凄まじい。

信長は目に見えず訳の分からないものを信じて、命を惜しまず向かってくる人間たちが気持ち悪くて仕方がなかった。信長は一向門徒衆を「雑人原(ぞうにんばら)」「一揆原」と蔑称で呼んでいた。

「そんな存在はこの世に認めん」

一向一揆への苛烈な仕打ちは、信長のその感性が創り出した地獄絵図だったのだ。

畿内にいる十兵衛は、伊勢長島一向一揆討伐中の信長と頻繁に書状のやり取りをしていた。報告、連絡、相談……。その微妙な違いを十兵衛は、状況に応じて見事に使い分けながら信長との意思疎通を密にする。

「信長様にとってあらゆる状況の把握が一番重要。家臣はそれを第一に心得て日々実践しなければならない」

十兵衛や荒木村重、細川藤孝は畿内の一向一揆や三好康長との戦闘中で、その状況を正確に信長に知らせる。

十兵衛は淀川近くで陣を張っていた。

信長からは敵が淀川を渡って来たら攻撃せよとの指令が届いている。

その信長の書状に十兵衛を喜ばせることが書いてあった。

「大坂方面の状況は十兵衛の書状によって目に見えるように分かる」

十兵衛の見事な内容記述を褒めてのものだった。これも十兵衛の真骨頂だ。

そしてその後に、伊勢長島での完勝の様子が記されていた。

「信長様は直ぐ次に進まれる筈だ。他国の一向一揆、本願寺、そして武田勝頼」

十月、十兵衛は佐久間信盛と共に河内の高屋城を攻めた。

その時だった。

「この場所！　演習にちょうど良い！」

高屋城の近郊の地形を見て十兵衛は思わず口にした。ある軍略を思いつくと信長に連絡を取った。それは武田の騎馬軍団攻撃を想定してのものだった。

「根来寺在陣衆を使う」

紀伊国、新義真言宗の総本山・根来寺にいる一万人の僧兵集団は俗に根来衆と呼ばれ、最高技術を誇る鉄炮軍団を持っている。

十兵衛は信長に彼らを傭兵として取り込むことを進言し、大金を支払うことを承認させた。

秘密裡に十兵衛は黄金や銀を持って根来寺に向かい交渉を成立させる。

その時、十兵衛はある物を根来衆の鉄炮大将に見せた。

「これはッ!?」

十兵衛は不敵な笑みを浮かべて言った。

「これを根来衆に合戦で使って貰う。但し、その作戦は完全に秘匿として貰う」

こうして高屋城攻撃を名目に集まった根来衆に、騎馬攻撃を想定しての演習を行わせた。

その内容全てを詳細に信長に書き送った。

「十兵衛ようやった!!　これで武田騎馬軍団壊滅が出来る!!　まさに鬼に金棒ッ!!」

こうして根来鉄炮軍団一千人が信長方についた。だがその作戦行動は完全に隠蔽された。

明けて天正三（一五七五）年四月四日。

十兵衛は二千の兵を率いて再び高屋城を攻め、六日に信長も一万の軍勢で京を出た。

信長は大坂に向かい住吉に陣を敷くと、石山本願寺を囲んで徹底的な攻撃を加えた。

十九日に高屋城の三好康長が降伏したことの報告を十兵衛から受けると、信長は二十一日に京に戻った。

「本願寺は次回必ず落とす。先に勝頼だ」

十兵衛からは高屋城陥落と共に騎馬軍団攻撃演習を再度行い、最終調整も終了したとの報告があった。信長は返信した。

「後は十兵衛の軍略に全て任せる。武田軍が動き次第、鉄炮隊の移動を速やかに行え」

四月下旬、武田勝頼が動いた。三河に侵入し長篠城を囲んだ。

徳川家康は信長に来援を依頼し、信長は二十八日に京を出て坂本から大船に乗って佐和山に渡った。

その船中で信長は十兵衛指揮下の一千人の根来鉄炮隊を秘密裡に謁見した。

全員が濃緑(こみどり)の装束に身を固める姿は、野草のようで合戦場では背景に紛れて見えない。

「この鉄炮隊の存在はずっと隠すことに致します。最高最強の鉄炮軍団。信長様のこれからの戦いを完全なものにするための陰の軍団と致します」

十兵衛の言葉に信長は満足げに頷いた。

武田勝頼は父信玄から、いかに鉄炮がこれからの合戦の勝敗を左右するかを何度も聞かされていた。

その上でいかに武田の騎馬軍団による攻撃が有効であるかも同時に教えられていた。押し寄せる一千頭の騎馬軍団の速い攻撃に対して、仮に鉄炮が一千丁あったとしても、騎馬軍団に波状攻撃を掛けられるとひとたまりもないということだ。

「弾込めに時間を取られる鉄炮隊は一度射撃を行えば次の射撃までの時間に次の騎馬の群れがやって来てしまう。そして射撃で馬に命中させ止められるのは三割弱。波状攻撃には対処できんのだ」

天才・信玄は仮に敵が馬防柵を設け、鉄炮隊を何段かの構えとした場合を想定しての演習を実際に行っていた。

「その場合、まず足軽を乗せた駄馬の群れ数百頭を馬防柵に向かって三回に分けて突撃させ相手の鉄炮の一斉攻撃を誘う。そして柵の前に馬の死体が山となり敵が鉄炮を撃てなくなったところで、真の騎馬軍が死体を乗り越える形にすればなんなく柵を越え敵を蹴散らすことが出来る。鉄炮には弾込めの時間という致命的な弱点がある。仮に一千丁の鉄炮で三弾撃ちを行ったとしてもこの攻撃は防ぐことが出来ず完敗となる」

この信玄の実践的教えから、勝頼は武田騎馬軍団の絶対的勝利を確信していた。

信長は五月十三日に岐阜を出陣、翌日岡崎に到着し家康軍と合流した。

家康は驚いた。見慣れぬ濃緑の装束の大勢の者たちが、同じく濃緑の布に包まれた長く重そうなものを持参して集まっている。見るとその者たちの指揮をしているのは明智十兵衛のようだ。

信長は家康に言った。

「この者たちは秘密の先遣隊。我らが陣を敷く前に身隠しさせて配置致す」

その家康に十兵衛は近づいて言った。

「徳川様。どうかこの戦いでの私の存在、そしてこの者たちのことご内密に願います」

家康は笑った。

「明智殿、随分と大仰でござるな」

十兵衛の目は笑っていない。

家康はこくりと頷いた。

十八日、信長軍は長篠城の西方にある設楽郷の極楽寺山に着陣すると三万の大軍を南北に細長く配置する鶴翼の陣を取り、家康軍六千はその南方にある高松山に陣を張った。

双方の陣の前には塁壁が築かれ、その前方に馬防柵が設けられた。

「やはりそれで来たか！」

物見からの報告で信長・家康連合軍が馬防柵で防御しての鉄炮戦に出ることを知った勝頼は勝利を確信した。そして近隣からさらに馬を集めさせた。

二日後、長篠城の北、医王寺に着陣していた勝頼は東に移動、信長・家康連合軍と設楽原を挟んで睨み合った。

連合軍の将兵は何やら聞こえて来るのに気がついた。
ヤァー　力を合わせて　お願いだ♪
ヤァー　曳けよ神の子　神の綱♪
ヤァー　掛け声揃えて　お願いだ♪
薄化粧を施し錦に着飾った稚児が小太鼓を叩き、諏訪大社御柱祭りの木遣り唄を歌いながら近づいて来たのだ。
次の瞬間。地鳴りをさせて馬群が稚児の間をすり抜けて押し寄せて来た。

「来るぞッ!!」

馬防柵の後ろに陣取った連合軍の将兵が、身構えたその時だった。物凄い轟音が一斉に響いたと思うと、馬防柵の遥か先で沢山の馬が倒れていた。

連合軍の一斉射撃の音を聞き、勝頼は次の馬群に出撃を命じた。そしてまた同じように銃撃の音を聞くと、最後となる三段目の馬群を出撃させた。駄馬合計三百頭を向かわせる作戦が、まんまと成功したと判断した。

「これで馬防柵の前は馬の死骸の山。難なく騎馬軍団が柵を乗り越える」

銃撃の音が収まると、いよいよ武田騎馬軍団に出撃を命じた。一番隊山県昌景（やまがたまさかげ）、二番隊武田信廉（のぶかど）、三番隊小幡一党らは丘の上から次々に坂を下り、無力化された筈の馬防柵を目指した。

一番隊の山県は戦場を見て驚愕した。

馬の死骸が柵のずっと手前から大きく広がっているのだ。

「なッ、何だこの有り様は!?」

次の瞬間。銃撃の轟音が響いたかと思うと身体が宙を浮いた。馬が銃撃され投げ出されたのだ。

　一瞬にして騎馬一番隊二百騎が全て倒れていた。歴戦の強者、武田四天王の一人山県昌景は自分の身に起こったことが信じられない。次の銃声が聞こえたと思った時には眉間を撃ち抜かれ絶命した。

　同じように武田の騎馬軍団は二番隊、三番隊と続けてあっという間に倒されていく。

「何だとッ!?」

　報告を受けた勝頼は信じられない。

「な、何故そんなことになる!?」

　聞くと柵の遥か手前で無数の馬と将兵の死骸が転がっているという。


「よしッ!!　主力騎馬隊は片づけた。全員、柵の後ろへ戻るぞッ!!」

　十兵衛の号令で一千人の根来衆が草むらから顔を上げた。

　細長く塹壕(ざんごう)を掘り、そこに身体を沈め迷彩した形で射撃を行っていたのだ。近づいて来る敵にその姿は一切見えない。

　しかし、通常の火縄銃ではこのような攻撃は不可能だった。十兵衛が根来衆に渡したのは三つの砲身を持つ燧石銃、信長との初対面で披露した三連射を可能にする特殊な銃だったのだ。

「全ては最強の騎馬軍団を壊滅させるために準備したもの。見事に成功した」

十兵衛は堺の『ととや』を継いで田中与四郎となった弟の竹次郎に依頼し、一年半に亘って一千丁の燧石銃を作らせておいたのだ。

「そして銃を扱うのは最高の炮術技術を持つ根来衆。通常の炮手の倍の正確さで敵に命中させる」

瞬時に三発を発射させる燧石銃が一千丁、馬防柵の内側には火縄銃が一千丁、勝頼の予想の四倍以上の鉄炮を信長・家康連合軍は揃えていたのだ。

「何故だッ!?」

訳が分からない戦況報告に勝頼は半狂乱になって叫んだ。合戦の天才、父信玄の秘策が全く通じないなどあり得ない。その勝頼をさらに驚かせる報告が届いた。

「と、鳶ヶ巣山（とびがすやま）砦が落ちた……だと」

武田軍の背後にある長篠城への付城であり防御の要である鳶ヶ巣山砦が、信長軍別動隊によって攻撃され落とされたのだ。

「こ、このまま突撃する以外に手がない!?」

背後からいつ敵が押し寄せるか分からない状況なのだ。

勝頼は残る騎馬隊で突撃攻撃を繰り返す以外に戦術は無くなった。

そこからはもう戦いと呼べる状況ではない。

卯の刻（午前六時頃）から始まった戦いは、未の刻（午後二時）に終わった。

武田騎馬軍団は壊滅した。勝頼は数騎の武者に守られ戦場を後にした。


「終わったな」

信長の言葉に根来衆と同じ濃緑の装束姿で指揮を執っていた十兵衛は頷いた。

「では、私はこれにて……」

十兵衛は根来衆の秘密鉄炮隊を引き連れ静かに去っていった。

「大した奴よ」

信長は八年前、美濃で燧石銃を披露した十兵衛を家来にしたことを、この時ほど良かったと思ったことはなかった。

第十章　光秀、報告・連絡・相談する

天正三（一五七五）年七月三日、宮中で蹴鞠の会が催され、信長は馬廻り衆だけを連れて上洛、参内した。

清涼殿の庭で行われた蹴鞠が終わった後、信長は黒戸の御所の置き縁まで参上、正親町天皇から盃を頂戴した。そして信長の官位昇進について勅諚が伝えられた。

「有難きことではございますが……」

信長は自身の昇進は辞退し、その代わりとして主だった家臣に苗字の拝領を願い出た。

これにより明智十兵衛光秀は、惟任の姓を名乗ることが許され日向守となった。

「惟任日向守となったからには十兵衛は軽い。今後は光秀と呼称する」

信長は十兵衛いや、光秀にそう伝えた。

有難き幸せと、その名誉に深々と頭を下げた光秀に信長は言った。

「これから残る加賀・越前の一向一揆、その本元の石山本願寺を壊滅させる。そして、お前には丹波攻略の主将を担って貰う」

光秀の目が光った。翌八月の十四日、信長は三万の軍勢を率いて越前の敦賀に着陣した。

越前は朝倉氏滅亡後、信長が守護代に置いた前波長俊が一向一揆によって殺害され、本願寺の坊官や門徒衆によって支配されていた。

八月十五日、信長軍の先手が篠尾城、杉津城を落とし、府中攻略の将として任命されている秀吉と光秀が竜門寺城を攻める。

「明智殿と二人での大戦はこれが初めてですな！　共に頑張りましょうぞ！」

光秀の日向守と同様に筑前守を拝領した秀吉は笑顔だったが、腹の裡では負けてなるものかと闘争心を燃やしている。その秀吉に光秀は冷静に言った。

「此度も伊勢長島と同様、一向門徒衆を根切にせよと殿は仰せです。比叡山焼き討ち以来の地獄を見ることになりますな」

秀吉はゴクリと唾を呑み込んだ。光秀の顔も紅潮している。秀吉は百姓の出であることから、女子供を含む庶民の大量殺戮は苦手だった。

「一揆衆は人ではない。今回も相手は化け物と思い徹底的にやりましょう。天下布武は一向一揆を壊滅せねば成し得ません」

光秀の言葉に秀吉は頷いた。やる時には徹底してやることを信長の家臣は求められる。光秀はそれで最速の出世を遂げて来ていたのだ。

両将は敦賀から船で秋の気配が漂う北陸海岸に渡った。光秀は杉津浦に、秀吉は河野浦に上陸した。両軍勢はすぐさま門徒衆の防衛線を突破、八月十五日の夜に府中の竜門寺城を落とした。そこまでで二千の門徒衆を斬り殺していた。

翌十六日、信長が府中に入った。そこからは伊勢長島の地獄が再現された。根切、撫切、一切の容赦無い徹底した殺戮が繰り広げられた。

八月十五日から十九日までの五日間で一向一揆衆一万二千以上が殺された。

南無阿弥陀仏を唱える声が一切聞こえなくなるまで、信長軍の殺戮は続いた。信長は京の奉行・村井貞勝へその様子を書き送った。

「府中全土が一揆原の死骸ばかりで足の踏み場もない。その様子見せてやりたい。これから山々谷々をくまなく探索させ一人残さず根切とするつもりだ」

信長は途中、伊勢長島と同じ言葉を呟いた。

「門徒は門徒らしく念仏だけ唱えておればよいのだ」

分を弁える。それが信長の美意識にある。公卿は公卿らしく、武家は武家らしく、僧や門徒は仏に仕える者らしく、本来のあり方を守ってこの世にあるべきだと思っている。

「そうでないものは醜い。全てこの世から抹消する」

それが信長の闘争の原動力の一つだった。越前の一向一揆は殲滅された。

二十三日、信長は一乗谷に移動、光秀と秀吉の軍勢は続いて加賀に進入し、江沼・能美の二郡を押え、信長はこの地に城を築かせる。

ずっと本願寺の領国だった加賀の国がこれで信長の支配下に入った。

信長は越前の国の八郡を柴田勝家に与えた。不破直光、佐々成政、前田利家の三人に二郡を与えて在城させ、勝家の与力という名目での監視役に置いた。

若き日の信長に刃を向けた過去のある勝家を、芯のところで信じていなかったのだ。

信長は勝家に対して九ヶ条の掟書を与えた。そこには治世を行う上での事細かな内容と共に、家臣として信長へのあるべき態度が記されていた。

信長にとって理想の家臣は光秀だ。光秀の信長への仕え方を他の家臣たちに見習わせたい一心が、その箇所に出ていた。

「状況に変化が生じた時には信長に指図を求め従うようにせよ。しかし、その信長の指図に無理や非法があると思いながら盲目的に従うことは止めよ。指図を受けた時、何らかの差し支えがある場合はきちんと反論し説明せよ。そこに理があれば信長はちゃんと聞き届ける」

天下布武の実現へ向けて理の支配を重んずる信長のあり方、それを家臣は理解しておかなくてはならない。そして九ヶ条の最後にこう記した。

「ひたすら信長を崇敬し、信長の目が届かないと思って気を抜いたり軽々しく行動してはならない。信長のいる方角には足も向けないよう心得ることが肝要である。そのように心掛けておれば武士としての加護があり武運も末永いことであろう。以上をよく留意せよ」

信長を崇敬すること。

光秀は常に天下布武という理想を頭に描きながら信長に接して来ていた。その為に信長は光秀から自然と崇敬されていると感じ、そんな家臣とは自ずと意思の疎通も良くなる。それが広く政治や軍略を遂行していく上でいかに大事かを、信長は感じていたのだ。

光秀の存在がもたらした理想の家臣像、それが天下布武を遂行する信長にとって極めて重要だったのだ。

その光秀に信長は命じた。

「丹波攻略、これより直ぐに掛れ」

「ははッ!!」

信長は光秀を最も優秀な部下として評価していた。

そこには様々な要因があるが、最も重要だったことは「上司との意思疎通を密にする」、この一点だ。

仕事は、関係性で出来ている。

特に上司との関係は最重要のものだ。

報告・連絡・相談。その三つを不断に行うことがそこでは求められる。

上司から信頼され高く評価される部下は、ただ仕事が出来るだけではなく、必ず意思疎通を密にしている。

三つの違いを意識すると意思疎通の重要性が理解できるし、情報伝達をどういうタイミングでどう行えばよいかが摑めるようになる。

報告は——与えられた仕事の結果・進捗状況など、上司に必ず知らせなければならない情報をきちんと纏めあげてから伝えるものだ。

光秀は信長から報告のあり方を、「まるで見えるようだ」と褒めちぎられている。

そこに光秀の非凡な情報処理能力、伝える力を見る。

「信長様が一読して、全ての状況を正確に理解できるよう心掛ける」

光秀はそう考えていた。

報告の際には、主観的記述を避け、詳細な客観描写に終始していた筈だ。

そしてそこには、過去・現在・未来を踏まえる意識が行き届いていたのだろう。

過去とは……その仕事を与えられた時に信長（上司）が認識していた状況。

現在とは……その仕事の現況、進捗度合い。それを正確に（ポジティブ・ネガティブ並べて）分かり易く記すこと。

未来とは……次のステップ。信長（上司）がそれに向けた判断を下し易くするための材料（ポジティブ・ネガティブ）を提供すること。そこには、楽観悲観に分けた現況への光秀（部下）の主観的認識を簡潔に添える。

次に——連絡。

信長（上司）に光秀（部下）が今どこにいて何をしているか、あらゆる状況を常に伝えることで、上司が部下の現状を把握し指示命令を出し易く出来る。

そして大事な——相談。

戦略に関わることで決して光秀（部下）は自分勝手な判断をしない。必ず信長（上司）に伺いを立てる（相談する）こと。

報告・連絡・相談の三つの違いを常に認識するだけで、上司とのコミュニケーションの質は格段に向上する。

上司と部下との良好な関係は一〇〇％意思疎通によると思う。

意思疎通のあり方は上司からすると、部下が自分を尊重する度合いを測る物差しにしていることを忘れてはならない。

光秀による綿密な意思疎通のあり方から信長は、自分が光秀から常に尊重されていることを感じていたのだ。

光秀は越前から坂本に戻り丹波攻めの準備を整えていった。

そこへ京からの来客があった。越前での戦勝を祝っての来訪だった。

吉田兼見、公卿であり京の吉田神社の祠官、神祇大副の地位にある人物で宮中と深い絆を持っている。信長の信頼が厚い人物だった。

嘗て将軍義昭が信長討伐に挙兵した時、信長は威嚇として将軍御所近くに火を放つことを考えた。しかし、比叡山焼き討ちの後でもあり、宮中を含めた京童たちの自分への評判を懸念した信長は学識が広いと評判の兼見に訊ねたことがあった。

「貴殿の父、兼右は興福寺が滅びる時は延暦寺も滅亡し、王城にも災いがあると申したそうだが……それは本当か？」

それに対して兼見はじっと信長の目を見て落ち着いて答えた。

「そない言われとりますが、典拠はおません」

信長は、ほうという表情を見せ、兼見を正直で好ましい人物と思った。

信長は続けた。

「重ねて訊くが……将軍の禁裏、公卿衆の間での評判はどうか？」

兼見は顔を歪め吐き捨てるように言った。

「禁裏、公卿衆ばかりやのうて……京の町衆の間でも評判はよろしうおません！」

信長はこの兼見の返答を殊の外気に入り、躊躇なく上京を焼いたのだった。

その後、兼見は織田政権と禁裏とを繋ぐ役割を担い、京の政務を行う光秀とは連絡を密にしていた。

その兼見が信長への陣中見舞いに越前まで行く途中で坂本城に寄ったのだ。

兼見は、光秀の惟任日向守の苗字拝領と越前での戦勝を兼ねた祝いの品を持参していた。

「これはこれは、勿体ないことでございます」

光秀は慇懃に礼を述べた。

「それにしても……伊勢長島、越前・加賀と、一向一揆討伐は大変でしたな」

光秀は笑みを浮かべて頷いた。

「これら全て天下布武を成すため。信長様によって事が成されれば万民に静謐が訪れることは必定でございます」

兼見はその光秀をじっと見詰めて言った。

「信長様はどのような天下を望んでおられるんやろな？」

光秀は今さらという表情で答えた。

「公卿は公卿、武家は武家、民は民、神仏に仕える者はそれらしく……理(ことわり)の下、万民が分を弁えて静謐を守る世でございます」

兼見は小さく頷いてから言った。

「でもな、そこにほんまに大事なもんがあることを忘れてはならんで」

光秀はえっ、という表情で兼見を見た。

「私は日の本の歴史を長いこと調べて来た。するとほんまに大事なんは禁裏の存在やということに気がついたんや。今は確かに表に出て世を治める力はあらへん。でもな、表に力が無いことが大事なんや」

光秀は怪訝な表情をした。

「どういうことでしょう？　分かりかねますが？」

兼見は続けて言った。

「禁裏……そのあり方は外からは一切見えん、まるで空っぽや。私でも天子様のお姿を直に見たことはない。禁裏はそうやって中空であり続けてる。そやけどそのことで日の本を一つに纏めることが出来るんや。銭も力も何もなくても萬世一系の系統が神代から続き未来永劫続くと万民が思うもの。日の本はこれによって何ものにも代えがたいものになってるんや。空であるが故にどんなものをも取り込み従わせる力となる。空であるが故に静謐。おかしな理屈に聞こえるかもしれんけどほんまやで」

兼見の言葉に光秀は狐につままれたような気持ちになった。しかし、何かが光秀の心の裡に落ちた。それまで天下布武一直線で邁進していた光秀の心に、一石が投じられたのだ。

「丹波の地……攻略は一見易しいが、人の裏の繋がりが気になるな」

光秀は丹波攻略に掛る前に様々な経路から情報を集めた。

その土地のヒト・モノ・カネはどう動かされているかを調べ、敵味方の関係の濃淡、信頼できる味方となる者、倒さねばならない者や調略できる者を把握しておくためだ。

人では丹波の豪族である川勝継氏（かわかつつぐうじ）、小畠左馬助、片岡藤五郎の三人が既に信長に降っていて彼らが光秀の丹波攻略の際に与力となる。

「倒さねばならんのは丹波守護代の内藤氏と国人の宇津氏、丹波の東半国を支配する二人だ。内藤は将軍義昭に呼応し信長様を討とうと京まで出兵した過去があり、宇津は信長様の命令を無視して丹波桑田郡の皇室領の押領を続けている」

信長は越前を攻略した後、丹波の二郡を細川藤孝に与えたが、内藤と宇津が藤孝に従わず抵抗するままとなっていた。そこで信長は信頼する光秀に丹波に向かわせたのだ。

幕臣時代に仰ぎ見る存在だった細川藤孝が、今や自分よりも遥か下に評価されていることに光秀は複雑な感情を持ちながらもこれが信長に仕える現実だと思った。

「今の力が全て。今実力を見せなければ誰も信長様に仕える意味はない」

光秀は冷静に丹波を分析していく。

「内藤、宇津は弱軍しか持たない。直ぐにかたはつくだろう。問題はその後ろにいる存在、丹波の黒幕は奥の三郡、何鹿（いかるが）・天田（あまた）・氷上（ひかみ）を支配する黒井城主の赤井直正だ。丹波のみならず但馬の竹田郡も事実上の支配下に置いている。信長様が生野銀山を押える以前はその富で国衆を味方につけ武器や兵を揃えていた。一旦は信長様に降ったが……その態度は曖昧。だが、内藤・宇津を後ろで動かしているのは明白。真の敵は赤井、これを討てば丹波の国衆や豪族はこちらに従う筈だ」

標的を赤井に絞った光秀は丹波へ出陣。

信長に軍略を報告する書状を送ると返事が来た。

「丹波多紀郡の八上（やがみ）城主・波多野秀治と連携を密にして当たるのが肝要と心得よ」

波多野秀治。

元来、丹波・丹後の守護は一色氏であったが当代の一色義有（よしあり）には力が無く丹後に押し込められていた。それに代わって勢力を伸ばしたのが内藤氏で、その内藤氏も波多野氏に圧され今は亀山城だけを有するに至っている。波多野氏は八上城を拠点に一族が四方に勢力を張り、赤井氏と肩を並べる実力になっていた。信長が義昭を奉じて上洛した際には、これに従い信長から太刀と馬を贈呈されている。

「信長様のご助言もっともだが……」

光秀は波多野秀治が気になっていた。信長と義昭が対立した際、信長方につくと表明しながら具体的な行動を起こしていないのだ。そして内藤氏と波多野氏は姻戚関係にある。

「日和見を決め込むか寝返る可能性がある。全面的に信用は出来ん」

光秀は慎重だった。この慎重さが光秀を救う。


天正三（一五七五）年十一月、赤井直正が信長方の但馬竹田城を攻撃に出て来た。そこを光秀は自軍と波多野秀治ら国衆の軍勢を合わせた大軍で迎撃に出たのだ。明智軍の圧倒的な力を恐れた赤井直正は、直ぐに居城の黒井城に逃げ戻り籠城した。それを追い、蟻の這い出る隙間もないほどびっしりと黒井城を囲んだ光秀は、兵糧攻めの方針を信長に書き送りそのまま年を越した。

天正四年一月、側近の明智秀満が光秀に告げた。堺時代に家臣にした明智左馬助は改名し明智秀満を名乗っていた。

「波多野軍の様子、妙でございます」

対籠城戦では城を囲む兵はじっとしているものだが、何やら動きを見せているという。

「まさかとは思うが……自軍に油断するなと伝えよ。そして、万一の場合に備えて、あれを鉄炮隊に準備させておけ」

「ハッ！」

ここで波多野に寝返られたら終わりだ。

光秀は自分が波多野だとして、どのような軍略を立てるかを考えた。

「寝返るなら……籠城する赤井直正と謀ってのことに違いない。城内から突然、赤井の軍勢を飛び出させ、我が軍が迎え撃つその横っ腹を一気に襲えば……勝てる！」

その十兵衛の予想は当たった。まだ夜の明けきらぬ頃、黒井城門が突然開門し、中から物凄い勢いで軍勢が出て来た。それを迎え討とうと出た明智軍が驚いた。味方の筈の波多野の軍勢が、抜刀して襲って来たのだ。

「やはりかっ⁉」

その時だった。物凄い銃撃の音が連続した。明智軍鉄炮隊百人による、燧石銃での一斉射撃だった。

「グハッ‼」

「ギャアッ‼」

三連射できる百丁の燧石銃は赤井軍、波多野軍双方の出鼻を一瞬で挫いた。

光秀はこうなった場合、直ぐに退却するように指示していた。

「命を惜しんで一目散に逃げよッ!!」

信長の金ヶ崎の退却戦と同じだ。

燧石銃の威力によって敵方は怯んでくれた。その隙に明智軍は退却路を走りに走った。

逃げる馬上で光秀は秘密兵器である燧石銃を、万一に備え持参しておいて助かったと思った。火縄銃と違い緊急時にこれほど機動的で役に立つ武器はない。そして波多野の裏切りを想定しておいたことも身を助けたと改めて思った。

「備えがなければ我々は壊滅していた……」

戦国の世とは裏切り裏切られるもの。そうとは分かっていても実際に裏切られると堪える。

今回は光秀にとって初の敗戦となった。光秀は初めて戦での疲れを感じた。

比叡山焼き討ちでも越前の一向一揆攻めでも感じたことのない疲れだった。負け戦は勝ち戦の百倍もの疲労をもたらす。

我知らず弱気の呟きが出た。

「丹波攻略……。長引くな」

そうして光秀は坂本城に戻った。信長に敗戦報告を送っての返事には、予想外の温かな光秀へのねぎらいが書かれている。

「波多野を頼れと仰ったことを悔いてらっしゃるのだろう。だが何故、波多野は裏切った？　赤井への忠義はない筈。とすれば……」

そこには中国の強者、毛利輝元の存在があると光秀は判断した。


岐阜の信長は光秀からの戦況報告によって毛利の存在を脅威として強く認識した。

「儂が毛利ならどうする？　上杉や石山本願寺と手を結び、儂を亡き者とするか？」

十分にあり得ると信長は思った。そこから信長は戦の構造を考える。

「毛利も上杉も畿内からは遠い。戦いの拠点と出来るのはあくまで石山本願寺。とすれば、早急に本願寺を叩かねばならんッ!!」

光秀の丹波攻略の失敗が、信長の本願寺攻略戦に火を点けた。

その時だった。小姓が声を掛けた。

「丹羽長秀さま、登城にございます」

「通せ」

直ぐに長秀が現れた。何やら紙の束を抱えている。

「出来たか？」

長秀は頷いた。

「殿から頂戴致しましたあらゆる条件、それらを満たすものとして用意させて頂きました」

地図を広げる長秀に信長の目が光った。

「殿からこの地にと告げられました時は驚きました」

そう言って地図の一点を指さした。

「この地のすぐ南には繖山(きぬがさやま)が聳え、そこからは見おろされる位置となります。そして湖東を南北に走る街道は同じく繖山の南の麓でこの地からは遠うございます。戦略拠点としては繖山が最上、六角承禎がここに居城の観音寺城を築いたのは理に適っております」

信長はそんなことは十二分に分かっているという表情をした。

「繖山ではなく本当にこちらで宜しいのですね？」

信長は頷いた。

「ここに城を築く。儂が言ったような城は築けるか？」

長秀は次に絵図面を見せた。

「おぉ!!」

信長は思わず声をあげた。そこに七重の塔の天守を持つ城の絵が描かれていたからだ。日の本に高く聳える天守を持つ城はない。

「この地にこの城を築けば……。琵琶湖を裾模様としてどれほど美しい姿となることか!!」

その地は琵琶湖の要港である佐和山と坂本のほぼ中間に位置している。

「これからは大船を使っての素早い移動を常に行うつもりだ。街道よりも水路の方がずっと大事になる」

岐阜から京へ一直線で最速で動くこと。その拠点になると同時に誰もが見上げ、信長の威光を示す壮麗な美しさの聳える城を持つ。それが信長の新たな望みだった。

普請奉行を任されている丹羽長秀は言った。

「ではこの地、安土に殿の新城を築いて参ります」

安土城の建設が始まった。

石山本願寺との決着をつけることは、信長にとっての宿願だった。

一向一揆はまだ全国のどこででも大規模な形で起こる可能性がある。

阿弥陀如来による本願他力の救済への報謝行としての戦いが、一向一揆の行動原理だ。

一向宗総本山・大坂石山本願寺の法主顕如が発した檄文には……教団の危機に際して門徒衆の忠誠を求める。励まなければ門徒ではない。救済はない。極楽往生はない……と記されていたのだ。

信長が本願寺を壊滅したい理由の一つは、このような行動原理を持って死を恐れない戦闘集団を本願寺の末寺がある地域で簡単に作られてしまう脅威を消すことである。

その強力な地域戦闘集団となっていた伊勢長島と越前の一向一揆を根切にして壊滅させた。

しかし戦いは終わっていない。

信長は大坂石山本願寺を頂点に形成されている全国規模の門徒・教団体制、つまり法の王国から戦闘構造を消し去らなければ天下布武は成らないと思っている。

「その為には総本山の壊滅が絶対必要」

だが石山本願寺は強い。

その軍事力の基礎は、番衆制度というもので強力に支えられている。一ヶ月交替で諸国の門徒衆団が本願寺に上山して訓練を重ね、普段は警備につくが非常時には戦闘要員となる。そのような兵力を本願寺内だけでなく全国規模で、予備軍として無数に持っているということだ。彼らは顕如の呼びかけでいつでもやって来る。加えて末寺の道場集団や非門徒の武装集団とも連携している。

非門徒武装集団で何より強力だったのが雑賀衆(さいか)だ。紀州鷺森(さぎのもり)御坊を中心に結束する集団で、その組織は五つに分かれ雑賀五組と呼ばれている。宮郷、中郷、南郷、雑賀庄、十ヶ郷の五つだ。

雑賀五組は門徒集団ではなく門徒は数にしてその中の四分の一程度、宗派に関係なく一揆を結ぶ地縁集団で強力な鉄炮衆だった。

「雑賀鉄炮衆との正面切っての戦いは危険だ。奴らを調略できれば……」

信長は門徒ではない雑賀衆は調略できると踏んだ。ここでも銭の力をふんだんに使った。そうして宮郷、中郷、南郷の調略に成功する。門徒は本願寺内に残ったが雑賀鉄炮衆の過半は中立を示して本願寺を出ると紀伊に戻った。信長はこの非門徒雑賀鉄炮衆をそのまま味方につけたかったがそれは断られた。

天正四（一五七六）年四月十四日、信長は大坂石山本願寺総攻撃の命令を出す。

大坂包囲網として摂津に置いていた荒木村重、西山城に置いた細川藤孝、南山城に置いた塙（はなわ）直政に加え、光秀にも出陣を命じた。

「本願寺攻めか……」

光秀は信長から出陣の命令を受けた時、初めて戦場に向かう気の重さを感じた。

丹波で敗戦した後ということもあるが……、体の調子が良くない。何とも不快な胃の痛みが消えないのだ。

「だがここは正念場。負け戦の後こそ大事。ここで直ぐ失点を取り戻さねば……」

光秀はそう自分に言い聞かせるが痛みの続く鳩尾（みぞおち）を押えながらの出陣だった。

信長軍の四将は三つに分かれて本願寺を囲んだ。

荒木村重は尼崎から海を渡り野田に砦を築いた。光秀と細川藤孝は本願寺の北東にあたる森口と森河内に陣を張り、塙直政は本願寺の直ぐ南の天王寺にまで出張った。

「本願寺から大坂湾に至る水路は要所要所に本願寺側が砦を築いております」

物見からの連絡に光秀は呟いた。

「水路は本願寺に掌握されているのか……」

この状況は苦戦すると光秀は思った。

本願寺を支援する毛利との連絡や兵糧、武器の調達が容易だからだ。

京にいる信長は報告を受けると直ぐ、敵方の要所である三津寺、楼の岸と木津の間にある砦を占領するよう塙直政に命じた。

「天王寺の砦を味方の拠点とし三津寺砦を落とせ。そうすれば水路は遮断できる！」

そして信長は光秀と佐久間信栄(のぶひで)に天王寺の砦に入るよう命じた。

信長軍は攻撃の軍勢を揃えていく。

五月三日早朝、先陣には信長に降って間もない三好康長と根来・和泉の軍勢が、第二陣として塙直政と大和・南山城の軍勢が木津へと攻め寄せた。

天王寺の砦にいる光秀は鳩尾を押えながら戦況の報告を待っていた。

光秀は自分の頭が胃の痛みでちゃんと回らず苛立(いらだ)っていた。

「何か見落としていないか？　この攻撃、どこかに穴はないか？」

言葉だけが空回りし肝心の軍略が浮かんで来ない。

攻撃が上手く運ぶことだけを願った。だが最悪の事態となる。


「塙殿が討ち死にッ⁉」

光秀は血の気が引いた。三津寺攻撃が失敗し総崩れとなったと聞き、完全な窮地に陥ったことを知った。

自分たちのいる天王寺の砦はとても砦と呼べる代物ではない。単なる出陣のための集合拠点であり、ひと月前に塙直政が急ごしらえしたもので堀も掘られていない。防御は全く考えられていなかったのだ。

光秀は胃の痛みが消えたことに気がついた。追い込まれてそれどころではなくなっていたのだ。

佐久間信盛の長男で弱冠二十歳の信栄は、砦に迫って来る本願寺勢を見てうろたえた。

「あぁ……もう駄目だ!!」

光秀はその信栄の頬を張り飛ばした。

「しっかりせんかッ!!　こんな所で死んでどうするッ!!　今直ぐ砦の中にある畳を全部集め

て並べそこへ馬を集めるのだッ!!」

「う、馬を?」

光秀は一秒でも敵の侵入を遅らせようと考えた。砦の前面に古畳を立てかけ、そのそばに全ての馬を集めさせると兵たちに命じて一斉に屠(ほふ)らせた。馬を土塁代わりにしたのだ。

「さぁ、後は運を天に任せようぞ!!」

そうして徹底防戦の態勢に入った。

「南無阿弥陀仏、南無阿弥陀仏、南無……」

周りから聞こえて来る念仏が、己の弔いになって有難いと嗤(わら)いながら光秀は鉄炮を撃ち続けた。

光秀たちを囲んでいる本願寺勢は一万三千にのぼった。


「何ッ!?」

三津寺攻撃が失敗し天王寺の砦が囲まれたと聞いた信長は鬼神のようになった。

「光秀が危ないッ!!」

五日の早朝、麻の単(ひとえ)を着ただけで京の宿舎を飛び出した。伴の者は僅か百騎ほどでそれは……桶狭間の再現だった。

信長は河内若江で三千の兵を集めると直ぐに天王寺へ向かった。この信長の速さに家臣の最強部隊が対応できるのが、信長軍の強さだ。

「よいかッ!!　兵を三つに分けて攻撃する。第一陣は佐久間信盛、細川藤孝、松永老人!!　第二陣は滝川一益、蜂屋頼隆、羽柴秀吉、丹羽長秀!!　第三陣は儂と馬廻りで行くッ!!」

こうして信長軍は、天王寺の南を大きく迂回すると住吉口に出て砦を囲む本願寺勢を三方から挟み込んで攻め立てた。

それを見た光秀たちも砦から一斉に飛び出し信長軍と合流して戦った。

「よしッ!!　敵が崩れていく!!」

光秀は本願寺勢が敗走を始めたのを見て助かったと思った。

信長軍は僅か三千で、一万三千の敵を蹴散らした上、本願寺まで追撃した。

討ち取った本願寺勢の首は三千近くにのぼった。

「光秀ッ!!　無事か？」

信長の声に光秀は涙を流した。

「丹波に続いての不覚……面目ございま……グハッ!!」

光秀は大量の血を吐き、気を失った。信長は光秀の体を探った。どこかに傷を受けてのものだと思ったのだ。光秀の吐いた血は、外傷からのものではなく内からのものだった。胃に穴が開いていたのだ。

光秀は静かな座敷で眠っていた。

そこは京の町家の一角、医師・曲直瀬道三（まなせどうさん）の屋敷だった。

奥庭から坪庭を渡る風が涼やかに病床を抜けていく。

本願寺攻めの最中、天王寺の砦で倒れた光秀は、その後も吐血を繰り返した為に京に移送され、信長の指示で名医の誉れ高い道三の治療を受けていたのだ。

大量の吐血で一時は命が危ぶまれる状態だったが、奇跡的に回復し容態は安定していた。

枕元には付き添っている妻の伏屋と娘の玉が光秀を心配しその寝顔を見詰めていた。

伏屋は吉田兼見に依頼して、光秀の病気平癒の祈禱を行って貰っていた。昨日は信長からの見舞いの使者も訪れていた。

光秀は足音で目を覚ました。

「あっ、先生」

座敷に道三が現れた。

「どないです？」

光秀は伏屋と玉に支えられながらゆっくりと身体を起こし、道三に脈を取って貰った。

「痛みは……さほど感じなくなりました」

「そら良かった。ひどい潰瘍やったが悪い腫やのうてほんまに良かった。脈も安定して来てるし……これでもう心配ないですやろ」

光秀は頭を下げて礼を言い、伏屋や玉もありがとうございますと涙を流した。

「香砂平胃散ちゅう明から伝わる薬の処方が効きました。それに新薬の安中散、半夏瀉心湯(はんげしゃしんとう)を併用したんが良かったようです。でもまぁ……この病の原因は何というても神経や。神経の負担が胃の酸を出し過ぎて胃の壁を壊しますんや。暫くは何もかも忘れて養生した方がええ。私から信長様へもそう伝えときますよってな」

「かたじけない」

再び床についた光秀は天井を見ながら呟いた。

「あれからひと月か……」

石山本願寺攻めはまだ続いていた。

信長の援軍によって救われた天王寺砦はその後、防御が固められ定番将として佐久間信盛・信栄親子と松永久秀が置かれた。

そして信長は本願寺を囲む形で十ヶ所の砦を築かせる。さらに住吉の砦には和泉の水軍を配置し、海上への戦いに備えさせた。

「本願寺を伊勢長島のように兵糧攻めにする」

直接の合戦では、敵の地の利を活かした攻撃に遭って犠牲が大きいと見たのだ。

対する本願寺側も森口、飯満、鴫野(しぎの)など五十ヶ所以上に端城を構え長期戦に備えた。そして本願寺から楼の岸、難波、木津へと結ばれる水上路もしっかりと確保していた。

その為に簡単には伊勢長島の再現とはならなかった。

「来たぞッ!!」

七月十三日、大坂湾に敵船団が現れた。

瀬戸内を牛耳る村上水軍指揮下の毛利方船団で、本願寺へ運び入れる兵糧を満載していた。

敵船団来襲の報を受けて、住吉の和泉水軍二百隻は出撃した。木津川口を封鎖して敵船団の本願寺入りを阻み海戦に及ぼうとしたのだ。

だが敵の全容を見て驚愕する。

「な、なんだこの数はッ!?」

相手は八百隻もの大船で編制された大水軍だったのだ。

そして村上水軍の強みは数だけではなかった。戦闘装備、操舵技術共に和泉水軍の遥か上を行っていた。戦いが始まった一瞬で、それを分からされた。

「放てッ!!」

村上水軍の指揮官の号令一下、火の玉が雨あられと和泉水軍の船に降り注いだ。

焙烙火矢（ほうろくひや）という明で生まれた新兵器だった。味方の船はたちまち火だるまになっていく。

圧倒的な力の差に、戦うも引くもままならず和泉水軍歴戦の指揮官たちは皆、海の藻くずとなってしまった。

村上水軍側は、ただの一隻も沈められることの無い完勝だった。

そうして本願寺に兵糧を運び入れると悠々と引き上げて行ったのだ。

その後も本願寺には何度も兵糧が海路によって運ばれ、陸上を完全に封鎖されているにも拘わらず余裕を持って籠城を続けることが出来た。

信長は強力な水軍を作る以外に対抗する手はないと考え軍略を練り直すことにした。

明けて天正五（一五七七）年、光秀は完全に快復した。

七重の塔の天守が建設されつつある安土城に光秀は信長を訪ねた。

信長は心から光秀の復帰を喜んだ。光秀は手ぶらで信長のもとを訪れたりしない。病床にいる間から立案していた対本願寺の軍略を信長に披露した。

「本願寺への兵糧の移送は毛利から雑賀門徒衆のいる紀伊を経て行われております。この中継を断つことが肝要と存じます。その為には一枚岩ではない雑賀の解体を行うべきと考えます」

光秀は過去、同じ紀伊の根来衆を調略し秘密鉄炮隊を組織している。

「嘗て調略した根来鉄炮衆、そして昨年、合戦前に中立を示し本願寺を出た非門徒の雑賀鉄炮衆、その双方をお味方に引き入れるよう調略したく存じます」

それを聞いた信長の顔が明るくなった。直ぐに掛れと命じた信長に、光秀はもう一つ用意したものがあると言った。大きな布に包まれていたそれを信長に見せ、用途を説明すると信長は満面の笑みとなった。

「よくぞこれを手に入れてくれたッ!! 直ぐこちらも掛ってくれ!!」

信長の目は光った。

「これで村上水軍に勝てる!! 本願寺を壊滅できるぞ!!」

光秀は丹波攻めの軍略を練り直し、今度は完璧に平定を成し遂げる方策を考えていた。

夏、光秀に急報が入った。

「またか……」

光秀は驚くというより呆れた。

松永久秀が信長に対して三度目になる謀反を起こしたのだ。

佐久間信盛・信栄父子と共に守将を任せられていた天王寺の砦から密かに逃げ出し、信貴山城に籠ったという。

「あの老人……一体何を考えている」

だが久秀には久秀なりの勝算があったのだ。

石山本願寺の参陣の招きに、上杉謙信と毛利輝元が呼応し同時に信長を攻めるという情報が入っていたからだ。

「謙信ですが、信長方の能登の七尾城攻略に越中を出陣したとのことでございます。攻略の後は……」

越前には信長が柴田勝家を置いていたが、未だ一向一揆が頻発していた。それを謙信が後援していることが知られている。

近臣の報告に久秀の深い皺(しわ)の奥にある目が光った。

「能登を攻略すれば謙信は直ぐさま越前に一向一揆と共に侵入する。そして、上洛の為に大軍で西上する。となると……近江、琵琶湖の南岸で信長主力軍と激突することになるな」

近臣は報告を続けた。

「そして毛利輝元の命を受けた村上水軍が大坂湾に押し寄せる由、それを見て本願寺勢が一気に城外に打って出て大坂の信長軍を壊滅させるとのことでございます」

久秀は大きく頷いた。

「上杉、毛利、本願寺で信長を完全に包囲する。その時こそこの信貴山城から打って出て、信長の首を貰い受ける!!」

「謀反はあの老人の持病のようなもの。お前が信貴山城へ行って宥めすかし、止すように仕向けてくれ」

「かしこまってございますぅ」

松井友閑はゆったりと頭を下げた。

久秀の意気込みに反して信長は、真面目に取り合わない方針を取っていた。

信長も謙信の動きや本願寺が気になっていた為に、軍勢を大和に割きたくはない。

その為、久秀説得に武将ではなく信長の側近で政務官である友閑が派遣されたのだ。宮内卿法印に任ぜられている有閑は、どこまでも優雅で趣がある。

「松永殿御帰国の仔細を承りたい」

だがその友閑を久秀は門前払いにする。信長の忍耐はここまでだった。

そして秋になると久秀の思惑が外れた。

「け、謙信がやって来ない!?」

上杉の軍勢は越前に入り柴田勝家の軍を蹴散らしたが、そこから進軍して来なかったのだ。

久秀は色を失った。

信長は謙信の南下がないことを知るや否や久秀討伐に動く。

「の、信長軍がやって参りました!!　嫡男信忠を総大将にしての大軍勢でございます!!」

十月三日、織田信忠率いる佐久間、明智、羽柴の大軍勢が信貴山城を囲んだ。

信忠は父信長から久秀の所持する『平蜘蛛の釜』を手に入れて来いと言われている。

「私が説得に参りましょう」

光秀が信忠にそう告げ、たった一人で信貴山城内に入った。

「明智光秀……斬って捨てるには惜しい趣のある男。なに、せっかく来るなら茶でも飲ませてやろう」

久秀は光秀に茶を点てた。『平蜘蛛の釜』に松風が鳴っている。

「いつもながら見事なものだ」

光秀は、久秀の優雅な点前を見ながらそう思い、かつ不思議だった。

「これだけの茶人であるのに何故、世の道理が分からない？　信長様に謀反を起こし勝てる見込みなど万に一つもないのは承知の筈。いや待て、その〝ないこと〟に賭けるのが数寄者のあり方なのか？」

久秀は久秀で光秀の所作の美しさに改めて感心していた。

「この世との別れでこんな趣のある男と茶が飲めるのは僥倖。やはり茶は良い！」

光秀は、久秀の点てた天目茶碗の濃茶を暫く見詰めてから一口飲んだ。

凜とした空気が流れている。

久秀は言った。

「明智殿、私の茶道具で何か形見に差し上げたいが……どれがよい？」

光秀は少し考えた。

「あの釜だと言えば？」

そう言って『平蜘蛛の釜』を見た。久秀は眉一つ動かさずに言った。

「差し上げる」

光秀は微笑んで小さく首を振った。

「私の茶の趣には合いません。ですが……信長様は是非にと御所望です。持ち帰って宜しいのでしょうか？　さすれば松永殿のお命も……」

久秀は、かっと真っ赤な目を見開いて叫んだ。

「あの男にはやらん!!　絶対にやらん!!」

怒髪天を衝く勢いだった。

光秀はその久秀を見て静かに頷いた。互いの高い美意識の交換が、そこにあった。光秀は再び茶碗の中を見ながら言った。

「茶とは何でしょうか？　あの釜やこの茶碗の中に一体何があるのでしょうか？　なぜ茶というものは……。これほど人を魅了し時に狂わせる。本当に不可思議なものですな」

久秀は再び穏やかな表情になって言った。

「人、道具、点前、茶室……。それらが相俟って一期一会でしか味わえぬ〝間〟というもの。時にそれを〝魔〟とも思う……。そんな瞬間の共有が茶でしょうな」

光秀は頷いてから言った。

「そこには勝者も敗者もない。全てが揃って醸し出す〝間〟に同調しようとする心だけがある」

久秀は皮肉めいた顔つきで言った。

「それでも道具の良し悪しに拘り、点前の巧拙に拘る。それを超えたところにあるものに出逢いたいのだが……。なかなかに難しい」

光秀は久秀の言いたいことが分かるように思えた。光秀は深々と頭を下げた。

「美味しく頂戴致しました。終生、今日のこの茶は忘れません」

そう言って城を後にした。

十月十日の夜、信長軍は信貴山城に総攻撃を掛けた。

四方から城に攻め入ると、あっという間に城内を席巻した。

久秀は最後の茶を飲むと『平蜘蛛の釜』と自分の身体を鉄の鎖で結びつけた。

「この釜と共にこの世を去る。真の数寄者としての面目を施してやる!!」

その久秀の周りには火薬の袋が大量に置かれていた。そして『平蜘蛛の釜』の中に火薬をびっしり詰めると目を閉じた。

「ん？」

久秀はあることに気がついた。

「今日は十月十日か！　東大寺大仏殿を焼いたのがちょうど十年前の十月十日!!　ハハハッ!!　これは面妖、これは愉快!!　雑魚どもは因果応報と騒ぐだろうが、洒落の一つも残せたわ!!　さて行くとするか……」

久秀は立ち上がり松明に火を点けると逆手に持ち、燃え盛る炎を『平蜘蛛の釜』に一気に突っ込んだ。

ズンッ!?　信長軍は突然の轟音に驚いた。

「城内の火薬庫が爆発したようにございます」

物見の報告を馬上で聞き、光秀は久秀と茶のことを思い呟いた。

「茶を超えた茶……いつかそれを創ってみたいものだ」

信貴山の上には綺麗な月が出ていた。


松永久秀が『平蜘蛛の釜』と共に木っ端微塵となって果てた翌年、大坂湾では大海戦が行われた。

毛利方につく村上水軍と信長の水軍との戦いだった。

本願寺から制海権を奪う。その切り札を信長は、九鬼嘉隆に三つの条件を与えて造らせていた。

「燃えない船。大船。大筒を搭載」

村上水軍の焙烙火矢による攻撃に耐えるには、鉄板を甲板や船の側面にびっしりと貼り付ければよい。しかし、そこには大きな問題があった。海の潮風で数日で鉄板が錆(さ)びて使い物にならなくなるのだ。それを解決したのが光秀だった。

光秀は油屋伊次郎から防錆剤の存在を聞いていた。

「南蛮渡来の亜鉛の粉を漆に混ぜて鉄板に塗れば……数ヶ月は持ちます」

光秀はこの製造を『ととや』に依頼、防錆を施した鉄板を大量に作らせておいたのだ。

九鬼嘉隆はそれを使って大船七隻を造った。

十一月六日、村上水軍が再び大坂湾に現れた。今度も六百隻の大船団だ。その迎撃に九鬼嘉隆は堺を出港した。そして木津川口で海戦となった。

嘉隆は命じた。

「よいかッ!! 出来る限り敵の指揮官のいる旗艦に近づくのだ!!」

海戦が始まった。

村上水軍の船からは焙烙火矢が猛烈な勢いで放たれ、味方の大船に火の玉が降り注ぐ。

だがそれを防火隊員たちが、さっさと海に掃き落としていく。

隊員たちは刺子半纏(さしこばんてん)に頭から身を包み、全身を水浸しにして、同じく水浸しの箒(ほうき)を使って火の玉を落としていく。火が残る箇所は砂をかけてあっという間に消していく。九鬼水軍の大船から火の手が上ることは一切なかった。

そうして大船は敵の旗艦に手が届くほどの距離に近づいたところで、船腹の隠し窓を一斉に開け、備えてある大筒を押し出して玉を発射させた。

「放てーッ!!」

敵の旗艦は、皆あっという間にバラバラにされて沈んでいく。

旗艦を失って指揮系統が滅茶苦茶になった村上水軍は迷走して逃げ始めた。

「今だッ!!　徹底的に追撃を掛けよ!!」

陸の上でも海の上でも追撃戦は常に追う側が圧倒的に強い。

瀬戸内で無敵を誇った村上水軍は敗れた。


「なんとッ!?」

石山本願寺の顕如は、村上水軍敗戦の報告に膝から崩れ落ちた。

陸上封鎖に続き海上路も、信長によって断たれることになったのだ。

「……だが負けん!!　まだ負けんぞッ!!」

顕如は力強く数珠を握りしめた。

第十一章　光秀、主君を裏切る

松永久秀を討った後、光秀は直ぐに丹波攻略に戻った。

東奔西走は信長軍武将の常とはいえ、光秀の八面六臂の働きは群を抜いている。

競争相手である秀吉は、対上杉戦で総大将の柴田勝家と軍略の違いで衝突して勝手に加賀から自軍を引き返し、信長から大変な怒りを買って一歩も二歩も後退となっていた。

「本来なら切腹ものの所業だが羽柴殿を可愛く思われる信長様は許された。男も可愛げがなくてはならんが、俺は無理。戦と政で成果を出し続けなくてはならん」

それでも光秀は、天王寺の砦から信長に救われたことや病に倒れた後の信長の温かな対応から、自分が特別視されていることが分かって深い喜びと共に優越感を抱いていた。

病から快復した光秀はその後、健康維持の為に油屋伊次郎や曲直瀬道三から教えられた滋養強壮法を実践していた。

毎日、牛の乳を煮て飲み、ドクダミの葉を煎じた茶を飲むようにしていた。

「力が湧き血の巡りが良くなった」

その顔つきは、五十の坂を越えた男とは思えない若々しさだ。

「さぁ丹波を攻略だ!!」

天正五（一五七七）年の夏、丹波の亀山城主・内藤定政が病死した。内藤家を継いだ子がまだ幼かった為、内藤氏を本来従える筈だった細川藤孝が家老に書状を送り信長への降伏を勧めた。しかし、家老は応じようとしなかったので、これを光秀が攻めることになったのだ。

十月十六日、光秀は藤孝の嫡男で弱冠十五歳の細川忠興と共に亀山城を囲んだ。光秀は忠興を一目見た時から気に入った。

「何とも趣のある若者」

武将としての勇壮さと共に、繊細な心持と教養を備えている。

「明智さまには是非、軍略と共に和歌や茶の指南もお願いしたく存じます」

嬉しいことを言う忠興に光秀は目を細めた。そうして二人は亀山城を攻めた。

光秀は一気に攻め落とすことを決意、三日三晩、徹底的に攻撃を続けた。昼夜を問わず亀山城に向けて、嫌というほどの鉄炮と矢を撃ち込んだ。これには内藤一族も観念し降伏した。

信長はその処分を光秀に一任すると伝えて来た。光秀は内藤一族を全て許し、自分の家臣に加えることにした。彼らは光秀の旗本となり、丹波衆として忠誠を尽くすことを約束させられた。

丹波衆は光秀に仕えてみて驚いた。

「これほど誠実な殿がいるのか！」

家臣たちの能力や成果を正確に把握しようとし、恩賞のあり方は古参と新参の区別がない。信賞必罰だが、どこまでも公平公正なのだ。

家臣となった者たちは、光秀への信用と信頼を厚くした。

「この方には死ぬまでついて行こう!!」

光秀の武将としての強さは、家臣の心を掌握していることも大きかったのだ。

続く十月二十九日、光秀は多紀郡の籾井（もみい）城と笹山城を攻撃し落城させた。波多野氏と姻戚関係にあった若き城主、籾井綱利を光秀はこの攻撃で葬った。

「これでよい。一つずつ落としていけば丹波の平定は出来る」

光秀は自信を持って坂本に戻った。

明けて天正六（一五七八）年正月十一日。

光秀は坂本城で茶会を催した。招かれたのは堺衆の津田宗及、銭屋宗訥と若狭屋宗啓、摂津衆の平野道是（どうぜ）、皆名だたる茶人だった。

光秀はこの正月に信長から拝領した八角釜を使って披露した。

松永久秀を討った恩賞だった。

（ほう！）

宗及が感心したのは、その釜の使い方だった。小板に頬当風炉（ほおあてぶろ）を置き、八角釜を天井から釣っている。床の間には、牧谿筆の椿図が掛けられている。

炭点前は宗及が行った。

茶会の点前は亭主である光秀が本来行うのであるが、信長は家臣が行う茶会に関して、武家はあくまでも客としてあり、点前は茶坊主に任せよとしていたからだ。

一同は席を立って手水（ちょうず）を使ってから後座に入った。

床畳の前には金襴の袋に入った『青木肩衝（かたつき）茶入』が四方盆に載せて置かれ、棚には上段に堆黒（ついこく）の台に載せた『霜夜天目茶碗』、下段に砂張（さはり）の水翻が置かれている。

宗及が濃茶点前を行って厳粛な趣の中で茶事は終わった。

次の薄茶席では床の間の掛物は取り払われ、床には『八重桜茶壺』を白地金襴の袋に入れて飾っていた。

薄茶点前は若狭屋宗啓が行った。そこから懐石料理となった。本膳は綴折敷（とじおしき）、陶の器に鮒（ふな）膾（なます）、そして生鶴の汁が出された。

「生鶴の汁の鶴、こちらも信長様からの拝領の御品です」

光秀がそう言うと皆が一斉に頭を下げた。

そして金箔を敷いた桶に人参と大根の紅白の膾、大きな器には土筆（つくし）と独活（うど）の和え物が入れて出された。続いて鶉（うずら）の焼き物が出て、冷やし麦麺に山椒の粉と切柚子（きりゆず）を添えたもの、添え肴に芹焼、魚のすり身丸子（だんご）を入れた吸い物、器にむき栗と金柑。食籠（じきろう）には味噌と山椒が添えられていた。菓子として縁高重に造花を敷き薄皮饅頭（まんじゆう）と煎餅が出された。

贅を尽くした内容に皆は深く感じ入った。

食事の折の歓談では客たちが信長と光秀への称賛を行った後、今日の茶会の話となった。

「八角釜を天井から釣られた趣向！　古風ながら趣がございましたな」

津田宗及の言葉に光秀は大きく頷いた。

「信長様という天から拝領した品ということを皆さまに示したい一心で……」

その言葉で皆がまたさっと頭を下げた。

そこからまた道具の話題となり、尽きると皆の近頃の茶会の話に移った。

「堺衆の間では千宗易はんの茶会がえらい面白いと評判やそうですな？」

平野道是が何気なくそう言うと、三人の堺衆は黙ったままチラリと光秀を見た。

光秀は口元に笑みを浮かべるだけで何も言わない。

「その通りだす。この数年で宗易はんは人が違うたみたいに茶格を上げはりましてな、堺では今や今井宗久はん、そしてここにおられる津田宗及はんに並ぶ茶人やと言われとります」

銭屋宗訥がそう言うと他の堺衆も小さく頷いた。

それを聞いて光秀は、満足げに微笑むと無言で堺衆に頭を下げた。

千宗易……。亡くなった田中与四郎が嘗て茶席で使用していた茶名を、今は『ととや』を継いだ光秀の弟、竹次郎が名乗っていたのだ。

だが竹次郎の問者としての過去を隠蔽するため、光秀は堺衆に頼んで与四郎がそのまま生きているように工作をして貰った。

「生きてるもんを無いようにするんは大変ですけど、死んだもんをそのまま生かしたままにすんのは簡単ですわ」

今井宗久らはそう受け入れてくれたのだ。堺衆の口は超一流の商人たちであるだけにどんな者たちより固い。竹次郎は田中与四郎に、そして茶人千宗易となって堺で名を成していたのだ。

「宗及殿、本当にありがとうございました。今日の茶会のこと、千宗易のこと……。貴殿と今井宗久殿には感謝してもしきれません」

坂本の港で光秀は津田宗及に頭を下げた。

宗及はここから光秀が用意した御座船に乗って、安土城の信長に年賀に行く。光秀が今日の礼にと贈った白綾の小袖を着ている。

「亡くならはった与四郎はんもお喜びやと思います。『ととや』は大変な繁盛やし、千宗易として茶人の格も上がる一方や。何もかも上手いことといってまっさかいにな」

かたじけないと光秀は再び頭を下げた。

「そやけど……」

宗及は琵琶湖のずっと先の堺の方角を見て言った。

「あの時、明智さまの言うことを堺納屋衆が聞き入れて信長様に従うて……。ほんまに良かったですわ。明智さまが言わはった通り堺の商いは何倍にもなりました。もしあの時に……」

光秀は笑った。

「俺を斬っていたら……か?」

宗及は頭を掻いた。

「いやまぁ……明智さまの言うこと聞いてなかったら、わてらみんな灰になって堺も無くなってたでしょうからな」

光秀は頷いた。

「堺にはまだまだ儲けて貰う。信長様の天下布武が成されていく過程で次々に新しい商いが出来ていく筈だ」

宗及は光秀の手を取った。

「頼んますで明智さま。信長様によって堺の静謐は保たれたし商いも信じられんくらい大きうなった。これからも信長様、明智さまを堺は支えていきますよってな！」

光秀は必ずや天下布武を成し遂げると言い、千宗易を頼んだぞと念を押した。

「頼まれんでも宗易はんはどんどん大きうなられますわ。それは見てて分かります。明智さまと宗易はん、お二人は昇り龍ですわ」

光秀は笑った。

そうして津田宗及の船は出港した。

光秀は船が行く安土の方向を見て呟いた。

「天下布武、着々と進んでいる。早く丹波を平定し、更なる地を攻略したい!!」

光秀に信長が乗り移ったような野望が湧いていた。

天正六（一五七八）年三月九日、細川藤孝が坂本城に光秀を訪ねた。

丹波攻略戦、波多野秀治の居城八上城を共に落とす為の打ち合わせだった。

「此度は頃合いを見て信長様直々にご出陣となります。それ故、くれぐれも油断なく軍略を進めなければなりません」

光秀はそう言った。

信長は大将に丹波攻略担当の光秀を置き、細川藤孝、滝川一益、丹羽長秀を与力としていた。そうして二人で軍略を詰め終わったところで藤孝が言った。

「ところで、お玉さまを頂戴する件、宜しゅうございますね？」

藤孝の言葉に光秀は大きな笑顔を作った。

「宜しいも宜しくないも、これほど光栄な縁談はございません。こちらこそ宜しくお願い申し上げます」

信長は自分の家臣の結束を強めるために、政略結婚を進めていた。その一環として細川藤孝の嫡男である忠興と光秀の娘、玉との婚姻を命じていたのだ。既に同様の形で光秀の長女は、荒木村重の長男に嫁いでいる。光秀は信長から打診を受けた時、心の裡で小躍りした。

「あの趣ある若者が婿になる！」

そう思うと本当に嬉しかったのだ。昨年の十月の亀山城攻略戦の際の忠興の姿が、光秀の心を捉えていたからだ。

藤孝は言った。

「忠興の亀山城攻めでの勇み足、明智殿に止めて頂いていなければ、信長様にどれほどお叱りを受けていたことか……」

それは、三日三晩の攻撃で耐え切れず敵が降伏を願い出て来たのを無視して、忠興が搦手(からめて)から攻め入ろうとしたのを光秀が諭して止めたことだった。

そうしたことで、降伏した内藤一族を光秀の家臣とすることが出来たのだ。

光秀は笑った。

「戦場で勇み足をするぐらいでなければ若武者とは言えません。忠興殿は見事な働きぶりでございました。そして御尊父同様の趣と教養を備えてらっしゃる。その方を婿に出来ること、こんな誉はございません」

かたじけないと藤孝は頭を下げた。

藤孝との関係は光秀にとって特別なものだ。幕臣の末席にあった時には仰ぎ見た存在であり、その後の越前では同僚として共に義昭の上洛のために働いた。そして二人して義昭に反して信長につき、今は天下布武を目指している。

信長軍の中では光秀の方が上の存在となっているが、藤孝とは莫逆の友という思いがある。他の信長の家臣たちは競争相手だが、藤孝は別だと思っていた。

そして、三月二十日、光秀は坂本城から出陣した。

信長は石山本願寺との戦いに向かうことになり、予定されていた丹波への出陣は沙汰止みとなっていた。

そうして軍勢は波多野秀治の八上城を囲んだ。

「これはかなり堅牢な城だな」

その山城のあり方を見て浅井長政の城、小谷城を光秀は思い出した。そして、各将と軍略の話し合いを持った。

「拙者も浅井の城を思い出し攻め落とすのは至難の業と思いました」

丹羽長秀や滝川一益も同じ意見で、光秀は兵糧攻めでいくことを決意する。

家臣に命じて竹束を大量に作って仕寄とし、敵の鉄炮の攻撃を防ぎながら城の囲みを縮めていかせた。そうして完全に通路を遮断した。

「これで袋の鼠、まずはこれでよい」

すると、信長から摂津への転戦を命じる知らせが入った。本願寺攻めに参陣せよとのことだ。光秀だけでなく長秀や一益も共に大坂へ急遽向かい、八上城の包囲は家臣に任せた。

四月の五、六日と信長と共に本願寺を攻め、麦苗を切り捨てて兵糧に出来ないようにしてから再び二将と共に丹波に戻った。

四月十日には園部城を囲み、水攻めにしてこれを落とすと家臣を入れて坂本に戻り、直ぐ播磨にいる秀吉の応援に向かうという……転戦に次ぐ転戦だった。

「まだまだこれしきッ!! もっともっと働いてみせる!!」

光秀の気力は充実していた。


天正六（一五七八）年十月。光秀に、驚くべき知らせが届いた。

「荒木村重殿が謀反!?」

荒木村重――摂津の豪族の後裔で、義昭が将軍として上洛するとこれに臣事、後に細川藤孝と共に義昭に反して信長に仕えた。二条御所にいた光秀が村重を欲しいと思い、義昭を見限って信長につくよう秘密裡に動いた経緯がある。

勇猛果敢な武将で戦功によって信長は伊丹城を与え摂津を村重に治めさせた。石山本願寺攻めでも手柄を挙げて信長の信任も厚い。今は秀吉の与力として播磨攻めを行っていた。

光秀が村重を気に入っているのは武人としての知略と剛勇さに加え、茶人として見事な格の高さを持っているからだ。

「これほどの人物、なかなかいない」

信長が主催した茶会で光秀が見た村重の所作の華麗さ、そして、津田宗及や千宗易を招いての村重の茶会の内容を知らされる度に光秀は感心していた。長女を村重の長男に嫁がせたことも、心から嬉しく思っていた。

その村重が信長に逆心を疑われたというのだ。信長は光秀を糾問の使いとして、村重のもとに送った。

「見事だな」

光秀は村重の点前を見ながらそう思った。心がぶれていない。

「茶にこれほど集中する人間はそうはいない」

村重は村重で光秀の趣に感じ入っていた。

「明智殿は特別な茶人だ」

二人は互いの茶のあり方を、深く認め合っていたのだ。茶を飲み終えたところで光秀は訊ねた。

「一体何が？」

村重は薄く笑って言った。

「全くの事実無根。と申し上げたいところですが……」

村重は光秀を見込んでと本心を話した。

「何ッ⁉」

光秀は驚愕した。

村重が既に毛利輝元と結び、本願寺顕如とも連絡を取っているというのだ。

「何故⁉　何故そのような無謀を⁉」

光秀の詰問に村重が見せた表情は驚くべきものだった。恐怖に苛まれた表情で、とても武将が見せるものではない。先ほどまでの深く静謐な茶人のあり方とは全く違い、別人のようだ。

「あ、あれを見て……明智殿は何とも思われませんでしたか？」

光秀には村重の言葉が分からない。

「何のことです？」

村重は何か遠くの恐ろしいものを見るようにしていて微かに震えている。

「あれを本当に受け入れられるのですか？」

その村重の言葉で、あるものが光秀の脳裏を過ぎった。それをそのまま口に出した。

「安土城……ですか？」

村重はゆっくりと頷いた。

七重の天守を持つ壮麗な信長の居城。天守の土台となる石垣の高さは十二間余り（約二十二m）。内側にある石蔵を一階とし、そこから七階までが吹き抜けとなっている。

石蔵の上の二階は、広さが南北に二十間（約三十六m）、東西十七間（約三十一m）、高さが十六間半（約三十m）、柱の数は二百四本、本柱の長さは八間（約十五m）、太さは一尺五寸（約四十五㎝）、座敷の内壁や柱には布が張られ黒漆が塗られている。

各階には大小様々な座敷、書院、土蔵、納戸が設えられ、全て狩野永徳の手による絵が金泥を葺いた上から描かれていた。

梅図、煙寺晩鐘図、鳩図、鵞鳥図、雉図、唐の儒者図、花鳥図、賢人図、仙人宰相図、馬図、西王母図、岩木図、竜虎図、松図、桐に鳳凰図、俗事図、手毬桜図、鷹図、釈尊成道説法の図、餓鬼や鬼の図、鯱と飛竜図……森羅万象を描かせていた。

欄干の擬宝珠には彫刻が施され、軒先には燧金・宝鐸が釣るされ、挟間の戸は鉄製で黒漆が塗られて輝いている。

光秀は足を踏み入れた時から己の感性とは異質のものという意識が強く、その壮麗さを信長らしいとは思いながら、どこか醒めた思いで城内を見ていた。

しかし、最上階の七階に着いた時、そこに異様なものを感じた。

三間四方の座敷の外側も内側も金色に輝き、四方の内柱には昇り龍、下り龍が彫り込まれ、座敷の内側には三皇五帝、孔門十哲、商山四皓、竹林七賢が描かれていた。

そして天井を見上げた時のことだ。

そこには壮麗な姿の天人が舞い降りる画が大きくあったのだ。

「これは!!」

「あの男……信長は、とんでもないことをしようとしているとあれを見た時に感じました。そしてこのままあの男の唱える天下布武に加担し続けていけば、その先この世がどのようになるのか……それが恐ろしくなったのです」

そう告げる村重の感性が光秀には分かった。確かに受け入れがたい何かが、そこにあるのを感じたからだ。

安土城、七重の天守の頂上を飾る天井画。描かれた舞い降りる天人の顔は、信長その人だったのだ。

天正六（一五七八）年十一月九日、信長は自軍総揃えで荒木村重征伐に出陣、光秀も参陣した。

律儀な村重は光秀に害が及ぶのを避けるため、嫡男新五郎の妻である光秀の長女を離縁させ光秀のもとに返していた。

光秀は考え続けていた。

「天下布武の先……それは天下に静謐が成ることではないのか？」

村重の逆心は光秀に信長への大きな疑問を投げ掛けた。

信長の家臣としてやらねばならないことは、どんなことでも完璧にやらねばならない。

迷いを態度や言動に出すことは光秀には一切ない。

信長は十一月十四日から伊丹城攻撃を開始した。

村重に与していた高槻城主の高山重友や茨木城主の中川清秀らは、次々と信長に降った。

そして十二月三日、伊丹城の付城である大矢田城が落ちると信長は、「摂津のことの大勢は決した」と丹羽長秀と滝川一益に伊丹城攻囲を任せ、光秀には丹波攻略に、秀吉には播磨攻略に戻るよう命じ、自身は安土に帰った。

光秀は摂津を離れられて正直ほっとした。

伊丹城を囲みながらずっと気が晴れなかったからだ。

坂本城に戻った夜、一人で丹波攻めの軍略を練っている時、また村重のことが浮かんだ。

「信長様への謀反……松永久秀と荒木村重。どちらも名だたる武将であると同時に茶人、高い趣を持ち、優れた感性を備えていた。そんな二人が戦の道理では万に一つも勝ち目がないと分かっていながら、何故それに抗うように信長様に反旗を翻すのか？」

村重はその理由をはっきりと恐れとして口にした。信長への恐れ、天下布武の先にある世に対しての恐れが己を無謀な謀反に走らせたと……。

確かに安土城の天井画は光秀も初めて見た時にはどきりとしたが、信長らしいといえば信長らしい。

「天下布武が信長様によってなされることを表わしているとすれば誰もが納得する」

信長に仕えて十年、光秀はずっとそこに生きがいを見出して来た。信長という〝現れ〟を信じて走って来た。天下布武による先の世が、自分の想像すら出来ない素晴らしいものだと想うことに歓びを見出していた。

光秀は信長の家臣の中で最も早く城持ちになり、惟任日向守の名や領国を与えられ、名物茶器も拝領している。

「過去十年、信長様は俺を途轍もなく大きくして下さった。比叡山焼き討ちや一向一揆の根切の先に、思いもかけない栄達を与えられて来た」

それこそが光秀にとっての現実だ。

「松永久秀も荒木村重も武人として優れていた。俺と同様に信長様に従って励めば栄華栄達をさらに得られた筈だ」

村重の恐れは、気の病だと光秀は理解しようとした。

「村重は考え過ぎたのだ……そうだ、そうに違いない！」

光秀は自分を納得させようとした。

確かに武人としての自分はそれで納得する。道理からは納得できる。

しかし、茶人としては、納得できないように思えてしまう。

「茶の核……それが道理に反する力を発揮して二人を謀反に駆り立てたとしたら？」

久秀や村重の信長への反発が、茶人としての感性に基づいたものだとしたら、それは何かと考えた。

「茶の核、茶人の感性とは何だ？」

光秀は漠然とは分かるように思うが、理詰めで考えたことはない。

「久秀にとって『平蜘蛛の釜』との心中は、武人ではなく茶人としての核から来ている。その核が信長様に仕えることを許さなかったのだとしたら？」

そして村重の恐れ……。

「村重の恐れは信長様が創り上げようとする世に対して……。茶人としての何がその世を恐れさせたのか？」

二人の持つ茶の核が信長を認めなかったとしたら……。

「茶とは何だ？」

問いはそこに行きつく。

光秀は考える。

「自分にとっての茶とは何だ？」

茶の湯、それは道具や点前というものを使っての場での表現だ。亭主も客もそれぞれが、それぞれ自身を茶の湯の場で表現する。

「茶に精通する達者な者も全くの新参者も共にその場を楽しむことが出来る」

信長は家臣たちに茶の湯を奨励していた。

「それは茶を嗜むことで、粗野な武人たちに洗練を身につけさせるということを主眼とされている。そして茶道具……」

茶の面白さに目覚めると道具が欲しくなる。狐が憑く。

「武功への褒美に城や土地を与えられるより、名物道具を欲しがる家臣も沢山現れてくる。そうなれば報償として与えるものの幅が広がり、信長様の家臣支配はやり易くなる」

だがこれは道理だ。信長の茶は、どこまでも天下布武への道理の下にあると考えられる。

「すると？　それは茶の核とは違う？」

光秀はまた問う。

「自分にとっての茶とは何だ？」

茶は生活を美にしたものだ。

「道具は名物だけではない。まだ茶会で使ってはいないが、素朴な田舎の器であっても趣があれば名物に負けない筈だ」

茶の湯という場の中で人と物とが総合として美に転化されていく。その美に触れた時、光秀は大きな精神の充実と歓びを感じる。

「あの場で醸し出されるもの……美の現れ。あれは全体と自分が、場と自分が一つになって感じることだ」

茶に参加する全員がそれに同感するのだ。

「茶は誰かが準備したものでありながら皆で創り出すもの。茶という場を亭主が創り客が赴く。そこで亭主と客との意識が触れあう〝間〟が生まれる。あの〝間〟の趣にこそ、現実の生活を離れた美がある」

そこに全く新しいものが生まれたり、次に何が起こるか分からない面白味がある。

「茶の湯に参加した誰もが想像し得なかった瞬間が生まれる。誰にも支配されないものを共有することでそれは……」

そこまで考えて光秀はあっと思った。

「そうかッ!!　誰にも支配されない中であの〝間〟が生まれるから歓びがある。それが茶の核なのだ。久秀も村重も信長様が支配する世では、その歓びを持つことが出来ないと心の奥底にある茶の核で感じたのでは？」

そう思った瞬間、光秀は眩暈を覚えた。

それは、現実の世界で信長に仕えている自分と茶の世界にいる自分の間の結界を見たことによる揺らぎだった。

光秀はずっと自分の茶の世界は、信長に仕える世界あってこそという意識を持っている。

「茶の湯が出来るのも信長様のお陰」

そう真摯に思う自分がいる。その道理は間違っていないと思う。すると自分の茶は、信長という世界の中にあるものという理屈になってしまう。

そう思った瞬間、光秀の中に強い違和感が生まれた。

「違うッ‼　それは違う‼」

自分の茶は自分のものだと思うのだ。

「あの歓びは自分のものだ。あの美は自分のものだ‼」

すると安土城が頭に浮かんだ。

天井画ではない。安土の麓から見上げる長い石段の先に聳える、壮麗な安土城の姿が浮かんだのだ。

「あの美しさ……琵琶湖を裾模様に、すっくと立つ七重の天守の城郭の完璧な美しさ」

だが同時に思う。

「あの城で茶会はしたくない」

自分の茶はあの城に合わない。

これが結界だと光秀は思った。信長に仕えて十年、天下布武に誰よりも邁進した光秀に生じた信長との溝だった。しかし、そう思うことは危ない。心の裡からそれを打ち消そうと光秀は必死になった。

「信長様あっての自分だ。坂本の城も、惟任日向守も、名物茶器も、何もかも信長様あってのものだ!!」

だが自分の心の裡に見つけた茶の湯の核は、信長を排除しようとする。

「嗚呼(ああ)ッ……」

光秀は窓の外を見た。琵琶湖の湖面に月が映えていた。

戦国時代は弱肉強食、下克上や裏切りは当たり前であったが、信長ほど多くの人間に裏切られた者はいない。

弱い武将なら裏切られれば即、死に繋がる……。裏切り者の多さは信長の強さの裏返しになるが、それにしても多すぎる。

裏切った者たちの動機を探ることは、人間のあり方を考える際に重要なことだ。

現代に於ける裏切りとなると、転職や独立ということが挙げられるだろう。

自分が属する（仕える）組織（主君）を見限って（裏切って）他の組織に移る、或は独立する……。その動機は戦国時代の裏切りと通底している。

裏切りを行った武将たちの動機は「この主には仕えたくない」という感情的なものと、「この主にはもう利用価値は無い」「この主の下では己の将来は暗い」という前向きあるいは後ろ向きの合理的なものに分かれる。

合理的動機は客観的状況から理解し易いが、感情的動機を掴むことは難しい。

裏切るということの真の動機には感情的なもの、さらにはその奥があると考えられる。

それは松永久秀と荒木村重、そして後の光秀のあり方、三人の優れた武将が一〇〇％不合理と思える裏切りを行っている事実から来ている。

この場合の感情は、ただ単に「信長が嫌い・憎い」というレベルではなく、もっと深い、価値観や美意識の違いを受け入れられないことだ。

光秀は、信長を裏切った松永久秀や荒木村重が、優れた茶人で高いセンスを備えた者だったという共通項に着目している。

そして光秀自身も茶の湯を行う上での自分自身のあり方を彼らに投影させながら、「信長を裏切る」とはどういう心理なのか、考えを巡らせている。

戦国時代の武将たちは現代の我々よりも、遥かに高い教養と洗練された美意識を持って生きていた。戦国の名で想起されるような戦いに明け暮れるだけの粗野な存在ではなかった。日々の営みの中で思想や哲学、宗教や芸術というものと真剣に向き合っていたのだ。

この時代、特に茶の湯というインスタレーションアートが盛んになったことで、武将たちの感性は高められていた。茶の湯は単なる遊びではなく、互いのアイデンティティーを懸けた感性のやり取りの場であったからだ。

主君を裏切る。特に信長のような強力な存在を裏切ることは、己を取り巻く環境を全て破壊することになる。そこまでして守るものがあるとすれば一体何なのか?

それが人間としての核、感性、自己、アイデンティティーであったとすれば?

感性や自己の喪失危機への反逆なら?

彼らの信長に対する裏切りは、アイデンティティークライシスがもたらしたものだとすると腑に落ちる。

人間が真に生きるということは、どこまでもアイデンティティー、自己の確立、感性の自己尊重にあるのだと思う。

松永久秀も荒木村重もアイデンティティーの為に信長を裏切った。そこに後悔は無かった筈だ。

光秀による本能寺の変も、自己の深化であったと思えるのだ。


天正七（一五七九）年正月、七、八日の二日に亘り、光秀は丹波出陣送別の茶会を坂本城で行った。客は津田宗及と同じく堺の茶人、草部屋道設だった。

七日の茶会は六畳の座敷で床に紅の口覆（くちおおい）をした八重桜の茶壺だけを飾り、茶席は三畳座敷で行われた。その翌日、六畳座敷で朝会が催された。


座敷に入った宗及は驚いた。

（なんや!?）

炉に筋釜を釣り、茶碗は高麗……その取り合わせはいつもの光秀の見事な趣がある。

問題は床に掛けられているものと水翻だ。

（なんで同じなんや？）

宗及は顔色を変えた。

床の間に掛けられていたのは藤原定家の小倉色紙だった。そして水翻が備前焼。

淡路島　かよふ千鳥の　なく声に
幾夜ねざめぬ　須磨の関守

床を見た道設が言った。

「寂寥たる定家の歌ですが、明智さまの丹波攻めへの意気込みを感じさせて貰えますな」

その道設に光秀が微笑んだ。

「今年こそ決着をつけねばなりません。ある意味、心寒くしてこそと考え、これから出陣致す所存です」

そう言って宗及を見た光秀は表情が優れないのを見て訊ねた。

「どうかなさいましたか？　宗及殿」

宗及は直ぐに笑顔を作った。

「いえ……別に」

気になった光秀は茶会が終わってから宗及を居室に呼んだ。

「先ほどのご様子、何がございました？」

光秀の問いに宗及は言い澱んでいたが、思い切ったように口を開いた。

「明智さまと二人だけですよって申し上げますけど……昨年の十月十二、十三日、伊丹城で荒木村重様の茶会に招かれました」

村重はその直後、信長への逆心を疑われ、信長はこれを討ちに動いた。今も村重は伊丹城に籠城し信長軍に包囲されている。

「十月十三日の朝会でおました。私だけが招かれましてな。炉には『小畠の釜』を自在で釣られ、手桶の水指を置かれ、『伊勢天目茶碗』を台に置いての茶でしたんやが……」

そこからの話に光秀は驚愕する。

「床には今日の明智さまと全く同じ定家の『淡路島』の色紙、そして水翻も同じ備前でおました」

そこから宗及は何も言わなかった。

光秀はそうでしたかと言っただけでそのまま宗及を帰した。

村重が信長に反する直前の茶会の設えと今日の自分の茶会、中心である床の掛物と末端となる水翻が同じであった事実に光秀の心は大きく乱れた。

「そんなことがあるのか？　これは一体、どういうことなのだ？」

ずっと悩んでいる茶人としての核への考えが、またここで頭をもたげて来たのだった。

二月二十八日、光秀は自分に生じた疑問や迷いを振り切るように坂本城から出陣した。

「武人として戦に集中すればよい。そうすれば己の何たるかは分かる筈だ」

そうして丹波亀山城に入った。

嘗ては守護代・内藤氏の居城だったが光秀が落とし、内藤一族を丹波衆として家臣にして従えている。その亀山城を拠点として丹波攻略の最終戦に臨むのだ。

目標は波多野秀治の居城、八上城だ。

攻めるのが難しい要害の城で、昨年の三月から兵糧攻めを開始して光秀の家臣たちが包囲し続けていた。

「城内では餓死者が出始めたようですが……暫くは我慢できるかと思われます」

家臣からの報告に光秀はまだ慎重に包囲を続けることにした。だが近隣の国衆を牽制しておくために、「既に四、五百人が餓死。助命嘆願が出され落城は間近」との情報を流す。

そうしておいて光秀は、八上城の支城で波多野の一族たちが守っていた氷上城を落とした。

「よし、総攻撃に出る!!」

そして八上城をこれまでで最大となる数の軍勢で包囲した。


「んッ？」

八上城を囲んでいた光秀軍の兵は、城から白旗を掲げた数人の兵が出て来るのに気づいた。

兵たちは縄で縛られた武将を引きずるようにしている。

「総大将、惟任日向守殿にお取次ぎ願いたい」

骨と皮だけとなった兵たちが連れている武将を見ると丸々としている。

波多野秀治だった。

城内で大量の餓死者が出ているにも拘わらず、自分だけ食糧にありついて降参しようとしない城主を兵たちが取り押えて光秀に引き渡したのだ。前年、信長軍に降った丹波勢を、光秀が冷遇することなく家臣としている評判も兵たちを動かしていた。

六月一日、八上城は落ちた。

波多野秀治ら一族の将三人は京に護送され、洛中を引き廻された後で安土に送られ信長の命令で磔にされた。

「さぁ、一気に丹波を平定するぞ！」

七月、今度は宇津城を攻めて落とすと赤井氏の籠る黒井城攻めに掛った。

光秀が丹波攻めの最初に標的とした強敵、赤井直正は一年前の三月に城内で病没し敵側の戦意は落ちていたが、一年以上持ち堪えていたのだ。光秀の包囲に対して城から出て反撃を試みたが、八月九日にこれも落ちた。直正に補佐されていた赤井忠家は逃亡、光秀が城を占領して長かった丹波攻略はこれで成った。

「このまま丹後も平定だ!!」

心の裡に生じた信長への違和感を払拭するようにひたむきに光秀は戦った。

丹後では細川藤孝と共に戦い、敵対していた守護の一色満信と講和し、丹後が信長の支配下となることを承認させた。

「やった……遂に終わった」

十月二十四日、光秀は安土に赴き信長に丹波・丹後の平定が成ったことを報告した。

約四年を経ての成就だった。信長はこれ以上ないほどの機嫌の良さで光秀をねぎらった。

そして丹波は光秀に丹後は細川藤孝に、支配を委ねたのだった。

信長は書状の中にしたためる。

「丹波国日向守の働き天下の面目をほどこし候」

「丹波に在国して粉骨を尽くし、度々の高名名誉まことに比類がない」

光秀には正親町天皇からも褒美があった。

宇津城を落とし横領されていた禁裏御料所の丹波山国荘を回復させたことへのものだった。

光秀は天皇から馬と鎧、そして香袋を賜った。

光秀の武功は最高潮に達した。

だが光秀の心の裡には、素直にそれを喜びと出来ないものが巣くっていた。

「俺の核は一体何だ？　武人としてこれほどの誉はないのに何故心が浮き立たない。何故だ？　何故なんだ？」

光秀の心にそんな乱れを生じさせた荒木村重が動いていた。

九月二日、村重は密かに闇に紛れて数人の伴を連れ伊丹城を脱出した。

「このままでは城が落ちるのは時間の問題。何とか毛利と折衝して援軍を受けねば……」

毛利から派遣されて尼崎城に詰める桂元将（もとまさ）を頼ったのだ。

「伊丹城に村重がいない!?」

光秀は丹後攻めの最中にその報告を聞いて驚いた。

「主無き伊丹城はどうなる!?　毛利が動くことなどあり得ん!!」

光秀の読み通りだった。

十月十五日、業を煮やした伊丹城内の足軽大将たちが反乱を起こした。

「毛利の援軍など待てど暮らせど来ないではないかッ!!」

そして滝川一益の攻撃によって裸城同然になり果ててしまう。

光秀は動いた。

「村重が籠る尼崎城を開城すれば伊丹城内の者たちの命は助ける」

十一月十九日、光秀はそのように信長に取りつけると、村重の重臣荒木久左衛門らから妻子を人質に預かり、彼らを尼崎城に説得に行かせた。

だが村重は家臣たちを城の中に入れようとしない。仕方なく久左衛門たちは城門を挟んで村重を説得することになった。


血を吐くような家臣たちの絶叫を聞きながらも村重は無言だった。

「殿ッ！　明智殿の御厚意で伊丹城にいた者たちは皆助かります！　どうか、どうかこの尼崎城をお開きになる御決断を願います!!」

村重は目を閉じて聞いているだけで何も言わない。

「殿は皆に死ねと仰せになるのですかッ!!」

村重は小刻みに震えるだけで、なかなか言葉を発しようとしない。

「信長を……」

ようやく口を開いた。

「信長を生かしておくことは出来んのだ。その望みが万分の一も残っておらんとしても、家臣や家族の命を投げ出しても、儂は生きてその望みに賭けねばならんのだ‼」

「何故です？　なぜそこまでッ⁉」

村重は震えながら言った。

「信長の天下布武が成れば……。この世は地獄となる。儂には分かるのだッ‼」

結局、村重は動かなかった。

村重配下の将士たちはことごとく離散してしまった。


「そうか……では、全て殺せ」

信長は報告を受けると静かにそう言った。

十二月十三日から十六日にかけて大量処刑が行われた。伊丹城の人質三十七名は京で、村重の妻妾女中百二十名は尼崎の七本松で磔に掛けられた。そして従僕の五百名以上が、四軒の家に押し込められて火を掛け焼き殺された。村重の一族三十数名は洛中を引き廻された後、六条河原で撫で斬りにされた。

光秀は説得に赴いた荒木久左衛門から村重の言葉を聞いた。久左衛門はその後、村重が乗り移ったかのように遁走した。

「村重が一族郎党に生き地獄を味わわせてまでも生きたいということ……生き恥を曝しても

生き延びて信長様を亡き者にしたいということ。あの男はそこまで信長様を、天下布武を、信長様が創られる世を恐れているのか……」

その村重と自分の感性が同調しているかと思うと、心がさらに乱れるのを光秀は感じた。

村重はその後も籠城を続け、三ヶ月後に闇に紛れて船で尼崎城を脱出、播磨を経て毛利に逃れたのだった。

「糞まみれになっても生きてやる！　そして必ず信長を殺す!!」

道中そう叫び続けていた。

信長と十年に亘る抗争を続けて来た石山本願寺だったが、対信長で盟約のあった武田信玄・朝倉義景・浅井長政・上杉謙信など強力大名たちが没したことで戦いを続けることは困難になっていた。

信長はその状況を見逃さず朝廷を動かした。

天正七（一五七九）年十二月、正親町天皇の勅使二人が大坂に下向、法主の顕如に信長との講和を勧めた。

「何ですとッ!?」

顕如の長男、教如は父から信長の講和の条件を呑むと聞かされて驚愕する。

「こ、この石山本願寺を捨て去ることを承知されると申されるのですかッ!?」

まだ二十二歳の教如は、仏敵であり魔王とされる信長との徹底抗戦を父が続けるものと信じていた。

だが法主としての顕如が恐れたのは信長によって本願寺が壊滅させられた場合、浄土真宗そのものが断絶してしまうことだった。

親鸞聖人の開闢から続く浄土真宗を存続させ、仏法を破滅から守ることが大事と考えたのだ。

その為には武装解除し要塞である石山本願寺を捨てることを決意したのだ。

「よいか、戦うことは仏の教えではない。真に大事なのは親鸞聖人の教え、仏法を守ることなのだ」

和平は正親町天皇が保証されることから、ここが潮時と判断したのだ。

「駄目です!!　絶対駄目だッ!!　このまま籠城を続けるべきです!!」

教如はどうしても納得しない。

そして教如は教団幹部の同調者と共に、徹底抗戦継続を唱え全国の門徒衆にもその支持を訴えた。

しかし、顕如は押し切った。

天正八（一五八〇）年三月一日、正式に朝廷から三名の勅使が赴き、顕如は信長との講和を約束する。

三月十七日、信長は講和の条件を記した覚書と誓詞を朝廷に提出した。大坂石山本願寺からの退去が最大の条件となっている。これを受ける形で顕如も朝廷に誓詞を提出、教如も同様のものを出したが教如の腹の虫は治まってはいなかった。

本願寺側で周到な退出準備がなされ全てが整った四月九日、顕如は親鸞木像を奉じて本願寺から船で堂々と退出した。本願寺の象徴であった大鐘も、この時運び出された。

最も重要な親鸞木像は、嘗て京東山の大谷に営まれた親鸞廟所に安置されていたもので、木像のあるところが本願寺とされるのだ。

顕如は翌日、紀伊国鷺森に到着した。雑賀門徒衆の本拠地を親鸞木像の御座所としたのだ。

教如は共に退出することを拒んだ。石山本願寺を「当寺」と主張して籠城を続けたのだ。

顕如はこれに怒って教如を義絶する。結局、教如を支持する者たちの力も弱く、八月二日には教如も退出した。

その夜、本願寺は炎に包まれる。教如と共に立て籠っていた者たちが示した最後の意地だった。

「何だとッ!!」

信長は本願寺が焼け落ちたと聞いて激怒した。

「要塞、石山本願寺は無傷で手に入れる」

軍事構造上、信長はそれを考えていた。

その為に教如の造反籠城にも辛抱して兵を出さなかったのだ。

八月十五日、信長は大坂を訪れた。

「やっと終わったか……」

大坂入りしてみると、長かった一向一揆総本山との戦いが終わったという感慨が湧いた。

しかし、無残な焼け跡となった巨大伽藍を見ると、手に入る筈だった軍事要塞をみすみす失ったことへの怒りがこみ上げて来た。

「光秀ならこのような不手際、絶対にせん!!」

その怒りは増幅した。これほど本願寺攻略に手間取ったことへの憤りが、軍略担当の家臣に憤怒となって向かったのだ。

「あやつらの怠慢、断じて許さん!!」

佐久間信盛・信栄の父子だ。

信長はその場で祐筆に二人に対する折檻状を口述筆記させた。

「お前たち父子は石山本願寺攻略戦の五年の間、これといった働きをしていない。本願寺は大敵に違いないが武力行使も調略もせず付城をただ守るだけで年月を浪費させた。いつかは信長が退治するだろうという甘い考えは武者道で失格である。他の家臣たちを見てみろ。光秀の丹波での働きは世の称賛を浴びるほどであり、秀吉の各国での働きも比類がない。

…………

それらに比べお前たちはどうか。武者道が不甲斐なさ過ぎる。武力で能力がないなら外交や調略で補うべきなのに何もして来なかったではないか。家臣の中でもお前たちには七ヶ国もの軍勢を与力につけ優遇して来た。自軍と与力を以てすればどんな戦いでも負けることはなかっただろう。

…………

家臣たちに禄を加増せず吝嗇(りんしょく)に銭を貯め込むことばかり考えるから面目を失うのだ。

…………

先年、朝倉軍撤退時の追撃戦で後れを取ったことを信長が叱責した時、皆の前で偉そうに反論して信長に恥をかかせた。本願寺攻略はあの口ほどにもなかったではないか。信長が家を継いでから三十年、その間に信盛は一度でもこれという手柄を立てたことがない。それどころか戦で同僚を捨て殺しにさえしている。息子の信栄もなっていない。欲が深く武辺の道に暗い。

……こうなった以上、どこかの敵を討って恥をそそぐか討ち死にすべきだが、そんな能力もないのであるから父子ともども頭を丸め高野山で暮らすことにせよ」

折檻状は事細かに十九ヶ条からなっていた。

信長は佐久間信盛・信栄親子を大坂の地で追放した。

二日後の八月十七日、信長は京に戻ると家老の林通勝以下三名も同様に追放とした。

苛烈な綱紀粛正だが、本願寺という軍事構造上の脅威が消滅し、家臣たちの気が緩むところを逆に引き締める意味合いがあった。

「武力や諜報調略、政で功を挙げ続ける。信長に仕える意味はそこにある。ただ長く仕えて来ただけに安心し胡坐（あぐら）をかくことは断じて許さん。信長の家臣は天下布武に向け走り続けることが求められる」

それを全家臣たちは、読み取らねばならなかった。

光秀は佐久間父子らの追放を聞いて信長の真意を理解した。折檻状の内容を知り、自分を褒める内容があったことに誇りも感じた。

「だが……」

光秀は何とも嫌なものを感じていた。それは心の裡に生じている信長への違和感と根を同じにするものだった。

「果たしてこれで信長軍団は維持されるのだろうか？」

信長の唱える天下布武、そこに向かって走り続けなければならない家臣たちに「お前たちの代わりはいくらでもいる」と公言したのと同じだからだ。これは家臣にとって恐怖だ。

光秀は考える。

「家臣たちが信長様に尽くすのは信長様を崇敬し信長様に認められたいと思うからだ。崇敬……崇め敬うということで、恐怖でそれは出来ない」

信長のこのやり方は、完全に恐怖で家臣たちを支配しようとしているように思える。

「敵に恐怖を与えることは必要だ。比叡山焼き討ちも一向一揆の根切も信長様に刃を向ければどうなるか……恐怖を知らしめれば、敵を委縮させ無駄な敵対を止めさせることも出来る。しかし、対家臣は違う」

そう考えた光秀は、そこで信長と自分の明確な違いを見出した。

「人は強くはない。どんなに優秀、勇猛果敢な人物であっても上下関係で下の者は上の者に弱い。それを上の者は理解していないといけない。下の者は上に恐怖を感じると委縮し本来持つ強みを発揮できなくなってしまう。家臣の自在の強みがなくなる」

家臣たちに能力を発揮させるだけでなく、その能力を伸ばすのも上に立つ者の役目だと光秀は思っている。光秀は家臣を公平公正に評価している。信賞必罰、程度の差はあれ信長と同じだ。

しかし、どのような場合でも家臣の可能性を最後は信じて態度を決めている。家臣の全てを否定し捨て去ることはしない。

「過去ではなく今実績を挙げているか否かを見るのは確かに重要。だが……」

光秀は思う。

「過去の実績を全て否定されて追放……今ある全てを失うこと。家来、領地領国、城、屋敷、富、そして何より信長様という存在を失い、無になるということは……生きる意味さえ奪う」

そこまでの恐怖を上が下に与えては、組織は成り立たないのではないかと思うのだ。

天下布武の先に自分は無いのではないかと思うことは家臣にとって途轍もない恐怖だ。

だが信長はそんな支配を狙っている。

「そうなれば人は自在さを失う」

光秀ははっとした。

「自在……それこそ茶の核ではないか!!」

それは絶対に失いたくない。荒木村重の感性が捉えた信長への恐れを、この時光秀ははっきりと理解した。

第十二章　光秀、幕を下ろす

佐久間信盛の追放によって、光秀はその地位をさらに上げた。

信盛の配下だった大和の筒井順慶、摂津の池田恒興、中川清秀、高山重友が光秀の下につけられたのだ。

既に組下としている細川藤孝を含め、これで光秀は畿内信長軍の司令官となった。

光秀は武将としての優秀さの最高位を秀吉と競っているが、政、朝廷公卿対応、銭や商いに関する策などの総合力では光秀の方が上だ。

「だが羽柴殿には人間としての魅力、愛嬌という絶対的力がある。あらゆる人間を魅了する『人たらし』、あれは途轍もない力だ」

秀吉は何度も信長の勘気を買いながら、補って余りある結果を出す。秀吉の愛嬌は胆力、実力に裏打ちされているだけに強い。そして家臣の使い方も巧みだ。

「羽柴殿は真に頭が良い。その頭の良さは信長様に匹敵すると言って過言ではない」

光秀は冷静に見てそんな秀吉とは互角だという認識を持っていた。

光秀は信長から与えられた立場の更なる高みを考え、心の裡にある信長への違和感を打ち消そうと懸命になっていた。

「俺と信長様の間に距離や溝などない。あると思うことがおこがましい。信長様は絶対なのだ。油屋伊次郎が信じる猶太の民の神のように絶対なのだ」

絶対の存在を信じる者は、どれほど酷い理不尽な目にあわされてもついていくだけでよい。信長を自分の中で絶対の存在として置き続ければよいのだと思おうとした。

だがその時、ある疑問が浮かんだ。

「猶太の神は見えないし触れられない。この世に実体はない。無だ。しかし信長様は人として〝在る〟。そしてその〝在り方〟を見える形で示される」

見える信長、それは安土城に代表されるものだ。その姿は完璧な美しさを誇っている。

「見えること……〝在る〟こと。それは見せ続け〝在り〟続けなければ力を発揮し得ない。そして常にその力を示さなければならない」

だが猶太の神は違う。

「見えない。誰も見たことがない。だがそれを信じることで途轍もなく強いものが出来る」

〝無い〟ことが強い……。そう考えた時、あの吉田兼見の言葉を思い出した。

「私は日の本の歴史を長いこと調べて来た。するとほんまに大事なんは禁裏の存在やということに気がついたんや。今は確かに表に出て世を治める力はあらへん。でもな、表に力が無いことが大事なんや」

光秀はその意味が分からず訊ねると兼見は言った。

「禁裏……そのあり方は外からは一切見えん、まるで空っぽや。私でも天子様のお姿を直に見たことはない。禁裏はそうやって中空であり続けてる。そやけどそのことで日の本を一つに纏めることが出来るんや。銭も力も何もなくても萬世一系の系統が神代から続き未来永劫続くと万民が思うもの。日の本はこれによって何ものにも代えがたいものになってるんや。空であるが故にどんなものをも取り込み従わせる力となる。空であるが故に静謐。おかしな理屈に聞こえるかもしれんけどほんまやで」

中心が空……〝無い〟こと。

日の本で朝廷がそのようにあり続ける限り、どれほど世が乱れても最後は〝空の中心〟に従って静謐が訪れる。

光秀はあっ、と声を出した。

「信長様の天下布武、その過程がどのようなものであろうと、帝がおわす限り最後は静謐に収斂(しゅうれん)されるということだッ!! 萬世一系で続く中心とされるものがそれを可能にする！ 信長様が絶対ではなく、禁裏の存在が絶対だと考えればよいのだ!!」

そう考えると力の二重構造が日の本を最後は安定させてきたことが分かる。

「政や戦を実際に行う者とそれに権威という、見えない〝無い〟ものを与えて支える者。支えるように見えて、実は包み込み全てを粛々と纏めてしまう。過去の幕府と禁裏の関係、信長様と禁裏の関係。信長様の天下布武がどのようなものであろうとこの二重構造がある限り日の本は静謐に至るのだ」

光秀は考える。応仁の乱以降の下克上と天文法華の乱以降の仏教界の抗争から生まれた戦国の世、それが信長の手によって終焉を迎えると同時に、朝廷という存在によって静謐なものとなる。

信長の天下布武の先を読み過ぎて不安になっていた光秀にとって、この考えは何ものにも代えがたい安心立命を与えてくれた。

「俺がこれからどれほど悪逆非道を信長様の下で行おうと、それは過程に過ぎない。行きつく先には万民の穏やかな静謐が必ず待っている！」

信長は朝廷を敬っている。

将軍義昭を追放した大きな理由も、幕府が朝廷をないがしろにしてきたということだ。

「信長様があらゆるところで示される〝恐怖〟も過程に過ぎない。天下布武がなった後は信長さまが崇敬される朝廷の存在によってどこまでも穏やかな世界が訪れる！」

そんな世の茶が、どれほど面白いものになるだろうかと光秀は思った。戦や争いが消え、あらゆる者たちが自在に心を動かす世の茶の湯を想うと心が浮き立つ。

「嗚呼!!」

光秀の気が晴れた。心の持ち方を変えることが出来た光秀に、信長はこれ以上ない仕事を命じた。馬揃だ。武将たちが着飾って軍馬を集め、その調練と演習を信長が検閲して士気を鼓舞する観閲式で、帝も臨席されるものだ。

「光秀、お前に馬揃の奉行を命ずる。儂にとって一世一代の晴れ舞台だ。頼んだぞ」

「はっ！　万事お任せ下さいませッ!!」

頭を下げながら光秀は期待と歓びに震えた。

天正九（一五八一）年、信長は自らの美しい姿を正月から民に見せる。

元日から安土城の北に馬場を築き始め、正月二日には信長が鷹狩りで獲った多くの雁や鶴を安土の民に配ることにした。

皆は有難いことだと喜び、沙々貴神社で祝いの能を演じ、その会場で受け取ったのだ。

一月十五日には左義長の祭りが行われた。

完成した馬場には大勢の観衆が呼び集められた。盛大に爆竹が鳴らされ着飾った小姓たちがきらびやかな馬に乗って入場して来る。

「ワァ!!」

歓声が上がった。信長が南蛮の黒い大きな帽子を被り、眉に化粧を施し、真っ赤な着物の上に唐錦の肩衣(かたぎぬ)を羽織り、両足を虎皮の行縢(むかばき)で覆って葦毛の馬で登場したからだ。

「なんて綺麗なお姿なんや!!」

皆はそのきらびやかさに見とれた。

続いて織田家一門が、各々趣向を凝らした頭巾装束姿で登場して来る。

そうして皆が揃うと、十騎、二十騎ずつを一組にして早駆けをさせた。馬の後ろで爆竹を点火して急発進させ、そのまま町中で乗り廻して馬場へ戻って来させる。

爆竹の派手な音と馬群の駆ける響きが安土中にこだまし、町の者たち全てがその様子にやんやと喜び喝采をし続けた。

だがこれはほんの予行演習だった。翌月、美しさの究極を信長は京の都で見せる。その演出は全て光秀が担当した。

二月二十八日、京での馬揃が盛大に行われた。

上京の内裏の東側に南北八町（約九百ｍ）の馬場が築かれ、内側を包むように毛氈(もうせん)を張った高い柵が設けられた。

金銀で飾られた仮宮殿が内裏の東門外に建てられ、帝が清涼殿から出御されていた。大勢の公卿、殿上人が列席しているために薫香が辺り一面に漂っている。摂家・清華家の面々が仮宮殿の左右の桟敷に華麗な姿で帝の守護として居並んでいる。

光秀は繊細さを要求される宮中での行事に、何一つ落ち度のないよう徹底した根回しを行い万全の準備を整えて当日に臨んでいた。

信長は宿舎の本能寺を出発、室町通りを北へ上り一条を東に折れる形で馬場に登場した。光秀は全体の三番目に馬場に入る。自軍と大和衆、上山城衆を引き連れていた。

馬場入りは重臣、織田家一門、公卿、旧幕臣、馬廻り、小姓、弓衆と続き、柄杓持ち、草桶持ち、幟持ちが後ろについて闊歩する。

馬場には選りすぐりの名馬が次々に登場した。馬体を彩る馬具も最高の細工と装飾が施されている。

大黒という馬に信長は乗っていた。馬上の信長は眉に化粧を施し金紗の唐織物、小袖は紅梅文様に白の段替わりで段ごとに桐唐草の文様という豪華さだ。頭巾は唐冠で後に花を立て行縢は金地に虎の斑の刺繍、肩衣と袴は紅の緞子で桐唐草文様、腰には牡丹の造花を挿している。

腰蓑は白熊、太刀は金銀飾りで腰に鞭を差し、弓懸は白革で桐の紋、沓は猩々緋で立ち上がりは唐錦、鞍の上敷や手綱は深紅だ。

「信長の姿……。見事やな」

公卿衆は口々に囁いた。

その姿はどこまでも神々しく、これ以上ない威光を放っていた。信長の左右には赤い小袖に白の肩衣を着た黒皮袴の小姓・小人衆が数十人付き揃い、杖や薙刀、太刀を掲げている。

そして近国から招集されて参加した大名・諸将も、晴れの儀式を多種多様に着飾っている。

馬場に並んだ馬の総数は千を超えた。広い馬場の中を一組十五騎で三組、四組となって隊を作り、入れ違ったり行き違ったりしながら左右へと乗り廻す。

「ハッ！」

信長はたびたび馬を乗り替えて走らせる。様々な武将の名馬術も披露されていく。そうして最後は全馬を駆け足にして行進させる壮観さをもって締めくくった。

帝は信長のもとに十二人もの勅使を派遣し、「殊のほか面白い催しを見ることが出来、大変嬉しく思う」と伝えられた。見物に訪れた京中の人々もこれに酔った。

夕刻、信長は本能寺に帰還、無事終了の旨を報告に訪れた光秀をねぎらった。

「よくやってくれた。見事な馬揃となった」

「晴れがましき催物を準備させて頂けたこと、この上ない光栄に存じます。これも全て上様のお陰にございます」

将軍義昭の追放以降、家臣は信長を上様と呼ぶようになっていた。

どこまでも慇懃な態度の光秀に、信長は満足げに頷いた。そしてそこでまた新たなことを命じた。

「これからの世をどのように纏めていくか、天下布武での世のあり方……禁裏、公卿、武将、兵、寺社、商人、農民、その他の民……上から下まで全て美しく纏めるあり方、あるべき制度や法を考えてくれんか？」

光秀はさっと頭を下げた。そのようなことが出来るのは自分だけだとの思いはある。

「上様を武家の頂点、将軍として、ということでございますね？」

「うむ……」

信長はまだ将軍に任じられてはいないが、光秀はそう言った。

すると信長が妙な顔つきになった。

(何か考えてらっしゃるのか？)

光秀は疑問を口には出さず信長からの言葉を待った。

信長は微笑んでから言った。

「まぁ、今日のところはここまでだ。これはお前と儂との内々のこととし、誰とも相談せずにおけ。概略が纏まったところで聞かせよ」

「かしこまってございます」


この年六月、光秀はまず自分の家中の軍法を作った。

「天下布武の中心は武。そこから整えなくてはならない」

そうして十八ヶ条からなる軍規を定めた。

第一条、隊長は静謐を旨とせよ。陣地では高い声を出したり雑談をしてはならない。

第二条、先鋒は旗本の到着を待って行動し司令官の命令に従え。先鋒だけで決定の必要がある場合は事前に命令を出す。

第三条、各部隊は兵を纏め、前後の部隊と離れることなく互いに連絡を取れ。

第四条、行軍の際は兵が先に進み将校がそれに続くが、遅れて兵と離れた将校は領地を没収、場合によっては死罪とする。

第五条、戦闘中に命令を聞かなかった者は死罪、戦闘中の命令には必ず返答せよ。これに背くものは戦功があっても処罰する。

第六条、攻撃の際や陣地変更の際の抜け駆けは許さない。

第七条以下は軍装備のあり方や兵糧の運搬、費用負担等を具体的かつ詳細に記していた。

そして最後は信長の恩恵への感謝で結んだ。

「自分は石ころのような存在であったのに上様に召し出され、莫大な兵を与えられた。武勇を見せ武功を挙げなくては只の穀潰しである。そうならない戒めにこの軍法を定めたのである」

続いて光秀は家中法度を纏める。

信長の家老衆や馬廻り衆と出逢った時の挨拶の仕方から洛中での禁止事項（馬上禁止や他家衆との口論禁止等）、信長と他家への配慮を纏めたものだった。

天正十（一五八二）年正月七日の朝、京の明智屋敷で光秀は茶会を開いた。

招いたのは津田宗及と山上宗二。宗二は堺の豪商で千宗易の門人だった。宗易が光秀の弟であることは勿論知っているが他の堺衆同様、秘匿を貫いている。

光秀は床に信長直筆の書を掛けていた。

（明智さまは迷いが無くならはった。上様の書も決してべんちゃらではないようや）

宗及はそれを見て心の裡で思った。

茶室の床の掛物というものは禅僧の墨蹟や唐絵、古い和歌を用いるのが常識だが光秀はそれを破ってまで信長の書を、それも決して達筆でも麗筆でもない書を掲げている。

その光秀の心に宗及は深い思いを抱いた。

釜も信長拝領の八角釜であり、茶碗は高麗で見込みの深いものと浅いものの二つを重ねて使っている。

（浅きにつけ深きにつけ、上様のお心に従うちゅうことなんやな）

宗及はそう取ったが、山上宗二は違った。

優れた茶人で高い感性を持つが激しい気性で直截な物言いをする。

宗二は信長の書を見て言い切った。

「なんやおもろい字でんな」

宗及はぎょっとした。光秀は聞こえない振りをして、そんな宗二を見ようとせず宗及の点てた茶を飲んでいる。

飲み終えると光秀は言った。

「全ては天下布武、未来はそこで静謐に輝く。上様による美しい世が誕生する」

宗二はそれを聞き、吐き捨てるように言った。

「茶はそんなとこにあらへん」

「宗二、やめなはれ!!」

宗及が堪らず諫めた。光秀はその場で宗二を一刀両断にしようかと考えた。当の宗二は、蛙の面に小便という風だ。それが光秀の心に何故か懐かしいものを思い出させ、却って心が温かく静まっていった。

「茶はそんなところにはない……か」

光秀はそう呟くと宗二に微笑んだ。宗二はその光秀に気圧された。それまでどんな人間からも感じたことの無い途轍もなく大きな〝魂の鼓動〟を光秀から聞いたからだ。

(このお方、凄い!!)

宗二は思わず知らず頭を下げていた。

天正十(一五八二)年二月十二日、信長は甲斐の武田勝頼を滅ぼすため嫡男信忠を大将に滝川一益を与力として出陣させた。武田軍は七年前の長篠の戦いで大敗を喫したが、甲斐・信濃・駿河の三国の主としての地位は保っていた。

だが近年、勝頼から離れる家臣が続出し、信長に内通する者も現れた。

これを好機と見て信長が動いたのだ。

この戦で総大将としての信忠は見事に指揮を執って次々に武田方の城を落とし、三月十一日には勝頼を自害に追い込んだ。

ゆったりと出陣していた信長はまだ信濃には入っておらず、武田滅亡の報告を途中の陣で聞いた。

信長に従っていた光秀はその知らせに感慨を深くした。光秀が密かに編制した根来鉄炮隊による攻撃で、無敵とされた武田騎馬軍団を壊滅させたからだ。

そうして信長は十九日に諏訪に到着すると陣を張って滞在、武田攻めで武功のあった者に報奨を与え、新しく領土となった甲斐・信濃・駿河の知行割や国掟を決め皆に伝えた。

四月一日、信長は諏訪の本陣に光秀を呼ぶと人払いをした。

「光秀、近う」

光秀は信長に手が届くところまでにじり寄った。

「儂は明日ここを発ち、甲府を経て駿河に入る。家康に会う(お)てから安土に戻る」

その言葉で光秀は頭を巡らせ、安土での凱旋行事の支度を命ぜられるのだろうと思った。

だが全く違った。

「武田は滅ぼした。あと毛利、北条を降せば天下統一は成ったも同然、いよいよ信長による真の世が始まる」

「はっ、祝着至極に存じます！」

頭を深く下げる光秀に信長は言った。

「光秀が作成した天下布武の治世案、全てに行き届いており見事である」

「勿体ないお言葉！」

光秀は既にこの世の全階層に及ぶ制度や法についての骨格案を提出していた。

頭を下げたままの光秀に信長は続けた。

「あれを基に、さらに難しいことをお前に考えて貰いたい。その為に暇を取らせる。坂本に戻り十分に時間を掛けて纏めてくれ」

信長が家臣に暇を与えるなど例がなく尋常なことではない。光秀は驚いて顔を上げた。

「どういうことでございましょうか？」

光秀が見上げた信長は氷のような表情だ。信長は光秀の耳元に顔を寄せて囁いた。

「天下布武が成った後、朝廷を滅する。儂は天子となり織田家が皇族となる。それを万民に認めさせるあり方……。制度、法、そしてどのような過程を経れば円滑にそれが成せるかを考えよ」

光秀は言葉を失った。信長は続けた。

「お前の案のように天下統一の後、儂が太閤となり信忠を将軍とすることや、儂を大御所という立場にすることも悪くはない。現行制度下ではこれらが一番良いだろう」

光秀は朝廷の権威と信長の支配とを、どう両立させるかで知恵を絞り、そう示していた。

「だがお前の最高の案でさえ旧来の延長だ。天下布武は全てを支配する。日の本の歴史をここで変える。信長があらゆる権威の頂点に立つ。そしてそれを未来永劫持続するようにする」

光秀は、ただ呆然とするだけだった。

光秀は坂本城に戻った。家臣たちは心配になった。信濃から戻って三日間、ずっと居室に籠ったままなのだ。

光秀は窓の外に広がる琵琶湖を見詰めていた。湖面に光が煌めく姿はどこまでも穏やかだ。

「くっ……」

心の裡とは正反対のそんな湖の姿に苛立ちすら感じる。机の上には紙と筆が置いてあるが、ずっと白紙のままだ。目を閉じるとあれが浮かんで来る。

安土城天守、最上階の天井画だ。壮麗な天人となった信長が舞い降りる姿が大きく描かれている。

そして、荒木村重の言葉が聞こえる。

「あの男……信長は、とんでもないことをしようとしているとあれを見た時に感じました。そしてこのままあの男の唱える天下布武に加担し続けていけば、その先この世がどのようになるのか……それが恐ろしくなったのです」

「信長を生かしておくことは出来んのだ。その望みが万分の一も残っておらんとしても、家臣や家族の命を投げ出しても、儂は生きてその望みに賭けねばならんのだ!!　信長の天下布武が成れば……。この世は地獄となる。儂には分かるのだッ!!」

山上宗二の声も聞こえる。

「茶はそんなとこにあらへん」

光秀は目を開いた。

穏やかな琵琶湖の姿はそこにある。

坂本城に戻ってから光秀は茶を点てていない。茶人としての核が、村重や宗二と同調するのを避けたかったからだ。

茶を点てると、一度は消えた信長との結界が嫌でも屹立(きつりつ)して来る。

「天下布武……」

呟くとぞくっと胴震いがした。

帝を亡き者とする。朝廷を滅し貴人たちをことごとく葬る。

「天下布武が成るとそれが行われる。村重は鋭い感性でそれを見通した。今、そのことを知るのは上様と俺と村重だけ……」

帝を亡き者とする究極の下克上。応仁の乱から始まった下克上は、ここに最高潮を迎えることになる。

「その後はどうなるのだ？」

光秀はずっとその一点を考え続けていた。

「信長様を天子様とし織田家が皇族となることを世は受け入れるのか？」

神代から続く萬世一系というものはそこにない。信長や織田家という新たな血脈が、それに代わる世とはどのような世なのか。

「世は人で出来ている。人は常に力を競う。競い合いで上様は頂点に立たれた。だが朝廷は人でないものが力の源泉だ。権威という目に見えないものを与えること。そして何よりそれを与える天子様のお姿を誰も見たことがない」

天子、帝……信長でさえ御簾越しにしか対面できず、言葉は侍従官を通して伝えられその肉声を聞いた者もいない。

「だがそのようにして何千年も権威という力を保つことが出来ている」

吉田兼見のあの言葉が意味を持つ。

「禁裏……そのあり方は外からは一切見えん、まるで空っぽや。禁裏はそうやって中空であり続けてる。そやけどそのことで日の本を一つに纏めることが出来るんや。銭も力も何もなくても萬世一系の系統が神代から続き未来永劫続くと万民が思うもの。日の本はこれによって何ものにも代えがたいものになってるんや。空であるが故にどんなものをも取り込み従わせる力となる。空であるが故に静謐」

中心が空……〝無い〟こと。そこで光秀は衝撃を受けた。

「〝無い〟が故に〝誤り〟がない‼」

朝廷の存在は無謬だと気がついたのだ。

「だから何千年も続く。そして歴史の中で戦いに勝った者に利用され続けることで利用し、権威という絶対的な力を発揮し続けることが出来る」

光秀は思う。

「信長様は〝在る〟。そして目に見える。そして〝無い〟ものを否定され嫌われる。だが、〝在る〟ものは必ず破壊される。脆弱だ。確かに天下布武を進められ全ての武家を支配され仏教界から武力を奪った。〝在る〟もの全てを信長様は従えられた。だがそれは永遠ではない。〝在る〟ものは必ず滅する」

朝廷は〝無い〟ものであるが故に、永遠なのだということを光秀は深く納得した。

「ではその朝廷を滅すればどうなる？」

日の本の永遠の象徴が消えるということだ。

空であるが故の静謐も消えてしまう。

「どれほど世が乱れても最後は静謐に纏まる。武家の争いの和睦は帝が仲介して成される。静謐そして和平……その核となる朝廷が日の本から消えるとどうなる？」

光秀は愕然とした。

「げ、下克上が永遠に続いてしまう!?」

誰も触れられず誰も手に入れられないと思われた最高の権威が消えること、その権威が人の手で消せるということは、必ず次にその消した者を消す者が現れる。そしてまたそれを……。そうしてこの日の本は戦と争いが消えない無間地獄となる。

「信長さまはどこまでも〝在る〟もので神ではない。その死後に神にすることは出来るが、それを萬世一系の皇室のように〝無い〟ものとしての権威を発揮させるのは不可能だ!!」

光秀は筆を取り紙に書いた。

「在は無に勝てず。在は必ず滅する」

天正十（一五八二）年五月十五日、安土城で信長は突然の客を迎えた。

徳川家康が武田討伐の恩賞として駿河一国を信長から与えられた謝礼にと、浜松から近臣のみを連れて訪れたのだ。数々の戦勝祝いの品を持参し信長を大いに喜ばせた。

「さて、家康の饗応を誰にやらせるか？」

信長は朝廷殲滅を練らせている光秀が坂本にいることを思い出し、使いをやった。

光秀は命令を受けると直ぐに京や堺に人をやり、名酒や数々の美味なる食材食品を取り寄せて安土に向かい家康の饗応を行った。

坂本で気が滅入っていた光秀は、この饗応役を心から楽しんだ。

だがこの時、備中で高松城を水攻めにしている羽柴秀吉からの急報が信長に入った。

「そうかッ!! 出て来よったか!!」

毛利輝元が諸将と共に大軍を率いて、高松城の援軍として出陣して来るというのだ。

秀吉は信長に出馬を願っていた。

「よしッ!! 儂が出陣して毛利を殲滅する。光秀は本日の饗応が終わり次第、備中へ先に向かえ！」

「はっ、かしこまってございます！」

五月十七日、光秀は坂本城に戻った。

近江の軍勢を揃えると五月二十六日に丹波の亀山城に入り、そこでさらに軍勢を加えて万全の戦闘態勢を整えた。

光秀はどんな戦いに臨む時も、信長の情報を逐一集める。報告・連絡・相談のために信長が今どこで何をしているかを把握する。

「信長様は馬廻り衆、小姓衆と女中衆、合わせて七十名余りをお伴にご上洛、宿舎は四条西洞院の本能寺でございます。信忠さまは旗本衆二千を伴われ、宿舎は妙覚寺とのこと。徳川さまは浜松には戻られず、京・大坂・堺への見物に向かわれ、丹羽長秀さまがその饗応に付き添われている由にございます」

いつものように、ただ信長の予定を頭に入れておくつもりだった光秀に異変が起こった。

「今……上様の周囲はどうなっている？」

軍略家光秀の頭脳が急速に回転した。既に信長の敵は、畿内近国にはいない。味方はどうか。

「信長主力軍は皆、遠国の敵と対峙の最中……柴田勝家は越中で上杉と、滝川一益は上野で北条と、羽柴秀吉は備中で毛利と睨み合っている。丹羽長秀は大坂にいるが軍勢を率いていない」

京周辺に軍勢はいない。いや、明智軍一万三千がいるだけだ。それを知った瞬間、武者震いが起こった。

「殺せる！　確実に上様を殺せる！」

だが直ぐに馬鹿なことをと笑ってその考えを打ち消した。

「俺は何を……考えているのだ」

この備中攻めで毛利が倒されれば、最悪の下克上の策略を実行しなければならなくなる。

それが阻止できると考えると、信長の死が魅力的なものに映る。

「帝を亡き者にすれば永遠に下克上は続く。それを止めるには……上様を殺すしかない。そしてその機会は今をおいてしかない!!」

光秀は今なら万が一にもしくじることなく、信長を討つことが出来るという確信がある。

「しかし……」

その後のことは全く見えない。

「俺が上様に代わって天下を取れるか？」

信長の重臣たちとの関係を考えると信長を討った後は敵だらけとなり、どこかで自分は討たれる可能性が高い。全く天下を取る準備などしていないのだ。完璧を旨とする軍略家の光秀には堪えられない。

「それに……俺が上様を討てば下克上になってしまう!!」

下克上を忌み嫌うようになっている光秀には、それも堪えられない。

「下克上は否定されねばならない。絶対に無くさなければ!!」

信長を殺さなければ、永遠の下克上という地獄の門が開く。

「上様と差し違える？」

だが、それは信長と自分だけの死に止まらない。

「俺の家臣たちはどうなる？　家族は？」

荒木村重のことが頭を過ぎる。

「無残な最期を……皆が遂げることになる」

光秀は最悪を考えた。

「それでも……やるか？」

やる意味はある。

「永遠の下克上は無くなる。日の本に静謐を取り戻すことが出来る」

そして光秀は自裁の決断をする。

「俺が上様を討った後、直ぐに誰かに討たれればいいのだ。下克上を行った者は、あっけなく惨めな最期を遂げればよい！」

そこに家臣や家族を巻き込むのは心が痛むが、これは主である自分の大義でありそれに下の者たちが従うのは是非も無いことだと考えた。光秀はそこから異様なほど冷静になった。

すると細川藤孝・忠興父子は巻き込みたくないという考えがまず浮かび、二人には事を成した後で秘密裡に書状を送って決して動くなと知らせることにした。そして一番大事なことを考えた。

「誰に俺を討たせる？」

自裁する必敗の合戦を誰とやるか？

「今の信長軍将たちの位置からすれば、大坂にいる丹羽長秀が軍勢を集めて京に駆けつけるのが最も早いと考えられるが……」

光秀は長秀の状況を見定めたがる性格から、ここは動かない可能性が高いと見た。

「柴田勝家はどうだ？　一度上杉には戦いで痛いに目にあっているだけに撤退戦となる京への駆けつけは直ぐには難しい筈」

滝川一益は対北条で苦戦を強いられているとの情報から、これも敵に後ろを見せての上洛は簡単ではないと判断した。

「とすると……秀吉？」

秀吉は高松城を水攻めにしている状態だ。それを膠着のままにしておき、急いで京に軍勢を戻すことは可能だと軍略家光秀は判断した。

「備中は遠いと思うと間違える。秀吉との戦いになる可能性が高い」

そう思うと何だか気が軽くなった。光秀は秀吉が嫌いではない。

「あの男、上様無き後は必ず天下を狙う。能力からして天下を取れる可能性は高い」

秀吉の人懐っこい笑顔が目に浮かんだ。

「よし！　人たらしに俺を討たせてやる！」

光秀はその直後、草を走らせた。

五月二十七日、光秀は愛宕山に上り太郎坊で戦勝祈願の参籠をした。

そして神前で神籤を引く。

三度引くつもりでいる。

一度目は信長の運命として引いた。

凶と出た。

二度目は自分の運命として。

これも凶と出た。

「是非も無い」

そして三度目は自分の家臣と家族の……。これは吉でほっとした。

その翌日、光秀は愛宕山の西坊で連歌の会を神前奉納として行った。激しい雨になった。

時は今天が下しる五月哉　　光秀

光秀は万感の思いを込めて句を残した。

時は全て、今なのだ。全ての存在は今の連続で出来ている。この雨の今にこそ、全ての意味がある。

「そうやって人は、歴史は、動いていく」

だがそこにも永遠とされるものがあること。それを守ること。

「それで静謐が戻り、保たれるなら……。この命も俺に従う者たちの命も惜しくはない」

愛宕山から亀山城に戻った光秀は出陣の用意を進め、鉄炮の玉薬・兵糧・馬糧など百荷を備中に向け予定通り送った。

偽装工作だった。

信長を討つことを悟られてはならない。

完璧に信長を仕留めるには、家臣たちも欺かなくてはならない。

「上様を討つことは今夜、重臣四名のみに知らせ、それ以外の家臣たちには……」

光秀は家康が京・大坂・堺見物をしていることを思い出した。

「……京にいる家康を討つ密命を上様から受けての隠密作戦と伝えよう」

家康は、嫡男信康が妻にした信長の娘五徳による信長への「夫信康と姑の築山が武田と内通している」という讒言によって、信長から信康らの処分を命じられ息子と妻を殺している。

「信長軍の者たちは家康の上様への恨みを思い、家康の逆心を不安視する者が多い」

ここで家臣たちに標的は家康だと告げても、不思議に思わないと考えたのだ。

その夜、光秀は信頼の厚い重臣四名に信長を討つことを打ち明けた。

しかし、それが朝廷を滅する企てを阻止するためという真実は語らなかった。光秀は言霊を信じていた。それを口にすると、信長と同じことを企てる者がまた現れないとも限らないと思っていたのだ。

「信長には言うに言われぬ数々の恨みがある。それを晴らしたいのだ」

光秀の言葉を聞いて驚く重臣たちに心の中で光秀は申し訳ないと頭を下げた。

「殿の天下取り!!　一世一代の戦ではございませんかッ!!　喜んでお供します!!」

明智秀満は声をあげた。

それに他の三名も直ぐに賛同した。

(上様を討った先に天下取りはない。明智軍は自裁、討ち滅ぼされるのだ)

光秀は家臣たちを欺くことに痛恨の思いを抱きながら感謝を述べた。

六月一日夜、明智軍一万三千は亀山城を出発した。先頭には水色に桔梗紋を染め抜いた明智軍の旗指物が並び立っている。

亀山から備中方面へ向かうには三草越になるが、明智軍は老ノ坂へ向かった。老ノ坂へ来ると左へ下り馬首を東に向けた。それを草が見ていた。

(実行されるのだな)

草は明智軍が京へ向かうのを確認すると、直ぐに姿を消した。

「これは?……京に入る道ではないか?」

不思議に思った足軽たちは隊長から「上様の閲兵を受けに京に向かう」と教えられた。

そうして軍勢は粛々と進み、夜が明ける前に桂川までやって来た。

全軍が川を渡り終えた瞬間、一万三千の沈黙の軍団が猛然と走り出した。そして怒濤のようになって、信長の御座所である本能寺へ殺到したのだ。


「何事だ?」

信長は外からの物音で目を覚ました。市井の輩の喧嘩かと思った。

昨夜は遅くまで信忠らとの酒宴で、ぐっすりと寝込んでいたのを起こされ機嫌が悪い。

声を出せば飛んで来る小姓が、誰一人としてやって来ないのを信長は妙に思った。

すると。鬨の声が聞こえ銃声がした。只事ではない。小姓頭の森蘭丸が飛び込んで来た。

「謀反にございます!!」

信長はその言葉にあっけに取られた。

「謀反？」

懸命に頭を巡らせたが誰の謀反か思い浮かばない。そんなことはあり得ないからだ。

蘭丸は信長に告げた。

「旗指物は水色桔梗、惟任日向守にございます!!」

信長は息を呑んだ。

「光秀!?」

瞬時に全てを理解した。

「あやつ……そうか」

信長は光秀について何か蘭丸に告げようとしたようだったが、不敵な笑みを浮かべると言った。

「是非に及ばず」

そう言って枕元の刀を取った。蘭丸は言った。

「我らが食い止めます故、どうぞ信忠さまのおられる妙覚寺へお逃げ下さい!!」

信長は笑った。

「あの光秀に囲まれておるのだ。逃げるのは不可能。妙覚寺の信忠も駄目だ」

覚悟を決め信長は言った。

「だが、儂の首はやらん!! お蘭、小姓たちにあの銃を持たせよ」

「既に扱える者全員が手にしております」

信長はニヤリとした。

「さすがお蘭、よく気が回る。あれで時間を稼げ。そして鉄炮蔵が爆発する音が聞こえたら建物に火を掛けよ。分かったな」

聡明な蘭丸は全てを理解した。

「承知致しました。上様、これまでお仕えできて幸せでございました!!」

涙を浮かべる蘭丸に信長は頷いてから奥へ向かった。信長は二年前に本能寺を改装し要塞化していた。

鉄炮蔵を備え武田騎馬軍団を壊滅させた三つの銃身を持つ燧石銃が五百丁、そして火縄銃が五百丁、合計一千丁の鉄炮と弾丸、玉薬が収納されている。

しかしいかんせん今は戦える人数が少なすぎる。女を除くと五十人足らずしかいない。

「光秀の軍は一万を遥かに超える、雪崩を打って襲って来るのは時間の問題……」

信長は鉄炮蔵に急いだ。

光秀は信長側の装備を熟知している。

「よいかッ!!　相手は燧石銃で応戦して来る筈だ。こちらはまずその撃ち手を仕留める。敵の人数は限られている。一人一人仕留めて行けば直ぐに攻撃は止む!!」

そうして射撃の名手揃いの明智軍の中でも最高の狙撃手十名が、塀の上から中を狙った。

十間（約十八ｍ）先の針を撃ち落とす腕前の者たちだ。

寺内に入った明智軍の兵たちが燧石銃の連続銃撃で次々に倒れていく。

逆に今度は燧石銃を構えた信長の小姓たちが、眉間を撃ち抜かれて絶命していく。

強力だが命中精度の高くない燧石銃、ましてや扱いに長けていない小姓たちには遠くから狙いを定める明智軍の狙撃手に命中させることは不可能だった。

燧石銃の攻撃を一掃できたと分かったところで鉄炮隊が突入、居並ぶ小姓たちを次々に撃ち殺していった。

「よし、討ち入れ!!」

抜刀した大勢の将兵が本能寺に雪崩込んだ。

光秀は信長がどのように死ぬかも予想をつけていた。

「上様は絶対に首を渡さぬ筈。間違いなく松永久秀と同じことをなさる」

信貴山城で『平蜘蛛の釜』と共に爆死した久秀を想起していた。

光秀は玉薬の備蓄量と鉄炮蔵の耐久性を知っている。

「あの蔵は途轍もなく頑丈に造られている。今ある玉薬全てが爆発したら中の物は完全に破壊されるが他の建物に被害は及ばない」

だが、兵たちには前もって鉄炮蔵には近づかないように指示を出していた。

どこまでも光秀らしい気配りだった。


信長は鉄炮蔵に入ると閂を掛け、備蓄してある玉薬の袋の山から一つを取り出した。そして袋を切り裂くと中の火薬で長く線を引いた。

次に、蠟燭に火を点けて自分の足元に置くと、それを前にどっかと胡坐をかいた。

「ふーっ」

一度強く息を吐いて気持ちを整えると刀を抜いて肩に担ぐようにした。

「明智光秀……どこまでもそつのない男よ」

信長は刀を首にあて力を入れた。

「むッ!!」

頸動脈が切断され血飛沫が上った。信長は前のめりに倒れ、蠟燭を倒した。

本能寺の敷地の中に明智軍のほぼ半数が攻め入った時だった。

ズーン!!　物凄い爆発音が聞こえた。鉄炮蔵のある方向から黒煙が勢いよく上っている。寺の建物のあちこちからも火の手が上った。

「終わったな……」

光秀は呟いた。

明智秀満が訊ねた。

「信長の首、探させましょうか？」

光秀はその必要はないと答えた。

「もう……影も形もなくなっておられる」

濛々と上る黒煙を見ながらそう言った。

信長は殺した。これで永遠の下克上という地獄は消えた。だがこれは信長との差し違えなのだ。

「次は俺が消えねばならん」

光秀は自らが惨めな最期を遂げることで、下克上の愚かさを知らしめることが出来ると思っている。

そこからの光秀は周りに自裁の意思を気づかれぬように、『主君織田信長を殺し、愚かにも天下取りを狙った明智光秀』を演じた。様々な武将に自分の味方になってくれるよう書状を書いた。わざと焦りの色を濃くしてすがるような調子の文面にし、それを読めば誰も相手をしないようなものにした。

「下克上は、これで終わらせる」

その為に「主君を殺した家臣とはこれほど惨めで愚かなものなのだ」と様々な形で残さねばならないと考えてのことだ。そうしているうちにあの男が、軍勢を引き連れて戻って来た。

「やはり、秀吉だったな」

主君織田信長を殺した憎き明智光秀を討つために、最初に駆けつけて来たのは光秀が予想した通り羽柴秀吉だった。

秀吉との戦いで自分は惨めに負ける。そこまでを完璧に演出しなくてはならない。

「主君の敵を討つ、仇を討つ。それが武士にとっていかに崇高なこととするか。仇討ちを成功させた武将は特別な形で称賛されその功績は末代まで評価を受ける。そうすれば下克上はなくなる」

軍略家の光秀はその意識を武士に刷り込めば、下克上の抑止力になると考えていた。

主君信長の敵を取った秀吉は英雄になる。それによって下克上を終わらせられると光秀は確信していた。光秀はその後の世を想像してみた。

「秀吉は天下を取るだろう。その世で茶はどんなものになっているのだろうか？」

やっとそこで茶を思い出した。

「茶……新しい茶の湯は創ってみたかった」

それだけは心残りだなと光秀は思った。


今の世界はミクロからマクロに至るまで、分裂と混乱の方向に急速に向かっている。

自由・民主から統制・独裁へ、多国間協調から自国優先へ、寛容から排斥へ……。

グローバリゼーションによって格差があらゆる国で顕在化したことや移民増大による文化的変化の脅威がその底流にある。

先進国では自由と平和と豊かさの共存が危ぶまれる事態になっている。

人類は有史以来、長い戦争の歴史を経て、特に第二次世界大戦という悲惨な戦争の後に今の国家のあり方を形成したが、そのあり方が根底から揺さぶられる事態に直面しているのだ。

その中での日本という国のあり方。

戦国時代から天下統一、江戸時代、明治維新を経て近代国家となり、第二次世界大戦の敗戦によって今の国のあり方となった訳だが、大きな特徴に天皇を有していることがある。

現憲法に於いて——天皇は日本国および日本国民統合の象徴とされ、国家的儀礼としての国事行為のみを行い、国政に関する権能は持たないとされている。

象徴天皇制と呼ばれるものだ。

神代の昔から続くとされる天皇という存在が有史以来、萬世一系として日本社会に連綿と存在し続けていることは、古今の日本人の意識に深い影響を与えて来た。

光秀は吉田兼見から、朝廷が中空であるが故に日本は静謐に収斂する恒久的構造を持つと教えられ、その深い理解の下に下克上による戦国の世の終焉と平和な世界の実現を思い描いていた。

朝廷という権威と現実に国を支配する為政者による権力の二重構造。その一つで必ずあり続ける朝廷は、決して滅することなく静謐な存在としてその権威を維持している。

「朝廷の存在があるが故に、そしてあればこそ、あらゆる争いを和平に向けて鎮めることが出来る」

光秀はそう考えていた。

唯一絶対・萬世一系の権威である朝廷の存在は、決して滅せられることなく有史以来続く特別なものだ。であるが故に、未来永劫に続くとの認識をあらゆる人間に浸透させることが可能になる。そうした朝廷による絶対的な静謐の永続性を人々が尊崇すれば、自然と争いというものは収まると考えたのだ。

だがそれは信長によって遮断されようとした。

そしてそれが本能寺の変を起こさせた。

もし、本能寺の変が起こらず信長による天下統一が成っていたら、その後の日本の歴史はどうなっていただろうか？

権力の二重構造が失われ、完全な一極支配が成立した瞬間から、新たな下克上が始まったのではないか。そうして戦国時代は果てしなく続き、殺戮と破壊の果てで狭い国土は焦土と化し崩壊していく。

単純な力対力の戦い、競争は勝敗が明確なために、人間の行動の動機付けになり易い。

争いというものは収まる核がなければ、徹底的な殲滅まで行く可能性は高いのだ。

だが現実の歴史では本能寺の変の後、秀吉による天下統一とその後の徳川幕府の成立で、二百五十年に亘る戦の無い世が実現されている。

そこに本当は何があったのか？

エピローグ

天正十八（一五九〇）年六月、本能寺の変から八年が経った。

天下の趨勢は羽柴秀吉による統一で定まろうとしていた。

秀吉は主君信長を殺した明智光秀を山崎の合戦で討ち果たした後、その非凡な力によって信長の築いたものを継承強化し続けた。

摂政関白となり既に九州を平定し、残る強敵は小田原城を拠点に関東で勢力を誇る北条氏のみとなった。北条氏を屈服させればそのまま奥羽までを制圧できると秀吉は考えていた。

秀吉は大軍を率いて小田原城を囲み兵糧攻めの長期戦を敢行した。

その秀吉から小田原に参陣せよとの命令を受けながら、形勢を見極めようとしてなかなか現れなかった陸奥の伊達政宗がようやく小田原に着いた。が、秀吉はその遅参を怒って謁見を許さない。

その政宗を助け、秀吉との間を取りなしたのが千利休だった。秀吉の茶頭としてだけでなく隠然たる力を政権内で発揮する人物だ。

政宗の秀吉への謁見を成功させるために利休は動いた。隻眼の猛将・伊達政宗との初対面で、その武将としての高い能力を見抜いた利休は秀吉に対し臣下とすれば優れた味方になると伝えておいた。そして政宗に対しては、秀吉の許しを得るだけでなくその心を掴む秘策を授けた。


「何っ⁉」

秀吉は伊達政宗が断りもなく本陣まで詫びの挨拶にやって来たと聞いて驚いた。

「直ぐに追い返せ！」

「それが……」

なんと政宗は自分を殺せとばかりに、白い死装束で磔柱を担いでやって来たというのだ。

それを聞いて秀吉は破顔一笑となった。

「面白いッ‼　よし！　会うてやる！」

そうして秀吉は政宗を許したのだった。

政宗は小田原攻めの為に造られた石垣山城内の茶室で、利休の茶を飲んでいた。

床に伊豆山中の竹を切った利休自作の花筒が掛けられている。

（ほう！）

政宗はその趣に感心した。

「さすがは天下一の茶人、太閤の御茶頭、全てを自分の茶の世界にされている」

利休は政宗が茶を飲み干すと、もう一服如何かと訊ねた。

「頂戴致します」

そうして利休が替え茶碗で茶を点て始めた時だった。

突然、茶室の戸が開いた。秀吉だった。

さっと政宗は頭を下げ、利休はゆったりと頭（こうべ）を垂れる。

「おぉ、政宗ここにおったか！」

秀吉はどっかと腰を下ろすと利休に「儂も一服」と笑顔で告げた。

利休は小さく頷く。政宗はその利休の点前を見ながらうっとりする自分を感じた。

秀吉も、何度見ても陶然とさせられると利休の指先を見ながら思っていた。

秀吉は出された茶を飲み干すと言った。

「よいか政宗、この利休はお前を買っておる。この男に見初められた武将はそうはおらん。

これからはこの秀吉のために励めよ！」

はっと政宗は頭を下げた。

秀吉は続けた。

「利休から茶をよく学べ。そして……」

　とそこまで言って何とも言えない目をして利休を見た。

「茶だけでなく軍略も教えて貰え。こちらにおられる明智光秀殿からな」

　そう言うとさっと立ち上がり出ていった。

　政宗はポカンとなった。秀吉が何を言ったのか分からない。利休は何も聞こえなかったように、政宗のために茶を点て直している。

　時雨の音が茶室の外から聞こえて来た。

　政宗の前に井戸茶碗が利休のゆったりとした手で置かれた。

　それを政宗はじっくりと味わいながら飲み干すと訊ねた。

「太閤殿下は、何のお戯れであのようなことを申されたのでしょう？」

　利休はあぁという風に頷いた。

「戯れ？　そうですな……」

　そう言って利休は政宗の方に向き直った。百戦錬磨の猛将、伊達政宗がその利休の眼光の鋭さに気圧された。そんな経験は人生で一度も無い。

　利休は言った。

「先ほどの殿下のお言葉。どうお取りになるかは……伊達さまのご自由でございます」

政宗は瞠目した。
雨の音が激しくなっていた。

この作品は書き下ろしです。原稿枚数720枚（400字詰め）。

ダブルエージェント　明智光秀（あけちみつひで）

波多野聖（はたのしょう）

令和元年12月5日　初版発行
令和2年7月25日　3版発行

発行人――石原正康
編集人――高部真人
発行所――株式会社幻冬舎
〒151-0051東京都渋谷区千駄ヶ谷4-9-7
電話　03(5411)6222(営業)
　　　03(5411)6211(編集)
　　　振替00120-8-767643
印刷・製本―中央精版印刷株式会社
装丁者――高橋雅之

幻冬舎文庫

ISBN978-4-344-42923-9　C0193　は-35-1

幻冬舎ホームページアドレス　https://www.gentosha.co.jp/
この本に関するご意見・ご感想をメールでお寄せいただく場合は、
comment@gentosha.co.jpまで。